Antje Szillat

Solange du schläfst

COPPENRATH bei cbj

DIE AUTORIN

Antje Szillat wurde in der Nähe von Hannover geboren und hat schon als kleines Mädchen beschlossen, später einmal entweder Pferdebursche, Springreiterin oder Schriftstellerin zu werden. Inzwischen hat sie zahlreiche Bücher für Kinder und Jugendliche veröffentlicht.

Weitere lieferbare Titel bei cbj:

Tohu Wabohu – Nix für müde Krieger (15683)

Antje Szillat

Solange du schläfst

COPPENRATH bei cbj

cbj
ist der Kinder- und Jugendbuchverlag
in der Verlagsgruppe Random House

MIX
Papier aus verantwortungsvollen Quellen
FSC® C014496

Verlagsgruppe Random House FSC® N001967
Das für dieses Buch verwendete FSC®-zertifizierte
Papier *München Super Extra* liefert
Arctic Paper Mochenwangen GmbH.

1. Auflage
Erstmals als *Coppenrath Taschenbuch bei cbj* Oktober 2013
Gesetzt nach den Regeln der Rechtschreibreform

Lektorat: Jutta Knollmann
Umschlagbild: Felicitas Horstschäfer
Umschlaggestaltung: basic-book-design,
Karl Müller-Bussdorf unter Verwendung
des Originalumschlags
kg · Herstellung: CZ
Satz: Buchwerkstatt GmbH, Bad Aibling
Druck und Bindung: GGP Media GmbH, Pößneck
ISBN: 978-3-570-40211-5
Printed in Germany

www.cbj-verlag.de

Prolog

Er lag auf dem Feldweg, völlig unbeweglich, ein Bein eigenartig vom Körper weggedreht, das Gesicht blutüberströmt. Der Regen hatte seine Kleidung durchnässt und den Boden in eine schlammige Masse verwandelt.

Er atmete flach. Seine Augenlider zuckten, aber er verspürte keine Schmerzen. Noch nicht einmal die beißende Kälte drang zu ihm vor.

Viele Stunden lag er nun schon hier. Starr und unfähig, sich zu bewegen. Am Leben, doch nur noch ein paar Herzschläge vom Tod entfernt.

Ihr Gesicht tauchte vor ihm auf. Sie lächelte. So zärtlich, dass ihm Tränen in die Augen stiegen.

Wie wunderschön sie ist. Und so stark und mutig. Ich liebe sie. Ich liebe sie mehr als mein Leben, dachte er.

Er versuchte, ihren Namen zu rufen. Immer wieder und wieder. Doch es kam kein Laut über seine Lippen.

1.

Da musst du jetzt durch, dachte ich, als ich quer durch die Aula lief und dabei von zahlreichen neugierigen Augenpaaren verfolgt wurde.

Den ganzen Vormittag über ging das schon so. Sie starrten mich an, tuschelten hinter meinem Rücken, kicherten albern oder zeigten mit dem Finger auf mich.

Guck mal da, die Neue …

Natürlich war mir klar gewesen, dass der erste Tag an der neuen Schule nicht gerade leicht werden würde, aber dass ich so unter Beobachtung stehen sollte, darauf war ich nicht vorbereitet. Und dann noch dieser nervige Christoph, der sich in der ersten Stunde prompt neben mich gesetzt und mich ohne Unterbrechung mit seinen schwachsinnigen Geschichten zugetextet hatte.

Als ich mich in der Pause auf den Weg zur Bibliothek machte, atmete ich auf. Der Flur dorthin war menschenleer. Anscheinend würde ich wenigstens dort meine Ruhe haben. Es kribbelte leicht in meinem Bauch, als ich die Hand auf die Türklinke legte.

Ich stutzte und rüttelte heftig an der Klinke. Die Tür war verschlossen.

Vor Enttäuschung zog sich mein Magen zusammen. Warum konnte ich dem ganzen Theater nicht wenigstens für ein paar Minuten entfliehen?

Seufzend suchte ich die Tür nach den Öffnungszeiten ab. Schließlich entdeckte ich sie auf einem kleinen weißen Zettel, inmitten von Plakaten über anstehende Sportturniere, Infos zu AGs und Theateraufführungen.

Wenn die Zeiten stimmten, musste die Bibliothek jetzt eigentlich geöffnet sein.

»Und warum ist die Tür dann bitte schön verschlossen?!«, regte ich mich auf.

Erneut griff ich nach der Klinke, um nach längerem wütendem Rütteln letztendlich doch einzusehen, dass die Tür sich nicht öffnen ließ.

»Scheiße!«

Am liebsten hätte ich gegen die Scheibe getreten. Meinen ganzen Frust an der doofen Tür abgelassen. Und vielleicht hätte ich genau das im nächsten Moment getan, wenn ich nicht plötzlich das Gefühl gehabt hätte, dass mich jemand beobachtete.

Ich fuhr herum und blickte direkt in die braunen Augen eines großen dunkelhaarigen Jungen, der kaum älter zu sein schien als ich.

»Geschlossen?«, fragte er.

Ich nickte und machte einen Schritt zur Seite.

»Typisch. Die Kauert ist mal wieder krank. Das geht jetzt schon 'ne halbe Ewigkeit so. Aber bis die sich mal um 'ne Vertretung kümmern … Da lassen sie die Bibliothek lieber wochenlang zu.«

»Aha«, murmelte ich und musterte den Jungen dabei verstohlen. Seine etwas dunklere Hautfarbe und das halblange, leicht gelockte Haar gefielen mir.

»Ich heiße übrigens Jérôme«, sagte er und sah mich an.

Irgendetwas lag in seinem Blick, eine Offenheit und Intensität, die mich völlig unvorbereitet traf.

»Ähm, hi … i-ich bin Anna«, stammelte ich.

Jérôme hob die Hand, als ob er mir zuwinken wollte. »Hi, Anna!« Er grinste. Ein Grübchengrinsen. »Bist du neu an der Schule?«

Ich nickte. »Seit heute.«

»Verstehe«, erklärte er mitfühlend.

Wir schwiegen eine Weile. Er schien darauf zu warten, dass ich noch etwas sagte, aber mir fiel beim besten Willen nicht ein, was ich Kluges oder Witziges von mir geben könnte. Alles, was ich zustande brachte, war ein peinliches Fiepen. »Alle starren mich an. Das nervt.«

Zu allem Überfluss spürte ich, wie mir langsam die Röte den Hals hinauf ins Gesicht stieg, und ich wollte nur noch weg.

Jérôme schien mir meine Verlegenheit nicht anzumerken oder er ignorierte sie einfach. »An welcher Schule warst du vorher?«, fragte er.

Ich holte tief Luft und zwang mich zu einer betont lässigen Körperhaltung. »Auf dem Kippenberg-Gymnasium in Bremen.« Und weil sich das in meinen Ohren wirklich einigermaßen *normal* angehört hatte, fügte ich schnell hinzu: »Jetzt sind wir aber aufs Land gezogen und deshalb musste ich die Schule wechseln.«

Jérôme grinste. »Echt? Ich bin auch 'ne Weile in Bremen zur Schule gegangen.«

»Ach so.«

Ach so? Geht's noch? Was für einen Schwachsinn laberst du da eigentlich?

Erneut entstand eine Pause zwischen uns. Ich gab vor, interessiert die Bilder an den Wänden zu betrachten, während Jérôme mit der Spitze seines linken Schuhs einen imaginären Stein hin und her rollte.

Schließlich räusperte er sich, nickte mir kurz zu und sagte: »Dann mach's mal gut. Vielleicht sieht man sich ja bei Gelegenheit.«

»Ja, vielleicht«, bemühte ich mich, ebenso unverbindlich zu antworten.

Geschafft! In letzter Sekunde erreichte ich den Schulbus. Ich hatte meinen ersten Tag an der neuen Schule hinter mich gebracht. Keuchend kramte ich meine Monatsfahrkarte aus dem Rucksack und zeigte sie dem Busfahrer. Der warf einen kurzen Blick darauf und nickte. Dann schaute er wieder nach vorn, startete den Motor und fuhr los.

Schwankend bahnte ich mir einen Weg durch den schmalen Gang und ließ mich auf den erstbesten freien Platz sinken.

»Puh, das war knapp«, sagte ich zu mir selbst.

»Hi, Anna«, hörte ich plötzlich jemanden neben mir sagen.

Ich wandte erstaunt den Kopf und blickte zum zweiten Mal an diesem Tag in Jérômes grinsendes Gesicht.

»Oh, hi!«, sagte ich und bekam wie auf Kommando feuchte Hände.

Bitte nicht, Anna. Mach dich nicht schon wieder total lächerlich!, beschwor ich mich.

»Wohin musst du?«, fragte Jérôme.

»Mahlhausen.«

»Ach nee«, sagte er und lächelte verschmitzt.

»Was ist?« Irritiert strich ich mir eine lange dunkle Strähne aus dem Gesicht.

»Da wohne ich zurzeit auch«, erklärte Jérôme.

»Wo denn genau?«, fragte ich überrascht. »Ich hab dich bisher noch nie dort gesehen.«

Was einem Wunder nahekommt bei 532 Einwohnern, fügte ich in Gedanken hinzu.

»Richtung Tönisberg. Das letzte Haus vorm Waldrand. Ist so 'n kleiner Hof.«

»Ach, da bin ich mal dran vorbeigeritten. Hab mich schon gefragt, wer dort wohl lebt.«

Schlagartig verdunkelte sich Jérômes Gesicht. So als ob jemand die Vorhänge zugezogen hätte. »Na, jetzt weißt du's ja«, sagte er knapp.

Was war denn mit dem auf einmal los? Hatte ich was Falsches gesagt?

Na, dann eben nicht, dachte ich und kramte mein Geschichtsbuch hervor. Ich schlug es auf und versuchte, mich auf den Text über das Zeitalter des Imperialismus zu konzentrieren.

»Hausaufgaben?«, hörte ich Jérôme nach einer Weile vorsichtig fragen.

»Sieht ganz so aus«, brummte ich.

»Wenn du Hilfe brauchst ... Ich hab in der Zehnten ein Referat darüber gehalten. Das ist noch irgendwo auf meinem Rechner.«

»Schön für dich.« Ich schaute nicht auf. »Aber ich denke, ich schaff's auch allein.«

Für den Rest der Fahrt herrschte Funkstille zwischen uns. Erst als der Bus in Mahlhausen anhielt, ich hektisch mein Buch in die Tasche warf und vom Sitz aufsprang, unternahm

Jérôme einen erneuten Versuch. »Du kannst es dir ja noch mal überlegen.«

Langsam drehte ich mich zu ihm um. »Was?«

»Die Sache mit dem Referat. Mein Angebot steht.«

Einen Moment schaute ich ihn an, bevor ich gleichgültig mit den Schultern zuckte. »Danke«, sagte ich und wandte mich ab.

So schnell wie möglich verließ ich den Bus und drehte mich kein einziges Mal zu Jérôme um.

Als ich das Auto meiner Mutter auf dem Hof entdeckte, atmete ich erleichtert auf. In ein leeres Haus zu kommen, war so ziemlich das Letzte, was ich nach dem Vormittag gebrauchen konnte.

Ich drückte auf den Klingelknopf. Von drinnen erklangen Schritte, dann wurde die Tür geöffnet und das Gesicht meiner Mutter tauchte im Türrahmen auf.

»Hi, mein Schatz. Hast du deinen Schlüssel vergessen?«

»Nö, ich hatte keine Lust, in meiner Tasche zu wühlen«, gab ich zu.

Claudia hob die Augenbrauen und musterte mich skeptisch. »Nicht so gut gelaufen, dein erster Tag, was?«

Ich nickte und kaute auf der Unterlippe herum.

»Das wird schon, Anna. Der erste Tag ist immer irgendwie doof.« Claudias Stimme klang sanft. Sie nahm mich in die Arme und strich mir zärtlich über den Kopf.

So blieben wir eine Weile stehen. Schließlich löste ich mich aus der Umarmung, räusperte mich leise und sagte mit betont heiterer Stimme: »Du hast sicher recht. Und wie war dein Vormittag?«

Meine Mutter seufzte tief. »Kommt ganz darauf an, wie man es betrachtet. Eigentlich wollte ich mindestens ein Kapitel schaffen. Aber dann bin ich in den Stall gegangen und habe Rashun und Maschagar auf die Weide gelassen. Darüber habe ich irgendwie die Zeit vergessen ... zum Schreiben bin ich dann gar nicht mehr gekommen.«

Ich konnte mir ein Grinsen nicht verkneifen. »Das wird schon, Claudia.«

Sie knuffte mich in den Oberarm. »Du sollst dich nicht dauernd über deine inkonsequente Mutter lustig machen!«

»Das würde ich doch niemals tun«, erklärte ich noch immer grinsend, »aber es ist schon Wahnsinn, was für ein Aufwand betrieben wurde, damit du endlich ungestört schreiben kannst. Und dann sitzt du bei den Pferden herum und träumst.«

Schlagartig wurde Claudia ernst. »Du bereust den Umzug schon, stimmt's?«

Ich wusste nicht, was ich darauf antworten sollte. Im Moment kam es mir wirklich wie ein Riesenfehler vor, dass ich den Plänen meiner Eltern zugestimmt hatte.

»Wenn wir in Bremen mehr oder weniger unsere Zelte abbrechen, dann nur, wenn jeder von uns hundertprozentig dahintersteht«, hatte mein Vater erklärt, und ich war mir sicher, dass er es genauso gemeint hatte. Damals hatte ich eingewilligt. Aber da hatte ich mir das Leben auf dem Land auch noch ganz anders vorgestellt. Bevor meine Eltern den Kaufvertrag für den kleinen Resthof unterschrieben hatten, war mir das Ganze hier viel freundlicher und verlockender vorgekommen. Endlich die Pferde am Haus. Nicht mehr jeden Tag mit der Straßenbahn in den fünf Kilometer entfernten Reitstall fahren. Ausreitgelände so weit das Auge reichte ... Hier ging es Rashun und Maschagar richtig gut. Besonders Rashun hatte sich in den letzten vier Wochen verändert. Mein sonst so hypernervöser Vollblutaraber war richtig gelassen geworden.

Und das lag eindeutig am Ortswechsel. Davon war ich fest überzeugt.

Aber die Dorfbewohner gingen mir schon jetzt gehörig auf den Geist. Neulich hatten drei Nachbarinnen unangekündigt vor unserer Tür gestanden, um sich Claudias *Aussteuerwäsche* anzugucken. *Stühlerücken* hatten sie das genannt. Verrückt! Und dann dieses ständige Geglotze. Als ob wir gemeingefährliche Terroristen wären, die ihr Dorf in die Luft sprengen wollten.

Unwillkürlich musste ich an den dicken rothaarigen Besitzer des kleinen Supermarkts denken – ein unangenehmer Typ, der einen mit seinen Blicken geradezu durchlöcherte – und schüttelte mich angewidert.

Aber wollte ich deswegen wirklich wieder zurück nach Bremen? In unsere Stadtwohnung? In mein altes Leben, das zwar völlig okay gewesen war, aber auch nicht gerade besonders aufregend?

In diesem Augenblick fiel mir Jérôme wieder ein. Ich wunderte mich noch immer, warum er auf einmal so abweisend zu mir gewesen war. Aber da war noch mehr, das ich mir einfach nicht erklären konnte. Als ich ihm das erste Mal in die Augen geblickt hatte, war plötzlich so eine beruhigende Wärme in mir aufgestiegen. Irgendwie hatte mich dieser Blick berührt. Und gleichzeitig hatte ich das Gefühl gehabt, den Boden unter den Füßen zu verlieren …

Jérôme passte absolut nicht in dieses schreckliche Kaff mit seinen rechtschaffenen Einwohnern, die jeden Samstag die Straße vor ihrem Haus kehrten und die Fenster putzten. Er schien hier genauso wenig hinzugehören wie ich, Lichtjahre vom eigentlichen Leben entfernt, in einer Welt, in der die Uhren noch ganz anders tickten.

Warum war er bloß hier? Warum war ich hier? Weshalb hatte ich gedacht, es wäre eine gute Idee hierher zu ziehen?

Klar, für meine Eltern war dieses ruhige, beschauliche Dorf sicher ein Segen. Ich konnte gar nicht sagen, wie lange meine Mutter schon davon träumte, aufs Land zu ziehen, um in Ruhe schreiben zu können. Und mein Vater, ein echter Workaholic, war seit dem Umzug auch viel entspannter, obwohl er nun jeden Tag beinah eineinhalb Stunden nach Bremen in seine Kanzlei fahren musste.

»Wenn das so weitergeht, dann machst du's nicht mehr lange«, hatte meine Mutter immer zu ihm gesagt. »Du musst unbedingt einen Ausgleich zum Job haben. Vielleicht können wir einen Ort finden, an dem du einen Gang runterschalten kannst.«

Na ja, das war Mahlhausen ganz bestimmt. Hier ging wirklich alles viel, viel langsamer. Und vielleicht hatte Claudia ja recht, möglicherweise war es genau das, was für uns im Moment am besten war.

Auch wenn dieser erste Schultag ätzend gewesen war. Morgen sah die Welt sicher ganz anders aus. Ich brauchte nur etwas Zeit. Nach und nach würde ich mich hier schon einleben. Bestimmt.

Und außerdem kannte ich ja ein hundertprozentiges Mittel gegen jede Art von Frust …

Eine halbe Stunde später hatten meine Mutter und ich unsere Pferde gesattelt und wir ritten Richtung Tönisberg in den Wald hinein.

Ich hatte den Weg vorgeschlagen. Vielleicht aus Neugierde, jetzt da ich wusste, wer auf diesem abgelegenen Hof lebte.

»Das ist ja einsam«, riss Claudia mich aus meinen Gedanken. »Wer hier wohl wohnt.«

Ich räusperte mich, weil ich plötzlich befürchtete, meine Stimme könnte versagen. »Ich habe denjenigen heute in der Schule kennengelernt.«

»Echt?« Claudia schaute mich mit großen Augen an. »Ein Lehrer?«

Ich schüttelte den Kopf und bemühte mich um einen möglichst gleichgültigen Gesichtsausdruck. »Nein, ein Schüler. Er heißt Jérôme.«

»Jérôme ...«, wiederholte meine Mutter nachdenklich. »Hört sich französisch an.«

Ich zuckte mit den Schultern. »Keine Ahnung. Er spricht auf jeden Fall ohne Akzent. Nur seine Hautfarbe ist ein bisschen dunkler.«

Das Interesse meiner Mutter war geweckt. *Schriftstellerkrankheit* nannte mein Vater das. Claudia witterte einfach immer und überall eine Story.

»Ein farbiger Junge, der mutterseelenallein auf einem abgelegenen Hof lebt. Wie spannend.« Ihre Augen funkelten vor Aufregung.

Ich stöhnte genervt. »Was du dir schon wieder zusammenreimst. Außerdem ist er nicht richtig dunkelhäutig. Und dass er hier mutterseelenallein lebt, habe ich überhaupt nicht gesagt.«

»Coloured.«

»Was?«

»In Afrika bezeichnet man Mischlinge als *Coloureds.«*

»Mischlinge. Wie sich das anhört!«, blaffte ich sie an.

»Ich habe doch nur gesagt, dass man in Afrika ...«, begann Claudia, sich zu verteidigen.

Doch ich verspürte nicht die geringste Lust, mir noch mehr von diesem Quatsch anzuhören. Ich trieb Rashun mit einem sanften Druck in die Flanken an. Augenblicklich verfiel er in einen kräftigen Galopp.

»Hey, warte!«, rief Claudia mir noch hinterher, aber ich tat so, als hörte ich es nicht.

2.

Jérôme hatte noch nie ein Mädchen getroffen, das ihn so umgehauen hatte wie Anna. Zunächst waren ihm vor allem ihre langen dunklen Haare und die bernsteinfarbenen Augen aufgefallen. Wie Schneewittchen, hatte er gedacht und sich in dem Moment noch nicht mal über diesen lächerlich-romantischen Vergleich gewundert. Ihre Stimme hatte so warm und weich geklungen wie Musik. Und dann dieses Lächeln. Es ging ihm direkt ins Herz, hatte etwas Magisches.

Natürlich war ihm ihre Verlegenheit aufgefallen und es hatte ihn sogar ein kleines bisschen amüsiert. Doch viel mehr hatte er sich darüber gefreut, weil er es als Zeichen deutete, dass es ihr ähnlich erging wie ihm.

Liebe auf den ersten Blick …

Mann, Jérôme, jetzt komm mal wieder runter!

Yeah, ich hab noch Zeit, bis ich sterbe, was ich bis da mache: Ich greif nach den Sternen, sang er Sammy Deluxes Lied *Hin und Her* im Kopf mit.

Oh shit, jetzt wurde es wirklich *zu viel* mit der Gefühls-duselei.

Aber ein kleines bisschen fühlte es sich tatsächlich so an wie in dem Song, so als ob er nach einem Stern greifen würde. Einem Stern namens Anna. Seit er vor einigen Monaten zu seiner Tante Ella und ihrem Mann Udo gezogen war, hatte es nicht gerade viele Lichtblicke gegeben, vielmehr empfand er alles um sich herum als ein gleichförmig dunkles Grau. Nur zu überstehen, wenn man sich so weit wie möglich von allem abkapselte und sein eigenes Ding durchzog. Und jetzt war da plötzlich dieses Mädchen aufgetaucht …

Jérôme seufzte tief und stieß das breite Hofgatter auf. Flöckchen, Udos sogenannter Wachhund, kam wild bellend auf ihn zugerast. Eigentlich hieß die Altdeutsche Schäferhündin Flora, aber Jérôme nannte sie immer Flöckchen. Er fand, dass der Name viel besser zu ihr passte.

Ellas Kopf erschien am Küchenfenster. Als sie Jérôme entdeckte, hob sie kurz die Hand und war auch schon wieder verschwunden.

»Na, du alte Kläffmaschine«, begrüßte Jérôme die Hündin und versuchte, ihr den Kopf zu tätscheln, was nicht ganz einfach war, weil sie aufgeregt um ihn herumsprang. »Ist ja gut. Nun beruhig dich mal.«

Aber Flöckchen beruhigte sich in der Regel erst, nachdem sie den Grund für ihre Begeisterung mindestens zwanzigmal umrundet hatte.

»Sie freut sich eben. Ist doch schön, wenn ein Lebewesen das so uneingeschränkt kann«, sagte Ella häufig.

Udo sah das allerdings ganz anders. Der Hund sollte sich nicht freuen, er sollte den Hof bewachen.

Tja, schoss es Jérôme bitter durch den Kopf, das war nicht die einzige Sache, bei der sich seine Tante und sein Onkel nicht einig waren.

Die Haustür wurde aufgezogen. »Flora, Schluss jetzt! Ab auf deinen Platz!«, schimpfte Ella. Augenblicklich verstummte Flora und trottete mit hängendem Kopf davon.

Na super, dachte Jérôme. Im Hause Reineke herrschte mal wieder dicke Luft.

»Jérôme, sag bitte Udo Bescheid, dass das Essen auf dem Tisch steht. Er ist hinten im Schweinestall.«

Ellas Tonfall duldete keinen Widerspruch.

Seufzend ließ Jérôme seine Tasche mitten auf dem Hof sinken und ging zum Geräteschuppen hinüber. Von dort aus gelangte man auf einen kleinen Zwischenhof, der früher als Auslauf für die Schweine gedient hatte, aber nun, da sich kein Vieh mehr auf dem Hof befand, ziemlich verwahrlost war. Aus den uneben liegenden Bodenplatten waren mittlerweile richtige Stolperfallen geworden. Moos und Unkraut sprossen aus den Fugen.

Als Jérôme den ehemaligen Auslauf betrat, fühlte er sich fast erdrückt, so beengt war es hier. Mit wenigen Schritten hatte er den Innenhof überquert und öffnete die Seitentür zum alten Schweinestall.

»Udo!«, rief Jérôme, ohne einen Fuß in den Stall zu setzen. »Udo! Bist du hier?«, versuchte er es noch einmal lauter, nachdem er keine Antwort bekommen hatte.

Stille.

Ella musste sich getäuscht haben. Hier war Udo auf keinen Fall. Vielleicht war er weggefahren und hatte ihr mal wieder nichts davon gesagt.

Jérôme schüttelte den Kopf und ging dann über den Innenhof zurück.

»Ich hab Udo nicht gefunden«, erklärte er, als er kurz darauf die Küche betrat.

Ella stand mit dem Rücken zu ihm und rührte in einem Topf auf dem Herd. Schnaufend drehte sie sich zu ihm um. Ihre Augen waren gerötet. Der Mund ein dünner Strich.

»Dann essen wir eben allein«, bestimmte sie und nahm den dritten Teller und das Besteck vom Küchentisch. »Setz dich!«

Nur zögerlich folgte Jérôme ihrer Anweisung. Eigentlich hatte er gar keinen Hunger. Aber Ella sah so überreizt aus, dass er keine Lust verspürte, sich mit ihr anzulegen.

Er hockte sich auf seinen Stuhl und beobachtete schweigend, wie Ella den Teller geräuschvoll zurück in den Schrank räumte, das Besteck in die Schublade knallte und den großen Topf auf den Küchentisch stellte. Dann setzte sie sich und schaute Jérôme mit einer Mischung aus Erwartung und Verärgerung an. »Was ist los, muss ich dir jetzt etwa auch noch auffüllen?«

Jérôme zuckte mit den Schultern. »So richtig Hunger hab ich eigentlich nicht«, gab er zu und wünschte sich im nächsten Moment, er hätte den Mund gehalten.

»Na prima«, legte Ella auch schon los. »Hier macht jeder, was ihm gerade gefällt. Und ich muss springen. Aber wehe, das Essen steht mal nicht pünktlich auf dem Tisch und die Herren schieben Kohldampf …«

Jérôme wollte etwas erwidern. Doch Ella hob abwehrend die Hände. »Nein, spar dir deine müden Ausreden. Dann schütt ich den ganzen Mist eben ins Klo.« Schon war sie aufgesprungen und wollte nach dem Topf greifen.

Jérôme kam ihr zuvor. Fest umklammerte er beide Griffe und rief: »Nun reg dich mal ab! Eine Kleinigkeit werd ich schon essen.«

Einige Sekunden lang starrte Ella Jérôme über den Topf hinweg in die Augen. Dann senkte sie den Blick und ließ sich schwerfällig auf ihren Stuhl zurücksinken. Sie sackte regelrecht in sich zusammen. So als ob man aus einem zu prall aufgeblasenen Ballon alle Luft herausgelassen hätte.

»Was ist denn passiert?«, fragte Jérôme halbherzig, weil er es im Grunde gar nicht wissen wollte, aber andererseits ahnte, dass sie genau diese Frage von ihm erwartete. Solche Gespräche mit seiner Tante hatten noch nie etwas gebracht und dieses hier würde bestimmt keine Ausnahme bilden.

»Udo war wieder die ganze Nacht unterwegs«, sagte Ella.

Jérôme fuhr sich mit den Händen übers Gesicht. »Hast du ihn gefragt, wo er gewesen ist?«

»Natürlich hab ich das«, erklärte sie gereizt. »Aber du weißt doch ganz genau, dass er mir darauf keine Antwort gibt.«

Klar wusste Jérôme das. Die Frage hätte er sich schenken können. Dass Udo regelmäßig abends verschwand und erst in den frühen Morgenstunden wieder auftauchte, war seit Wochen der Grund dafür, dass der Haussegen schiefhing.

Jérôme konnte gar nicht sagen, wie satt er das ständige Theater hatte. Anfangs hatte er noch versucht, zwischen den beiden zu vermitteln. Bis Udo ihm einmal deutlich zu verstehen gegeben hatte, dass diese Art von Einmischung ihm ganz und gar nicht passte. »Halt die Schnauze, Jérôme! Du hast keinen Funken Ahnung von unserem Leben und unseren Problemen. Nicht jeder ist wie du mit einem goldenen Löffel im Mund geboren worden«, hatte er ihn angebrüllt und dabei ausgesehen, als ob er ihm am liebsten an die Gurgel gegangen wäre. Und Ella hatte wortlos danebengesessen.

Seitdem wollte Jérôme mit dem ganzen Mist nichts mehr zu tun haben, der zwischen Ella und Udo ablief.

Eine Sache beschäftigte ihn allerdings schon. Er erinnerte sich daran, dass er vor ein paar Tagen ein Telefonat mitbekommen hatte, das ganz sicher nicht für seine Ohren bestimmt gewesen war. Es hatte eine Theorie in ihm aufgeworfen, die so absurd war, dass er sie selbst nicht glauben konnte. Und das Ganze hatte absolut nichts damit zu tun, dass Udo seine Frau betrog, wovon diese inzwischen fest überzeugt war.

»Was soll denn ein Mann Anfang vierzig sonst treiben, der regelmäßig abends ausgeht, erst am nächsten Morgen wieder zurückkommt und sich dann auch noch weigert, ein Wort darüber zu verlieren?«, hatte Ella erst neulich zu Jérôme gesagt.

Und Jérôme hatte gedacht: Du wärst froh, wenn sich Udo *nur* wegen einer anderen Frau nachts herumtreiben würde. Den wahren Grund willst du ganz sicher nicht wissen.

Aber gesagt hatte er nichts. Kein Sterbenswörtchen. Die Sache war einfach zu unglaublich.

3.

Die Türglocke läutete schrill, als ich den kleinen Dorfladen betrat. Zielstrebig steuerte ich auf das Regal mit den Konserven zu und nahm eine Dose Hühnersuppe heraus. Die Aufback-Baguettes befanden sich im nächsten Gang. Ich schnappte mir zwei Packungen und eilte dann zur Kasse.

Bloß raus hier, dachte ich und hoffte inständig, dass heute nicht der schmierige Ladenbesitzer da sein würde, sondern seine Mutter. Die alte Frau Aschemann war zwar ebenso neugierig, aber noch einigermaßen erträglich. Was man von ihrem Sohn nicht behaupten konnte.

Umsonst gehofft. Sekunden später kam Aschemann junior höchstpersönlich aus dem Hinterzimmer geeilt. Augenblicklich hüllte mich eine miefige Schweißwolke ein, sodass ich kaum noch zu atmen wagte.

»Ach, hallo!«, rief er mir zu und bedachte mich mit einem fiesen Blick.

Am liebsten hätte ich ihm die Baguettes mitten in sein hässliches puterrotes Gesicht geknallt.

»Ganz schön heiß heute«, redete er weiter. Seine kleinen, eng beieinanderstehenden Augen waren fest auf den oberen Teil meines Trägertops geheftet.

Widerlicher Mistkerl!

Ich bemühte mich, seine Blicke zu ignorieren, legte meine Einkäufe aufs Band und verschränkte die Arme vor der Brust.

Langsam nahm er die Dose vom Band. »Hühnereintopf. Hmm, eine gute Wahl.« Dabei leckte er sich mit der Zungenspitze über die wulstige Oberlippe.

Ruhig, Anna. Lass dich von diesem Vollidioten nicht provozieren.

»Und dazu Baguette. Ob das für den Herrn Vater reicht? Oder kommt er heute etwa gar nicht heim? Sind Mutter und Tochter ganz allein auf dem Hof?«

Jetzt reicht's aber, dachte ich. Das war eindeutig zu viel. Was bildete sich dieser Typ eigentlich ein?

Ich drückte die Schultern durch, bedachte den Widerling mit einem eiskalten Blick und zischte: »Ich wüsste nicht, was Sie das angeht. Kassieren Sie doch bitte einfach nur ab, ja?«

Schlagartig verging dem Ladeninhaber das schmierige Grinsen. Er schaute mich einen Moment verunsichert an, und ich sah, wie ihm eine dicke Schweißperle von der Stirn rann und auf die Baguettepackung tropfte. Ich schüttelte mich. Schließlich zog er die Lebensmittel über die Scannerfläche, warf einen Blick auf das Kassendisplay und nuschelte: »Das macht vier Euro und siebenundneunzig Cent.« Ich reichte ihm einen Fünf-Euroschein, verstaute die Lebensmittel im Rucksack und nahm die drei Cent Wechselgeld vom Band, die er dort zum Glück ohne ein weiteres Wort hingelegt hatte.

»Kassenzettel brauche ich nicht!«, rief ich ihm im Rausgehen zu.

Vor der Tür atmete ich tief durch.

»Was für ein widerlicher, abartiger, selten blöder Typ«, murmelte ich. Und wem hatte ich diese *nette Begegnung* mit der Fettbacke zu verdanken? Natürlich meiner Mutter. Nur weil sie es nicht geschafft hatte, in die Stadt zum Einkaufen zu fahren.

Plötzlich hörte ich ein Räuspern hinter mir und fuhr erschrocken herum. Ich blickte in Jérômes Gesicht und lief augenblicklich rot an.

»Oh ... ähm ... hallo«, stammelte ich und hätte mich im gleichen Moment dafür ohrfeigen können.

Seine tiefbraunen Augen musterten mich interessiert.

Mein Herz verwandelte sich augenblicklich in eine hyperaktive Trommel.

»Aller guten Dinge sind drei«, sagte Jérôme und grinste mich an. Schon wieder dieses sagenhaft süße Grübchengrinsen.

»Sich dreimal am Tag *nicht* über den Weg zu laufen, ist wohl die größere Kunst in diesem Kaff«, krächzte ich.

Jérôme nickte zustimmend. »Das ist wirklich nicht leicht. Und – bist du mit deinem Referat schon weitergekommen? Wie gesagt, mein Angebot steht.«

»Ähm ... ich habe noch gar nicht damit angefangen«, erklärte ich und war ziemlich erleichtert, dass sich meine Stimme schon wieder etwas fester anhörte.

»Aha«, machte Jérôme.

»Brauch ich auch gar nicht.«

»Warum nicht?«

»Weil ich keins halten muss.«

»Aber du hast doch ...«

»*Du* hast von einem Referat geredet«, fiel ich ihm ins Wort. »Ich nicht.«

Jérôme schaute mich verdattert an. »Kein Referat?«

Ich konnte mir das Grinsen nicht länger verkneifen. »Du hast es erfasst.«

»Verstehe«, sagte er und schlug sich mit der Handfläche vor die Stirn. »Ich habe mich also zum kompletten Volldeppen gemacht.«

Ich kicherte albern. »Halb so schlimm. Ich bin ja selbst ganz verwirrt, weil ...«

Stopp! Hilfe! Hatte ich das wirklich gerade gesagt? Ich blickte Jérôme erschrocken an. »Weil ich ... weil ...«

Täuschte ich mich oder wurde Jérôme ein bisschen rot? War er vielleicht genauso unsicher wie ich?

Doch als sich im nächsten Moment eine steile Falte zwischen seinen Augenbrauen bildete, schien es mir eher so, als ob ich gerade im Begriff war, diesen wirklich süßen Typen mit meinem peinlichen Gelaber zu vergraulen.

»Weil ...«

Denk nach, Anna, denk nach! Wenn dir nicht in zehn Sekunden irgendetwas Schlaues einfällt, dann hast du's vergeigt.

»Weil ... ich mich schon die ganze Zeit frage, was jemanden wie dich in so ein Kaff verschlagen hat.«

Da entspannten sich Jérômes Gesichtszüge zum Glück wieder. Nachdenklich schüttelte er den Kopf und sah mit einem Mal ganz traurig aus.

Mist! Was hatte ich denn jetzt schon wieder falsch gemacht?

Ich stemmte beide Hände in die Hüften und schaute ihn mit einer Mischung aus Verwunderung und Trotz an. »Ich meine, das geht mich natürlich nichts an«, erklärte ich leicht patzig. »Wobei es mich schon interessieren würde.«

Jérôme nickte und schwieg.

»Du willst es mir also nicht sagen?«

Er lachte. »Gerade eben hast du noch gemeint, es ginge dich nichts an.«

»Tut es auch nicht«, erwiderte ich. »Aber neugierig bin ich trotzdem.«

Er streckte die Hand nach mir aus und berührte kurz mit den Fingerspitzen meinen Unterarm. Mit einem Schlag war ich wie elektrisiert und mein Puls begann zu rasen.

»Ist dir nicht gut?«, fragte Jérôme.

Ich nahm meinen ganzen Mut zusammen und schaute ihm direkt in die Augen. »Nein, ganz im Gegenteil.«

Dazu sagte Jérôme nichts mehr. Und auch mir fiel beim besten Willen nicht ein, was es dem noch hinzuzufügen gab.

Wir standen einen Moment schweigend voreinander, bis ich aus dem Augenwinkel zwei Typen auf der anderen Straßenseite wahrnahm, die langsam auf uns zukamen.

Jérôme hatte die Jungs ebenfalls bemerkt. »Shit«, murmelte er. »Die haben mir gerade noch gefehlt.«

»Warum? Was sind das für Typen?«

Doch ich bekam keine Antwort auf meine Frage. Stattdessen lächelte er mich gequält an und erklärte: »Ich muss weiter. Vielleicht sehen wir uns ja morgen in der Schule.«

Prompt sorgten seine letzten Worte bei mir für aufgeregtes Bauchkribbeln. Ich hätte gern noch etwas darauf erwidert, aber er hatte sich bereits abgewandt und ging davon.

Inzwischen waren die beiden Typen vor dem kleinen Supermarkt angekommen und musterten mich ungeniert von oben bis unten.

»Was ist? Habt ihr noch nie ein Mädchen gesehen?«, blaffte ich sie an.

»Ganz schön schlagfertig, die Stadttussi«, erwiderte der eine, ein Kerl mit strohigem blondem Haar und breitem Pfann-kuchengesicht, das von unzähligen Sommersprossen übersät war. Übertrieben lässig lehnte er sich gegen den Zigarettenautomaten und steckte sich eine Kippe zwischen die Lippen.

Der nächste Satz des anderen etwa gleichaltrigen Jungen mit dunklen Stoppelhaaren traf mich wie ein Faustschlag. »Na, is das Opfer schnell abgehauen? Zu seiner Tante gerannt, weil ihm mal wieder der Arsch auf Grundeis geht?«

Wie bitte? Hatten die damit etwa Jérôme gemeint?

»Ich habe keine Ahnung, wovon ihr redet«, versuchte ich, mit fester Stimme zu erwidern.

»Alles klar«, lachte das Pfannkuchengesicht hämisch. »Hat sich das Opfer schön bei dir ausgeheult, was?!«

Ich schnappte wütend nach Luft, sortierte angestrengt meine Worte, die mir bereits auf der Zunge lagen und dem ätzenden Kerl am liebsten ungebremst in sein blödes, breit grinsendes Gesicht springen wollten, und sagte dann so cool wie nur möglich: »*Opfer?* Ich habe hier kein *Opfer* gesehen. Nur zwei Vollpfosten.«

Ich machte auf dem Absatz kehrt und wollte abhauen. Doch der dunkelhaarige Typ hielt mich am Unterarm fest und zischte mir böse zu: »Ey, immer locker bleiben, verstanden?! Und gib dich mal lieber nicht mit so 'nem Opferarsch ab, wenn du hier nicht bald verdammt einsam sein willst. Kapito?« Mit einem heftigen Schubs ließ er meinen Arm los, sodass ich ein paar Schritte nach vorn stolperte.

Nun war es mit meiner Beherrschung endgültig vorbei. Ich fuhr zu den beiden Typen herum, funkelte sie böse an und schrie: »Von euch lass ich mir ganz bestimmt nichts vorschreiben!« Dann rannte ich los und hielt nicht eher an, bis ich keuchend vor der grün lackierten Bauerntür des ehemaligen Wichmannshofs stand.

Mit zittrigen Fingern schloss ich die Tür auf, schmiss sie mit voller Wucht hinter mir zu und ließ mich schwer atmend mit dem Rücken dagegensinken.

Der Appetit auf Hühnersuppe und Baguette war mir gründlich vergangen. Ich beschloss, auf die Weide zu gehen. Rashun und Maschagar würden mich bestimmt auf andere Gedanken bringen.

Durch die Nebentür in der Küche gelangte ich in den angrenzenden Pferdestall. Als meine Eltern und ich den Hof vor einem halben Jahr zum ersten Mal besichtigt hatten, war mir diese Verbindungstür sofort aufgefallen. Mit Rashun und Maschagar quasi unter einem Dach leben. Besser geht's nicht, hatte ich schon damals gedacht.

Ich schlenderte an den leeren Boxen vorbei, nahm mir aus der Futterkiste zwei Möhren und ging durch die Stalltür ins Freie.

Unsere beiden Vollblutaraber standen friedlich grasend auf der Weide, die sich keine zwanzig Meter vom Haupthaus entfernt über eine mit einem weißen Holzzaun eingegrenzte Fläche von knapp anderthalb Hektar erstreckte.

»Rashun! Maschagar!«, rief ich und die Köpfe der beiden schnellten in die Höhe. Während Maschagar nur kurz aufblickte und dann weitergraste, kam Rashun angetrabt.

Ich kletterte zwischen den Holzplanken hindurch und hielt ihm die Möhre hin. Schmatzend zermalmte er sie und ich klopfte ihm dabei sanft den Hals. Auch die zweite Möhre, die eigentlich für Maschagar bestimmt war, schnappte er sich. Doch als er begriff, dass es keine weiteren Leckereien geben würde, wendete er sich ab und trabte zurück.

»Treuloser Kerl!«, rief ich ihm lachend hinterher und ließ mich ins Gras sinken.

Seufzend lehnte ich mich an einen der Holzpfosten und ließ meinen Blick über das Anwesen schweifen. Der Hof war wirklich wunderschön. Allerdings hatten meine Eltern auch eine Menge Geld investieren müssen, damit aus der leicht heruntergekommenen Resthofstelle ein Traumhaus samt Traumgrundstück geworden war.

Ich schloss die Augen und hielt mein Gesicht in die Sonne. Um mich herum herrschte Stille. Nur das Vogelgezwitscher war zu hören. Die Luft roch nach Spätsommer und ich fühlte mich für einen kurzen Moment wie im Paradies. Ein wohliges Glücksgefühl durchströmte mich …

Gib dich mal lieber nicht mit so 'nem Opferarsch ab, wenn du hier nicht bald verdammt einsam sein willst. Kapito?, schossen mir die Worte des Dunkelhaarigen wieder durch den Kopf und ich setzte mich erschrocken auf. Mit großen Augen blickte ich mich um.

»Du leidest echt unter Hallus«, sagte ich schließlich zu mir selbst. »Solche Typen geben verdammt viel Mist von sich, wenn der Tag lang ist.«

Aber warum hatte Jérôme dann regelrecht die Flucht ergriffen, als er die beiden gesehen hatte?

Gedankenverloren rappelte ich mich vom Boden hoch, kletterte über die Holzlatten und ging langsam zum Haus zurück.

Ein gelbes Auto kam die schmale Landstraße entlanggefahren und näherte sich unserem Hof. Hier kam der Postbote nicht vormittags, sondern erst am späten Nachmittag. Das war auch so eine Sache, an die ich mich erst noch gewöhnen musste. Aber ich war mir gar nicht so sicher, ob ich das überhaupt wollte.

Nach dem Abendessen mit meinen Eltern verzog ich mich schnell in mein Zimmer. Ich hatte keine Lust, mit ihnen über mein Erlebnis im Supermarkt zu reden. Noch angezogen warf ich mich aufs Bett. Dann nahm ich mein Buch vom Nachtschränkchen und begann, darin zu lesen.

Mitten in der Nacht schreckte ich aus dem Schlaf. Mein Herz pochte gegen meine Brust. Ich brauchte einen Moment, um zu begreifen, wo ich war. Dann merkte ich, dass ich noch meine Jeans und mein Shirt anhatte. Ich musste beim Lesen eingeschlafen sein.

Eine Weile blieb ich regungslos im Bett liegen, lauschte in die Stille und wartete darauf, dass meine Augen sich an die Dunkelheit gewöhnten.

Ich warf einen Blick auf den Wecker. Viertel nach zwei.

Plötzlich hörte ich ein seltsames Geräusch. Es kam von unten. Vielleicht aus der Küche? Ein unruhiges Herumgescharre, dazwischen ein Poltern, so als ob jemand gegen eine Tür oder eine Holzwand treten würde. Waren meine Eltern etwa noch in der Küche oder kamen die Geräusche aus dem Pferdestall?

Wieder krachte und knirschte es. Ich schoss in die Höhe, sprang aus dem Bett und eilte zur Tür.

Der Flur lag im Halbdunkel. Der helle Vollmond schien durch das große Panoramafenster im Giebel herein und sorgte für schummeriges Licht. Das Scharren und Poltern hatte aufgehört und es war wieder mucksmäuschenstill im Haus. Ich schlich auf Zehenspitzen Richtung Treppe. Vor dem Zimmer meiner Eltern blieb ich stehen und überlegte, ob ich sie wecken sollte. Doch dann entschied ich mich dagegen.

Sicher gab es eine harmlose Erklärung für die Geräusche. Vielleicht war eines der Pferde unruhig wegen der neuen

Umgebung und polterte in seiner Box herum. Oder es hatte eine Kolik? Auch dann wurden die Pferde manchmal nervös, scharrten mit den Hufen oder traten sogar um sich.

Ich hatte die Küche erreicht und schlich nun zu der Verbindungstür, die in den Stall führte. Vorsichtig legte ich die Hand auf die Klinke. Mein Herz schlug mir bis zum Hals, als ich sie langsam herunterdrückte.

Mist! Sie war abgeschlossen.

Dafür war meine Mutter verantwortlich. Sie meinte, es wäre besser, die Tür zu verriegeln, weil man relativ leicht in den Pferdestall eindringen könnte. Und wenn die Küchentür nicht verschlossen sei, hätte jeder Einbrecher leichtes Spiel.

Zum Glück steckte der Schlüssel im Schloss. So leise wie möglich drehte ich ihn nach rechts. Dennoch gab es ein knirschendes Geräusch. Ich hielt erschrocken inne. Doch außer meinem eigenen Herzschlag war nichts zu hören. Nach einer Weile wagte ich, behutsam die Klinke herunterzudrücken, und schob die Tür ein paar Zentimeter auf.

Durch den Spalt hindurch konnte ich die Umrisse eines Pferdes erkennen. Rashun hatte seinen Kopf über die Boxentür gestreckt. Mit angehaltenem Atem schob ich die Tür noch ein Stückchen weiter auf und machte einen Schritt in den Stall.

Ich lauschte.

Alles war still.

Kein Poltern, kein Scharren.

Rashun hatte den Kopf zurück in die Box gezogen. Sekunden später vernahm ich ein gleichmäßig mahlendes Geräusch, das verriet, dass er sich am Heutrog zu schaffen machte.

Ich atmete auf.

Alles okay. Du leidest echt unter Verfolgungswahn, dachte ich und tastete nach dem Lichtschalter.

Da sah ich die Gestalt. Im nächsten Moment wurde die Stalltür aufgerissen und jemand stürmte ins Freie. Ich war so geschockt, dass ich zunächst einfach nur bewegungslos dastand. Mein Herz dröhnte wie verrückt gegen meine Brust.

Dann fing ich an zu schreien.

4.

Jérôme wälzte sich im Bett hin und her. Aus dem Schlafzimmer von Ella und Udo drang noch immer lautes Geschrei zu ihm herüber.

Müssen die denn unbedingt mitten in der Nacht streiten?, dachte Jérôme genervt.

Es war nicht das erste Mal, dass die beiden sich über die Zukunft des Hofs in den Haaren lagen. Ella träumte schon seit Langem von einem anderen Leben. Sie wollte weg, in die Stadt ziehen, sich einen Job irgendwo im Supermarkt suchen, während Udo auf dem Bau arbeitete. Das sei garantiert besser als dieser ewige Kampf ums Überleben, fand sie. Doch Udo wollte davon nichts wissen, und jetzt hatte er auch noch verkündet, dass er sich demnächst einen neuen Traktor anschaffen wollte. Daraufhin war Ella geradezu explodiert.

»Bist du denn von allen guten Geistern verlassen?«, keifte sie Udo an. »Wir sind schon jetzt bis über beide Ohren verschuldet. Und da willst du tatsächlich noch einen Kredit aufnehmen?« Sie lachte auf. »Als ob uns noch einer was geben würde.«

»Aber …«, versuchte Udo zu erwidern.

Doch Ella schnitt ihm sofort das Wort ab. »Nichts aber. Sieh es doch endlich ein. Der Hof ist am Ende. Wir sind pleite. Oder denkst du, ich bitte meine Schwester schon wieder um Geld?« Ellas Stimme wurde immer schriller. »Du spinnst ja. Wir leben doch jetzt schon von dem Geld, das sie uns monatlich für Jérôme überweist.«

»Du sollst deine Schwester überhaupt nicht um Geld bitten. Ich habe das Geld für den Traktor längst«, fuhr Udo wütend in die Höhe.

»Was?«, schrie Ella. »Sag bloß nicht, dass du hinter meinem Rücken zur Bank gegangen bist!«

»Das spielt keine Rolle. Ich hab das Geld und damit basta«, blaffte Udo zurück.

Jérôme seufzte. Das konnte noch eine ganze Weile so weitergehen. Im Dunkeln tastete er nach seinem iPod auf der Kommode, steckte sich die Stöpsel in die Ohren und schaltete das Gerät ein. Als die Musik erklang und die Stimmen nicht mehr zu hören waren, entspannten sich seine Muskeln ein wenig. Seine Gedanken wanderten zu Anna und ihrer Begegnung vor dem Supermarkt.

Er hatte sich so gefreut, sie wiederzusehen, und am liebsten hätte er sie gleich gefragt, ob sie etwas zusammen unternehmen wollten. Doch dann waren diese beiden Idioten aufgetaucht, die schon die ganze Zeit Stimmung gegen ihn machten.

Ganz am Anfang hatte er sich deshalb einmal bei Ella beschwert. Aber die hatte anders reagiert, als Jérôme es sich erhofft hatte.

»Die Jungs hier auf dem Land haben einfach einen etwas raueren Umgangston. Du darfst nicht so empfindlich sein«, hatte seine Tante abgewiegelt. »Na ja, das hast du wohl von deiner Mutter. Die bekommt auch immer gleich alles in den falschen Hals.«

Damit war die Sache für sie erledigt gewesen. Und Jérôme hatte das Thema seitdem mit keiner Silbe mehr erwähnt. Offensichtlich wollte Ella nichts davon wissen, die hatte selbst genug Probleme.

Dieses eine Jahr würde er auch noch rumkriegen. Und jetzt, wo Anna hierher gezogen war, sah die Zukunft in Mahlhausen gleich viel besser aus.

Passenderweise erklang in Jérômes Kopfhörer Jan Delays Song *Hoffnung,* und es kam ihm fast so vor, als ob das Lied eigens für ihn umgetextet worden wäre.

Und wenn du denkst, es geht nicht mehr,
dann kommt von irgendwo dieses Mädchen her
und sagt dir, dass alles besser wird
und dass die Hoffnung als Allerletztes stirbt …

Er ließ sich aufs Kopfkissen zurücksinken und lächelte versonnen.

Am nächsten Morgen trottete Jérôme völlig gerädert zur Bushaltestelle und hielt vergeblich nach Anna Ausschau.

Auch in der Schule konnte er sie nirgends entdecken, und so hoffte er inständig, dass er am Nachmittag im Bus auf sie treffen würde.

Doch als Jérôme einstieg und den Blick über die Sitzbänke gleiten ließ, machte sich Enttäuschung in ihm breit. Wo war Anna nur?

An der Bushaltestelle in Mahlhausen rannte er dann auch noch drei Jugendlichen aus dem Dorf in die Arme.

»Hey, lange nicht gesehen«, tönte Konstantin, der Sohn des Bürgermeisters von Mahlhausen. »Sag mal, ich hab von meinen Leuten gehört, dass du an der dunkelhaarigen Stadttusse herumbaggerst.«

Jérôme sah durch ihn hindurch und ging einfach weiter.

Konstantin rannte neben ihm her, dicht gefolgt von seinen beiden Freunden. »Geht's noch? Bleib gefälligst stehen, wenn ich mit dir rede! Du lässt schön deine Drecksgriffel von der. Ist das bei dir angekommen?!«

Jérôme ging unbeirrt weiter, starrte stur nach vorn und stellte seine Ohren auf Durchzug.

»Sagt mal, Leute«, rief Konstantin seinen Freunden voller Hohn zu, »ob der Trottel noch immer nicht begriffen hat, dass die Bräute in *meinem* Dorf für ihn tabu sind?«

Seine Kumpel grölten vor Vergnügen.

Jérôme biss so heftig die Zähne zusammen, dass sein Kiefer schmerzte.

Nur nicht provozieren lassen, beschwor er sich. Das sind dämliche Vollidioten, die nur mit Ach und Krach die Hauptschule geschafft haben.

Doch als Konstantin nach seinem T-Shirt griff und ihn daran festhielt, war es mit Jérômes Beherrschung vorbei. Er fuhr herum und baute sich direkt vor Konstantin auf. Jérôme war gut einen Kopf größer und wesentlich durchtrainierter als Konstantin. Aber er war allein. Und die anderen zu dritt.

Das Ganze dauerte nur wenige Sekunden. Ein gezielter Schlag in den Magen, ein schneller Tritt von hinten in die Kniekehle und schon lag Jérôme stöhnend am Boden.

»Hör mal gut zu, du Penner!« Konstantin hatte sich breitbeinig vor ihm aufgebaut und schaute verächtlich auf ihn herab. »Du triffst dich nicht mit der, rufst sie nicht an und laberst sie auch nicht mehr im Bus voll. Die nicht und auch keine von den anderen Torten hier. Sonst gibt's was aufs Maul, klar?«

In einem der roten Backsteinhäuser wurde das Fenster aufgerissen und eine grauhaarige Frau erschien im Fensterrahmen. »Hört sofort auf!«, rief sie. »Konstantin, was soll das denn? Lass den Jungen in Frieden!«

Konstantin hob unschuldig die Hände. »Ich hab mich nur gewehrt, Frau Schlüter.« Und mit weinerlicher Stimme fügte er hinzu: »Der hat mich beleidigt und mir sogar mit Schlägen gedroht. Fragen Sie doch Marco und Johannes. Die haben alles mitbekommen.«

Jérôme hockte noch immer auf dem Gehweg. Er hätte etwas dazu sagen, sich verteidigen können. Aber wozu? Es war sowieso sinnlos.

Langsam rappelte er sich wieder hoch, griff nach seiner Tasche, die ihm von der Schulter geglitten war, und machte sich davon.

»Stimmt das? Hast du damit angefangen?«, rief Frau Schlüter ihm hinterher.

Doch Konstantin versicherte ihr: »Sehen Sie, jetzt haut er einfach ab. So ist das immer mit dem. Wenn's brenzlig wird, macht er sich aus dem Staub.«

Jérôme war bereits um die Ecke gebogen und konnte deshalb nicht mehr hören, was Frau Schlüter darauf erwiderte. Er beschloss, den Rest des Wegs zu laufen. Denn als Feigling abgestempelt zu werden, war ihm allemal lieber, als sich mit diesen Trotteln zu prügeln.

Kurz vorm Hof fiel ihm in der Ferne eine Gestalt auf einem Pferd auf. Jemand kam im gestreckten Galopp quer über die Wiese auf ihn zugeritten.

Das Herz schlug ihm bis zum Hals, als er erkannte, dass es sich bei der Reiterin um Anna handelte. Hektisch schaute er sich nach den drei Typen um. Aber sie waren ihm Gott sei Dank nicht gefolgt.

»Hi, Jérôme!«, rief Anna atemlos.

Sie strahlte ihn an, mit gerötetem Gesicht und Schweißperlen auf der Stirn, die sie sich im nächsten Moment mit dem Handrücken wegwischte. »Wow, was für ein Ausritt«, schwärmte sie.

Jérôme konnte nichts darauf erwidern. Er konnte sie einfach nur anstarren, während ihm abwechselnd heiß und kalt wurde. – Heiß, weil es jedes Mal, wenn er sie ansah, so schien, als ob eine gewaltige Explosion in seinem Herzen losginge. Kalt, weil ihm Konstantins Drohungen noch in den Ohren nachklangen.

»Du fragst dich sicher, warum ich nicht in der Schule war, oder?«, redete Anna fröhlich weiter.

Jérôme nickte mechanisch.

Sie musterte ihn skeptisch. »Ist was mit dir? Du guckst so komisch.«

»Alles okay«, murmelte er und merkte, wie sein Hals ganz trocken wurde und seine Handinnenflächen zu schwitzen begannen.

»Hm …«, machte sie. »Bist du dir sicher, dass alles in Ordnung ist?«

Jérôme nickte. »Es ist nichts. Wirklich«, beeilte er sich, ihr zu versichern.

Sie lächelte und Jérômes Gesichtszüge entspannten sich ein wenig.

»Und warum warst du nicht in der Schule?«, fragte er.

Mit einem Schlag war die Fröhlichkeit aus Annas Gesicht verschwunden. »Bei uns wurde heute Nacht im Pferdestall eingebrochen.« Sie atmete tief durch. »Ich habe den Einbrecher überrascht und dadurch höchstwahrscheinlich in die Flucht geschlagen.«

»Was?« Jérôme riss entsetzt die Augen auf. »Bei euch wurde eingebrochen?«, rief er. »Ist dir was passiert ... I-ich meine, ähm ...« Er brach ab und Anna konnte sich ein Lächeln nicht verkneifen.

»Nö«, murmelte sie verschmitzt, »alles noch da. Und ich auch, wie du siehst.«

Jérôme fuhr sich mit den Händen durchs Haar. »Hast du den Einbrecher erkannt?«

Anna schüttelte den Kopf. »Nein. Es ging alles so schnell und ich habe mich so entsetzlich erschrocken und wie verrückt losgeschrien. Dann war der Typ auch schon weg und meine Eltern standen neben mir.«

»Der Typ? Also hast du doch was erkannt?«

Erneut schüttelte Anna den Kopf. »Ich habe wirklich nur einen Schatten gesehen. Aber irgendwie hat der mich an jemanden erinnert, und deshalb gehe ich davon aus, dass der Einbrecher männlich war.«

»Und die Polizei?«, wollte Jérôme wissen. »Habt ihr die verständigt?«

»Na klar.« Anna rollte mit den Augen. »Deswegen bin ich ja heute nicht zur Schule. Die haben mich ewig lange befragt und anschließend unseren kompletten Stall auf den Kopf gestellt. Als die endlich weg waren, war ich so erledigt, da war Schule einfach nicht mehr drin.«

»Kann ich mir vorstellen.«

»Der eine Polizist, Jansen oder so ähnlich, meinte übrigens, dass es vielleicht der Pferderipper war«, erzählte Anna weiter.

»Aber im Stall?«, dachte Jérôme laut nach. »Bislang hat dieser Psycho doch immer auf der Weide zugeschlagen.«

Angewidert verzog Anna das Gesicht. Dann klopfte sie ihrem Pferd zärtlich den Hals. »Was es doch für abartig kranke Typen gibt. Sich an wehrlosen Tieren zu vergreifen. Boah, wenn ich mir vorstelle, der hätte unseren Pferden etwas angetan …« Sie brachte den Satz nicht zu Ende und zog fröstelnd die Schultern hoch.

»Ist dir kalt?«, fragte Jérôme sofort. »Soll ich reinlaufen und dir eine Jacke holen?«

Anna schüttelte lächelnd den Kopf. »Nein danke, es geht schon. Langsam, aber sicher macht sich wohl die Müdigkeit bei mir bemerkbar.«

»Hast du denn gar nicht mehr geschlafen?«

»Ich war viel zu aufgedreht.«

Jérôme wusste genau, was sie meinte. Schließlich hatte auch er die halbe Nacht wach gelegen. Wenn auch aus ganz anderen Gründen.

»Jérôme?« Anna schaute ihn nachdenklich an. »Diese beiden Typen gestern … kanntest du die?«

»Nur flüchtig«, antwortete Jérôme knapp. Und das war noch nicht einmal gelogen. Er hatte sie im vergangenen Jahr zwar schon einige Male gesehen und sich auch so einiges von ihnen anhören dürfen, doch er kannte sie nicht. Wusste nichts über sie. Genauso wenig wie sie über ihn.

»Vielleicht haben die ja etwas mit dem Einbruch bei uns zu tun?«, überlegte Anna.

Jérôme schaute sie verständnislos an. »Wie kommst du denn darauf?«

Anna zögerte einen Moment. Dann hob sie leicht die Schultern und sagte: »Könnte doch sein, dass die mich einschüchtern wollten. So 'ne Art Denkzettel.«

Jérôme verzog gequält das Gesicht.

»Schon gut«, winkte Anna ab. »Ich seh mal wieder Gespenster. Haben meine Eltern auch gesagt.«

Rashun scharrte mit dem Vorderhuf und begann, unruhig auf der Stelle herumzutänzeln. Anna hatte sichtlich Mühe, ihn im Zaum zu halten.

»Ich muss dann mal. Rashun hat keinen Bock mehr, hier rumzustehen.«

»Ja, ach so, verstehe«, murmelte Jérôme geistesabwesend.

»Okay, dann … tschau«, verabschiedete sie sich.

Doch Jérôme war so in Gedanken versunken, dass er sie nicht einmal anschaute, geschweige denn ihr enttäuschtes Seufzen bemerkte.

Erst als Anna sich ein paar Meter entfernt hatte, wurde ihm klar, dass er schon wieder dabei war, eine Riesenchance zu verpassen. Er wandte sich um und rief: »Anna! Hey, Anna! Warte doch mal!«

Sein Herz machte einen kleinen Hüpfer, als sie Rashun anhielt und sich zu ihm herumdrehte.

»Wollen wir uns treffen? Ich meine, so richtig. Nicht nur zufällig. Hast du Lust? Vielleicht morgen Nachmittag?«

Ein Strahlen ging über Annas Gesicht. »Gern!«, sagte sie.

»Ja … ähm … klasse. Dann um vier bei dir?«, stotterte er aufgeregt und hätte schwören können, dass auch Anna leicht errötete. »Ihr wohnt doch im alten Wichmannshof, oder?«

Anna nickte. »Ich freu mich«, sagte sie. Dann wandte sie sich wieder nach vorn und ritt davon.

Jérôme schaute ihr noch eine ganze Weile hinterher. Mit einer gewissen Unruhe im Magen, die er nicht richtig deuten konnte.

5.

Jérôme.

Jedes Mal wenn ich an ihn dachte, machte mein Herz einen kleinen Freudenhüpfer. Jerôme und ich, wir hatten uns verabredet. Er hatte mich gefragt und ich hatte einfach Ja gesagt. Seitdem schwebte ich ein paar Zentimeter über dem Erdboden.

Mit feuchten Händen betrat ich den Schulbus und wartete darauf, dass er auftauchen würde.

Dann endlich stieg er in den Bus ein und es verschlug mir prompt den Atem. Ich strahlte ihm entgegen. Legte einfach alles in diesen Blick. Doch Jérôme schaute nicht in meine Richtung. Noch nicht einmal einen kurzen Seitenblick schenkte er mir. Ich war Luft. Gar nicht da. Nicht existent. Er ging zielstrebig an mir vorbei und starrte stur geradeaus. Und ich war viel zu perplex, um irgendetwas zu sagen, geschweige denn zu tun.

Die zwanzig Kilometer Busfahrt in die Stadt, in der sich das Gymnasium sowie alle anderen weiterführenden Schulen befanden, tobte in mir ein Sturm. Ein unglaublich chaotischer Gefühlssturm. Von dem ich nur dadurch abgelenkt wurde, dass Tanja, ein Mädchen aus meiner Klasse, im Nachbarort zustieg, sich sofort neben mich pflanzte und seitdem ohne Unterbrechung irgendeinen Stuss von sich gab, der mich nicht die Bohne interessierte.

Mir war klar, dass ich neue Leute kennenlernen musste, doch um ehrlich zu sein, war Tanja nicht gerade mein Fall. Bestimmt würde die Zeit im Bus schneller vergehen, wenn ich ab und zu mit ihr plauderte. Und es war auch gut, jemanden zu kennen, falls ich mal vergessen hatte, mir die Hausaufgaben aufzuschreiben, oder nicht mehr wusste, welcher Test als Nächstes anstand.

ABER! NICHT! JETZT! Im Augenblick wollte ich einfach nur meine Ruhe haben und darüber nachdenken, was mit Jérôme los war. Doch Tanja ließ mich nicht. Wollte es einfach nicht schnallen. Obwohl ich nur einsilbige Antworten gab und sie so abweisend anstarrte, wie ich konnte.

Als der Bus endlich an der Haltestelle vorm Gymnasium angekommen war, blieb sie zur Krönung auch noch so lange auf ihrem Platz sitzen, bis Jérôme längst an uns vorbeigehuscht war.

»Ich mag dieses Gedränge beim Aussteigen einfach nicht«, erklärte sie, als sie sich endlich von ihrem Sitzplatz erhob. »Deswegen lasse ich den anderen immer den Vortritt. So vermeidet man viel Stress vorm Unterrichtsbeginn.«

Aha. Ja, super Plan, Tanja. Vielen Dank auch dafür, dachte ich grimmig.

Ich starrte sie fassungslos an und rauschte dann aus dem Bus. Doch Jérôme war schon irgendwo im Schulgebäude verschwunden.

In der ersten großen Pause entdeckte ich Jérôme dann in der Aula. Er unterhielt sich mit einem Klassenkameraden. Als er mich auf sich zukommen sah, drehte er mir demonstrativ den Rücken zu.

Ich wollte zu ihm rübergehen, mich vor ihn stellen und ihn zwingen, mir zu erklären, was diese Show zu bedeuten hatte. Ja, das wollte ich wirklich. Jede Faser von mir wollte das. JETZT!

Aber meine Beine wohl nicht, denn sie waren wie in Beton gegossen. Komplett unbeweglich.

Ich stand einfach nur da und verspürte plötzlich so einen fiesen kleinen Stich mitten ins Herz. Ein Stich voller Enttäuschung, weil ich gedacht hatte, dass wir uns ein kleines bisschen näher gekommen waren und niemand dem anderen mehr etwas vorspielen musste. Ja, das hatte ich wirklich gedacht … wie man sich doch täuschen konnte.

Kurz vor Ende der zweiten großen Pause sah ich Jérôme dann noch einmal. Er stand vor dem Schwarzen Brett und wieder war er nicht allein. Ein blondes Mädchen war bei ihm und strahlte ihn an. Die beiden wirkten ziemlich vertraut miteinander. Sie hatte die Hand auf seinen Unterarm gelegt und Jérôme schien sich kein bisschen daran zu stören. Ganz im Gegenteil. Er redete so eindringlich auf sie ein und blickte ihr dabei so tief in die Augen, dass mir kotzübel wurde.

War das der Grund für seine plötzlichen Stimmungswechsel? Diese blöde Kuh, die mit ihren Kulleraugen wie ein ausgehungertes Bambi an seinen Lippen hing? Was war das für ein mieses Spiel, das Jérôme da mit mir trieb? Wenn er es sich anders überlegt hatte, dann hätte er mir das doch einfach nur sagen müssen. Ein kurzer Satz. »Hey, Anna, tut mir leid, habe doch kein Interesse.« Dann wären die Fronten geklärt gewesen, auch wenn es wehgetan hätte. Aber das hier, das tat noch viel mehr weh. Es brannte wie Feuer.

Den Rest des Schulvormittags verbrachte ich ausschließlich mit Grübeln.

Die Einzige, die mich hin und wieder davon abhielt, war wieder einmal Tanja. Sie hatte sich offenbar fest vorgenommen, mich zum neuen Liebling der Klasse und zu ihrer allerbesten Freundin zu machen. Was sie nun mit einer Hartnäckigkeit verfolgte, dass ich mich am liebsten in Luft aufgelöst hätte.

Nach Schulschluss war ich so gestresst von Tanjas Bemühungen um mich, dass ich nur noch an Flucht denken konnte. Ich stürmte vor ihr in den Bus und sah Jérôme in der vorletzten Reihe sitzen.

Einen winzigen Augenblick zögerte ich noch, doch dann hörte ich Tanja hinter mir rufen: »Anna, warte! Kennst du meine Cousine Maike-Marie schon?«

Ohne mich umzudrehen, marschierte ich den Gang hinunter und ließ mich auf den freien Platz neben Jérôme sinken.

»Sag nichts«, raunte ich ihm gereizt zu. »Sonst fange ich laut zu schreien an.«

Jérôme betrachtete mich erstaunt von der Seite, schmunzelte ein wenig – und schwieg.

Die ganze Fahrt über verspürte ich den dringenden Wunsch, ihn zu fragen, was eigentlich los sei. Was der ganze Mist sollte. Doch mir fehlten schlicht die richtigen Worte dafür und Jérôme machte es mir mit seiner betont unverbindlichen Art auch nicht gerade leichter. Er wechselte lediglich ein paar belanglose Worte mit mir. Schön freundlich. Eben wie zwei Fremde, die zufällig im Bus nebeneinandersitzen … vielleicht waren wir das ja auch, nur zwei Fremde. Und nur in meiner Fantasie war da mehr zwischen uns gewesen.

In Mahlhausen angekommen, verließen wir zusammen mit einer älteren Frau den Bus. Die Straßen waren wie leer gefegt. Schweigend gingen wir nebeneinander die Hauptstraße entlang, bis wir die Kreuzung erreicht hatten, an der sich unsere Wege trennten.

»Was ist mit unserer Verabredung?«, murmelte ich und starrte dabei angestrengt auf meine Füße.

Jérôme kam ganz nahe an mich heran, legte die Hand unter mein Kinn und hob es sanft an, sodass ich ihm direkt in die dunklen Augen schauen musste. Seine Berührung ging mir durch und durch.

»Warum fragst du? Wir hatten doch abgemacht, dass ich um vier bei dir vorbeikomme?«

»Ja, aber … ich dachte … weil du …«, stotterte ich.

Langsam zog Jérôme seine Hand zurück. Einen kurzen Moment schien er über etwas nachzudenken. »Eine Sache muss ich dir allerdings noch sagen.«

Ich zuckte leicht zusammen. Alles klar, jetzt würde er mir seine bildschöne Kulleraugenfreundin beichten.

»Also weißt du, es ist nämlich so«, fuhr er fort. »Ich bleibe nicht mehr ewig hier. Ähm … na ja«, er stockte kurz, um tief durchzuatmen, »das soll jetzt natürlich nicht heißen, dass dich das überhaupt interessieren könnte, aber noch knapp ein Jahr, dann zieh ich weg.«

Ich schaute ihn irritiert an. Zunächst einmal war ich unendlich erleichtert, dass es nicht um das blonde Mädel ging. Aber dann wurde mir klar, was er da eigentlich gesagt hatte. Ein Jahr. Was auch immer mit uns sein würde, es konnte nur für ein Jahr so sein. Hatte ich das richtig verstanden?

»Warum sagst du nichts?« Seine Stimme klang ganz sanft und irgendwie auch ein wenig besorgt.

Ich hob kurz die Hände und ließ sie direkt wieder fallen. »Weiß nicht.«

Er lächelte mich an. Mit seinem unglaublichen Grübchenlächeln.

»Was weißt du nicht? Ob du dich jetzt noch mit mir treffen möchtest?«

Erneut hob ich die Hände und schwieg. Dabei hätte ich so viel zu sagen gehabt. Mir ging dermaßen viel durch den Kopf, dass es mir unmöglich war, einen klaren Gedanken zu fassen, geschweige denn von mir zu geben.

»Anna, ich würde mich wirklich gern nachher mit dir treffen«, sagte er.

Ich nickte. »Ich auch, Jérôme.«

Dann wandte er sich um und ich ging wie in Trance nach Hause.

Claudia empfing mich in der bereits geöffneten Haustür.

»Hi, Schatz«, strahlte sie mich an. »Schau mal, was ich hier für dich habe.« In ihrer Hand hielt sie einen kleinen blauen Umschlag, mit dem sie in der Luft herumwedelte.

»Der Vorschuss für dein neues Buch?«, murmelte ich trocken.

Claudia schüttelte den Kopf. »Unsinn. Dann würde ich ja wohl nicht sagen, was ich für *dich* habe, oder?«

Ich wollte allein sein. Dringend. Ich musste mir in Ruhe Gedanken über alles machen. Und deshalb gingen mir Claudias gute Laune und ihr blödes Rumgefuchtel tierisch auf den Geist.

»Gib ihn mir einfach oder lass es sein«, fuhr ich sie an.

Besorgt legte sie die Stirn in Falten. »Oje, es ist wohl wieder nicht so gut in der Schule gelaufen, was?«

Doch bevor ich antworten konnte, hielt sie mir den Brief unter die Nase. »Hier habe ich etwas, was deine Stimmung vielleicht ein bisschen anhebt.«

Ich seufzte resigniert. »Okay«, sagte ich lahm, »was ist das denn nun für ein sensationeller blauer Umschlag?«

Meine Mutter platzte fast vor Freude. »Eine Einladung! Konstantin Krause, der Sohn des Bürgermeisters, feiert seinen Geburtstag. Er veranstaltet eine große Party und du sollst auch kommen. Er hat die Karte vorhin sogar persönlich abgegeben. Scheint ganz okay zu sein, der Junge. Seinem Vater gehört das große Büromöbelwerk im Nachbarort. Du weißt doch, *Krause-Büromöbel*. Da fahren wir immer dran vorbei, wenn wir in die Stadt wollen.«

»Wie, der ist hier höchstpersönlich aufgekreuzt und hat 'ne Einladungskarte für mich abgegeben? Ich kenne den Typen doch gar nicht«, wunderte ich mich.

»Tja, er sagte, es wäre hier so üblich, dass man die Karten persönlich verteilt, und ich fand das eigentlich auch eine nette Geste«, erklärte Claudia. »Ich hab ihn sogar auf einen Kaffee hereingebeten.«

»Was hast du?«, rief ich fassungslos.

»Jetzt beruhige dich mal, Anna. Was ist denn daran bitte so schlimm? Ich glaube, das hat der auch irgendwie von mir erwartet. Das macht man hier wohl so. Mal einen Kaffee, beim nächsten ein Stück Kuchen oder einen Saft.«

»Wenn du meinst«, brummte ich.

»Na klar, das ist doch gerade das Schöne am Landleben. Hier werden Kontakte noch persönlich gepflegt.«

»Aha«, erwiderte ich nur.

Kein Plan, was ich von der ganzen Aktion halten sollte. Ich fand einfach nur, dass die Einladung dieses Konstantins irgendwie komisch war. Aber vielleicht war ich wegen Jérôme auch noch völlig neben der Spur.

Schweigend nahm ich den Umschlag und betrachtete ihn.

»Du gehst doch hin?«

Ich zuckte mit den Schultern. »Keine Ahnung. Ich kenne den doch gar nicht. Und die anderen auch nicht. Mal sehen.«

»Das wäre eine gute Gelegenheit für dich, die Jugendlichen im Dorf kennenzulernen.« Meine Mutter lächelte mich an.

»Ich hab doch gesagt, ich überlege es mir.«

»Ist ja schon gut.« Claudia hob beschwichtigend die Hände. »Mannomann, hast du eine Laune.« Damit verzog sie sich in ihr Arbeitszimmer, und ich beschloss, Jérôme später nach diesem Konstantin zu fragen. Dann konnte ich immer noch entscheiden, ob ich Lust auf die Party hatte oder nicht.

6.

Pünktlich um vier klingelte es an der Haustür. Als ich öffnete und in Jérômes lächelndes Gesicht blickte, schlug mein Herz einen kleinen Tusch.

»Komm doch rein«, bat ich ihn mit dünner Stimme.

Sichtlich beeindruckt schaute er sich im Flur um. »Wow, das ist ja absolut genial geworden«, staunte er und folgte mir in die Küche. »Meine Tante meinte, dass der vorherige Besitzer das Haus ganz schön hat verfallen lassen. Er hat wohl seinen Job verloren und dann ist ihm die Kohle ausgegangen.«

Ich bekam keine Gelegenheit, etwas darauf zu erwidern, denn Claudia war hinter uns in die Küche getreten.

»Ach, hallo, du bist sicher Jérôme. Ich darf doch du sagen, oder? Anna hat schon so viel von dir erzählt.«

Vielen Dank, Mama!

In Turbogeschwindigkeit schoss mir die Röte ins Gesicht, und ich musste mich beherrschen, meiner Mutter für diese peinliche Äußerung nicht auf der Stelle an die Gurgel zu springen. Dabei hatte sie mir vorhin hoch und heilig versprochen, nicht gleich auf der Bildfläche zu erscheinen! Es gab Momente, in denen verfluchte ich die Tatsache, dass sie zu Hause arbeitete, von ganzem Herzen.

»Ja, klar doch. Frau … ähm … sorry, das ist mir jetzt echt peinlich, aber ich kenne noch nicht mal Ihren Namen.«

Claudia winkte großzügig ab und kicherte albern. »Tja, mein Mann wollte schon lange ein Namensschild angebracht haben. Gaudin, Claudia Gaudin.« Sie streckte ihm lächelnd die Hand entgegen.

Jérôme ergriff sie. »Ich bin Jérôme Sanon. Aber nachdem Anna ja schon so viel von mir erzählt hat«, er warf mir einen kurzen Blick zu und seine Mundwinkel zuckten verdächtig, »wissen Sie das bestimmt. Und natürlich können Sie mich duzen. Ich bin ja erst siebzehn.«

Ich ahnte, was Claudia jetzt gleich von sich geben würde, noch bevor sie überhaupt den Mund aufgemacht hatte.

»Ach, dann bist du bestimmt auch zu dieser Party von Konstantin Krause eingeladen? Vielleicht kannst du Anna ja abholen und ihr geht gemeinsam hin? Das wäre für Anna eine tolle Möglichkeit, die Jugendlichen im Dorf kennenzulernen.«

»Mama«, sagte ich empört. »Was soll das denn? Ich habe doch gesagt, dass ich es mir noch überlege.«

Auch Jérôme schien meine Mutter langsam, aber sicher auf die Nerven zu gehen. Zumindest wirkte sein Gesicht mit einem Mal ziemlich verschlossen.

»Ich denke nicht, dass ich zu der Party gehen werde. Demnächst stehen einige wichtige Klausuren an und dafür muss ich lernen«, erklärte er.

Doch damit gab sich meine Mutter natürlich nicht zufrieden. »Aber ein paar Stunden feiern dürfte doch wohl mal drin sein.«

»Wohl eher nicht«, antwortete Jérôme schroff.

»Aha«, machte Claudia irritiert. »Dann lass ich euch jetzt wohl mal besser allein.«

»Gute Idee«, knurrte ich.

Nachdem Claudia ziemlich hektisch die Küche verlassen hatte, standen Jérôme und ich uns eine Weile schweigend gegenüber.

Irgendetwas war mit einem Mal anders. Es lief nicht gut zwischen uns, das konnte ich deutlich spüren. Jérômes Gesicht hatte wieder diesen abweisenden Zug und zwischen seinen Augenbrauen entdeckte ich eine steile Falte.

»Wollen wir in mein Zimmer hochgehen?«, unterbrach ich schließlich die Stille.

Er brummelte etwas Unverständliches, das ich als Ja deutete, und ich wandte mich zur Treppe. Schweigend trottete er mir hinterher. Obwohl das obere Stockwerk durch das große Panoramafenster besonders beeindruckend war, verlor er nun kein Wort mehr über den tollen Umbau, für den er eben noch so geschwärmt hatte.

In meinem Zimmer ließ ich mich auf das breite Sofa sinken, während Jérôme sich grimmig umguckte, die Hände tief in den Hosentaschen vergraben.

»Möchtest du dich nicht setzen?«, fragte ich. »Oder magst du vielleicht was trinken? Ja, genau, daran hätte ich echt mal denken können.« Ich wollte schon aufspringen, um wieder runter in die Küche zu laufen, aber er schüttelte den Kopf.

»Nö, lass mal. Kann sowieso nich lang bleiben.«

Jetzt kapierte ich gar nichts mehr. Wollte er etwa sofort wieder abhauen, wo er doch gerade erst gekommen war?

Ich verschränkte die Hände ineinander, stützte mein Kinn darauf und atmete tief durch. »Was ist denn plötzlich mit dir los?«

»Nichts, ich muss nur gleich wieder weg, weil ich noch lernen will. Und außerdem hab ich meinem Onkel versprochen, dass ich ihm später auf dem Hof helfe.«

»Aha«, machte ich.

»Weißt du, was?«, motzte er aus heiterem Himmel los. »Wenn es dir nicht passt, dann kann ich auch sofort wieder gehen. War sowieso 'ne blöde Idee von mir hierherzukommen.«

Ich war völlig perplex. »Sag mal, geht's noch? Warum flippst du denn so aus?«

»Das ist mir zu blöd. Echt. Ich bin dann mal weg.« Damit stürmte er aus dem Zimmer.

Ich saß noch immer wie erstarrt auf dem Sofa, als unten die Haustür laut ins Schloss knallte und kurz darauf Claudias Kopf im Türrahmen auftauchte.

»Ist dein Freund schon wieder gegangen?«, fragte sie mich erstaunt.

Ich schüttelte ratlos den Kopf und hob die Hände. »Sieht ganz so aus.«

»Und warum? Habt ihr euch gestritten?«

»Sieht ganz so aus«, wiederholte ich.

»Aber was ist denn geschehen?«

»Ich habe keine Ahnung. Aber weißt du, was«, verkündete ich, »das werde ich auf der Stelle ändern.« Damit sprang ich vom Sofa auf, schob mich an ihr vorbei in den Flur, stürmte die Treppe hinunter und verließ das Haus.

Jérôme musste gerannt sein, denn er hatte sich schon ein gutes Stück vom Hof entfernt. Zu Fuß würde ich ihn bestimmt nicht mehr einholen. Also lief ich zum Holzschuppen und holte mein Fahrrad heraus.

Entschlossen trat ich in die Pedale und hatte ihn noch vor der Kreuzung erreicht.

»Was soll das? Warum haust du einfach ab?«, keuchte ich atemlos.

Jérôme blickte stur geradeaus und rannte unbeirrt weiter. Von der Seite konnte ich erkennen, wie sein Unterkiefer mahlte.

»Spinnst du? Rede gefälligst mit mir! Was ziehst du denn hier bitte für 'ne Nummer ab?!«

Plötzlich blieb er stehen. So unerwartet, dass ich eine Vollbremsung machte und fast vom Rad gesegelt wäre.

»Hör mal, Anna. Es ist besser, wenn wir nichts miteinander zu tun haben.« Seine Stimme klang so eisig, dass ich eine Gänsehaut bekam.

»Aber warum?« Ich baute mich mit dem Rad direkt vor ihm auf und streckte trotzig das Kinn vor. »Ist es wegen dem blonden Mädchen in der Schule? Weil dir plötzlich eingefallen ist, dass du mir eine Kleinigkeit verschwiegen hast, nämlich dass sie deine *Freundin* ist? Hast du deswegen diesen völlig hirnrissigen Streit provoziert?«

Die Nachmittagssonne brannte heiß vom Himmel. Ich spürte, wie mir ein Schweißtropfen über die Stirn rann, und wischte ihn mit dem Handrücken weg.

Jérôme sah mich fassungslos an. »Was für ein blondes Mädchen? Wovon redest du?«

»Pah«, machte ich. »Jetzt tu doch nicht so. Ich hab dich vorhin in der Schule mit ihr gesehen. Wie ihr miteinander geflirtet habt. Ganz großes Kino«, funkelte ich ihn wütend an, obwohl ich kurz davor war, in Tränen auszubrechen.

Jérôme zog scharf die Luft ein und fuhr sich mit der rechten Hand durchs Haar. »Das ist Nadja. Sie geht in meine Klasse und ist *nur* eine Freundin. Mehr nicht. Außerdem hat sie einen Freund. Was soll sie mit der Sache zu tun haben?«

»Welche Sache, Jérôme? Ich versteh nur noch Bahnhof.«

Jérome schloss die Augen und rieb sich die Nasenwurzel, bevor er mir antwortete. »Es geht um kein anderes Mädchen. Es geht nur um dich. Ich will nicht, dass du meinetwegen Stress bekommst. Und ja, du hast wirklich nicht ganz danebengelegen, genau das ist mir vorhin erst klar geworden.«

Ich hätte gern die Hand nach ihm ausgestreckt, um die Härte aus seinem Gesicht zu streichen. Aber das wagte ich nicht. Stattdessen fragte ich: »Mit wem sollte ich deinetwegen Stress bekommen? Das ist doch Blödsinn.«

»Ich kann dir das nicht erklären. Du musst mir einfach glauben, es ist nicht gut für dich.«

»Was gut für mich ist und was nicht, das entscheide ich immer noch selber«, erklärte ich trotzig.

Jérôme schaute mich einen Moment schweigend an. Dann schüttelte er den Kopf und wollte einfach an mir vorbeigehen. Doch ich reagierte blitzschnell und hielt ihn am Unterarm fest.

»Jérôme, verdammt. Sag mir jetzt endlich, was dein Problem ist!«

Aber er schüttelte meine Hand ab und ging weiter, nur um kurz darauf stehen zu bleiben und wieder zu mir zurückzukommen. Ich hatte mich nicht von der Stelle gerührt, hatte ihm einfach hinterhergestarrt.

»So geht das nicht«, sagte er mehr zu sich selbst als zu mir. Er schaute mich an, und in diesem Blick lag so viel Verzweiflung, dass sich mir der Magen zusammenzog.

»Es tut mir leid, Anna. Das musst du mir glauben. Ich wollte mich nicht wie ein Vollidiot aufführen. Ich erkenne mich selbst nicht wieder, wirklich.« Er seufzte. »Es ist so, diesem Konstantin passt einfach mein Gesicht nicht. Keine Ahnung, warum.«

»Okay«, sagte ich gedehnt. »Und was hat das Ganze mit mir zu tun? Du willst mir doch jetzt nicht verklickern, dass du das Theater nur veranstaltet hast, weil der mich zu seiner Party eingeladen hat, oder?«

»Ach was.« Jérôme schüttelte den Kopf. »Du kannst zu jeder Party gehen, zu der du gehen möchtest. Das ist ganz allein dein Ding.«

Ich stimmte ihm nickend zu. »Was also ist dann das Problem?«

Jérôme stöhnte auf. »Mensch, Anna, ich weiß es doch selbst nicht. Der Typ ist irgendwie der große Häuptling bei der Dorfjugend hier. Die tanzen alle schön nach seiner Pfeife. Und ich hab einfach keinen Bock auf Stress und noch viel weniger, dass du deshalb welchen bekommst.«

»Wollen wir zu mir zurückgehen und in Ruhe darüber reden?«, fragte ich hoffnungsvoll.

»Lieber nicht.« Jérôme winkte ab. »Deine Mutter hält mich jetzt sicher für einen Volldeppen. Mein grandioser Abgang ist ihr bestimmt nicht entgangen, oder?«

»Na gut«, lenkte ich ein. »Dann reden wir eben hier darüber.«

Jérôme hob die Hände und ließ sie sofort wieder schlaff herunterfallen. »Ich weiß nicht, was ich dir noch sagen soll«, erklärte er. »Krause und seine Pfeifenköpfe stehen einfach nicht auf Typen wie mich. Und deswegen versuchen die, mir das Leben hier im Kaff zur Hölle zu machen. So einfach ist das.«

»Und was genau haben sie gegen dich? Geht es um deine Hautfarbe?«

Jérôme zuckte mit den Schultern. »Nein, das glaube ich nicht. Mag sein, dass man in einem kleinen Dorf auch mal auf Fremdenfeindlichkeit trifft. Aber ich habe echt nicht den Eindruck, dass das in dem Fall eine Rolle spielt. Ich passe einfach nicht in ihr Schema. Zu ihrer Weltanschauung. Was weiß ich?« Er runzelte die Stirn. »Eigentlich ist mir der Grund auch schnurzegal. Ich möchte nur nicht, dass du es dir meinetwegen mit den Leuten hier verdirbst.«

Jèrôme schaute zur Seite, sein Brustkorb hob und senkte sich.

Ich schluckte schwer und fummelte am Gummigriff meines Lenkers herum. »Was hältst du von folgendem Vorschlag«, sagte ich leise.

Jérôme sah mich an.

»Ich lass mein Rad hier stehen und dann machen wir einen Waldspaziergang.« Ich lächelte ihn an. »Was meinst du?«

Jérôme zögerte. »Ich weiß nicht. Und wenn dir einer dein Rad klaut?«, gab er schließlich zu bedenken.

»Also wenn das deine einzige Sorge ist, kann ich dich beruhigen: Meine Mutter wird sich denjenigen so vorknöpfen, dass er mir das Rad mit Freuden zurückbringen wird«, erklärte ich.

Jérôme grinste schief. »Das glaub ich dir aufs Wort. Okay, dann mal los.«

Im Wald empfing uns eine angenehme Ruhe und Kühle. Schweigend liefen wir nebeneinanderher.

An einer kleinen, saftig grünen Wiese endete der Weg. Ich streckte die Arme zur Seite aus und holte tief Luft.

»Es ist wunderwunderschön hier. Absolut genial!«, rief ich. Für einen kurzen Moment fühlte ich mich einfach nur glücklich und schob alles andere beiseite. Ich ließ mich ins warme Gras sinken und streckte die Hand nach Jérôme aus. Ich tat es ganz selbstverständlich, weil es mir plötzlich richtig vorkam.

»Setz dich doch«, forderte ich ihn auf und lächelte.

Jérôme ließ sich langsam neben mir auf dem Boden nieder. »Inzwischen komme ich mir wirklich wie ein kompletter Idiot vor. Ich hätte es dir vernünftig erklären und nicht wie ein kleines Kind davonrennen sollen«, murmelte er.

Ich rupfte eine Pusteblume heraus und drehte sie zwischen den Fingern hin und her. »Die beiden Typen neulich vorm Supermarkt, die haben mich blöd angemacht. So nach dem Motto: Tu, was wir dir sagen, sonst gibt's Ärger«, gestand ich ihm.

Jérôme machte große Augen. »Was?« Er stockte und schlug sich gleich darauf mit der flachen Hand vor die Stirn. »Deshalb hast du vermutet, dass sie hinter dem Einbruch bei euch stecken. Jetzt kapier ich es. Du denkst, das sollte eine Art Warnung sein?«

»Genau, aber das war nur so ein Gedanke. Beweise hab ich dafür natürlich nicht. An diese Theorie mit dem Pferderipper hat selbst meine Mutter nicht geglaubt.«

»Warum hast du mir nicht schon eher davon erzählt?«

Ich blies gegen die Blume, nur ganz sacht, sodass sich ein Schirm nach dem anderen vom Stängel löste und durch die windstille Luft tanzte. »Weil ich es nicht für wichtig gehalten habe. Klar, die haben dich *Opfer* genannt und mir ziemlich deutlich gemacht, dass ich auch bald eins bin, wenn ich mich weiterhin mit dir abgebe. Aber mal ehrlich, sollte ich so einen Müll wirklich ernst nehmen?«

Jérômes Augen verengten sich zu Schlitzen. Er holte tief Luft, schien innerlich bis zehn zu zählen, ehe er aus zusammengebissenen Zähnen hervorpresste: »Arschlöcher. Das sind einfach nur selten dämliche Arschlöcher.«

Ich legte meine Hand auf seinen Unterarm. Fest und warm fühlte sich die Haut unter meinen Fingern an. »Wie kommt es eigentlich, dass du bei deinem Onkel und deiner Tante wohnst?«, fragte ich. »Wo sind deine Eltern?«

Er schaute mich an, die Lippen immer noch fest aufeinandergepresst und die Stirn gerunzelt.

»Hattest du Stress mit ihnen? Bist du deswegen nach Malhausen gezogen?«

Seine Züge nahmen einen leicht erstaunten Ausdruck an, wurden weicher und schließlich stahl sich ein Lächeln auf seine Lippen. »Wird das ein Verhör?«, fragte er schmunzelnd.

»Ich will dich einfach nur besser kennenlernen«, sagte ich und guckte verschämt zu Boden.

»Na gut«, verkündete Jérôme, drehte sich auf den Rücken und verschränkte die Arme hinter dem Kopf, »schieß los, ich bin für jede Frage bereit. Und damit du mir auch glaubst, verrate ich dir gleich mein allerdunkelstes Geheimnis: Ich bin eine langweilige, verstaubte Leseratte. Neben meinem Bett stapeln sich Bücher über Bücher, und ich weiß, das ist alles andere als sexy. Außerdem stehe ich auf Jan Delay. Auch wenn seine Stimme so klingt, als hätte er immer eine Wäscheklammer auf der Nase. Also, wenn du es dir an dieser Stelle noch einmal überlegen möchtest, noch kannst du die Flucht ergreifen.«

»Spinner!« Ich lachte auf und ließ mich rücklings neben ihn ins Gras sinken. Und in diesem Moment spürte ich es. Da war etwas zwischen uns – etwas Außergewöhnliches, das ich noch mit keinem anderen Jungen erlebt hatte. Und ich war mir sicher, dass auch Jérôme es spürte.

Er beugte sich zu mir herüber und fuhr mit dem Zeigefinger langsam die Konturen meines Gesichts nach.

»Du bist unglaublich, Anna«, flüsterte er. »Jedes Mal wenn ich dich angucke, dann ist es, als ob eine Bombe in meinem Herzen explodieren würde.«

Nun war es endgültig um mich geschehen. In einem plötzlichen Impuls legte ich ihm die Hände um den Hals und zog sein Gesicht zu mir heran. Er lächelte, kam mir mit seinem Mund so nah, dass ich seinen warmen Atem auf der Haut spürte. Und dann endlich … legten sich seine Lippen auf meine und seine Zungenspitze suchte sanft ihren Weg in meinen Mund. So zärtlich, dass sich mir die feinen Härchen an Arm und Nacken aufstellten.

Ich streichelte seine Wange, fasste in seine weichen Locken, während seine Hände über meinen Rücken glitten und der Kuss immer mehr an Intensität gewann.

»Wow«, brachte Jérôme hervor, als wir uns nach einer kleinen Ewigkeit wieder voneinander lösten.

Dem gab es nichts hinzuzufügen, fand ich. Außer vielleicht einer Zugabe.

Es dämmerte schon, als ich nach Hause kam. Gedankenverloren steckte ich den Schlüssel ins Türschloss, als mich ein Räuspern hinter mir erschrocken zusammenfahren ließ. Ich fuhr so ruckartig herum, dass mein Gegenüber ebenfalls ein wenig zusammenzuckte. Ich wollte etwas sagen, brachte aber kein Wort heraus. Meine Hand krallte sich um den Türknauf, mein Herz raste.

»Oh, sorry«, murmelte der Junge. »Ich wollte dich nicht erschrecken.«

»Hast du aber!«, gab ich zurück.

»Tja, ich hab dir auch was voraus. Hab dich schon ein paarmal im Dorf gesehen. Du mich aber wohl nicht, was? Wie auch immer, ich bin Konstantin Krause«, stellte er sich breit grinsend vor. »Ich war heute Mittag schon einmal hier und habe eine Einladung für dich abgegeben.«

Ich musterte ihn. Blonde kurze Kringellocken und ein glattes Unschuldsgesicht mit blauen Augen.

Du bist also Konstantin Krause.

»Und warum stehst du nun schon wieder vor unserer Tür?«, fragte ich schroff.

»Ähm … reiner Zufall. Hab dich eben gesehen, zusammen mit diesem Jérôme, als du mit dem Rad den Weg lang bist, und mir gedacht, ich sag noch mal schnell persönlich Hallo. Na ja, und warne dich vor diesem Typen.«

»Aha«, sagte ich abweisend. Doch dann kam mir ein Gedanke. »Okay, ich hätte mal eine Frage. Da erst gestern zwei deiner Freunde meinten, mir erklären zu müssen, mit wem ich mich abgeben sollte und mit wem nicht, und du deswegen nun auch noch bei mir zu Hause aufkreuzt, möchte ich eine Sache gern wissen: Was soll das ganze Theater? Seid ihr noch ganz dicht? Ihr kennt mich doch nicht einmal.«

Das Grinsen auf Konstantins Gesicht war schlagartig wie weggewischt. Er kam ein wenig näher an mich heran und stieß wütend hervor: »Spiel dich mal nicht so auf. Ich wollte dich nur warnen und dir helfen.«

»Mir helfen? Tickst du noch ganz richtig?!«

»Der zieht hier voll die miese Masche ab, Mann. Tut ganz unschuldig, aber in Wirklichkeit verfolgt der nur ein Ziel.«

»Ziel?«

»Sicher, der will dich klarmachen.«

»Wie bitte?«

»Dich klarmachen, vernaschen … schon mal was davon gehört?« Spöttisch verzog er den Mund.

»Sag mal, kann es sein, dass du zu viel Stallluft geschnuppert hast?«, erwiderte ich. »Oder warum laberst du so einen selten dämlichen Schwachsinn?«

Doch Konstantin zeigte sich kein bisschen beeindruckt von meinen Beleidigungen. Ganz im Gegenteil, er starrte mich geradezu mitleidig an.

»Du willst es wohl nicht raffen, oder? Der denkt, er hat hier den dicken Ausländerbonus. Hast du mal die Ader an seinem Hals gesehen? Wie beim Gladiator. Bestimmt haut der sich zum Frühstück zehn Scheiben Schinken aufs Brot, wegen dem Eiweiß und so. Mann, schnallst du's nicht? Der Typ will dich flachlegen. Du wärst nicht die Erste hier, bei der er das versuchen würde.«

»Völlig logisch«, machte ich mich über ihn lustig. »Du meinst also, er wird mich demnächst packen und mit in den Urwald schleifen. So wie bei Tarzan und Jane. Klingt total realistisch.«

Er schürzte verächtlich die Lippen. »Bitte, mach dich ruhig lustig. Aber behaupte nachher nicht, ich hätte dich nicht gewarnt.«

»Mach ich nicht. Versprochen! Kann ich jetzt reingehen?«

Konstantin schien tatsächlich anzunehmen, dass ich ihn um Erlaubnis bat, denn er nickte gebieterisch.

»Was ist denn nun mit der Party? Du kommst doch, oder?«, rief er noch, als ich schon halb im Haus verschwunden war.

Ohne mich noch einmal umzudrehen, sagte ich schroff: »Das muss ich mir echt noch mal überlegen. Am besten frage ich Tarzan, was der davon hält … ob er mir quasi Dschungelausgeherlaubnis erteilt.« Damit knallte ich ihm die Tür vor der Nase zu.

7.

Jérôme saß nun schon seit einer halben Stunde am Schreibtisch und versuchte, seine Hausaufgaben zu machen, aber Anna ging ihm einfach nicht aus dem Kopf. Und er stellte überrascht fest, dass er sie vermisste. Obwohl sie sich gerade erst gesehen hatten.

Er seufzte tief, lehnte sich zurück und blickte aus dem Fenster. In Gedanken rief er sich noch einmal den Nachmittag mit ihr in Erinnerung.

Er hatte ihr erzählt, was ihn nach Mahlhausen verschlagen hatte. Dass seine Mutter für zwei Jahre als Ärztin nach Afrika gegangen war, er sie aber nicht begleiten konnte, weil er erst sein Abi machen wollte. So war er zu Ella und Udo gezogen und hatte es schon nach kurzer Zeit bitter bereut. Na ja, bis Anna plötzlich aufgetaucht war.

Es war echt verrückt, vor ein paar Tagen hatte er noch nicht einmal etwas von ihrer Existenz geahnt, und jetzt konnte er sich kaum vorstellen, ohne sie zu sein. Mit einem Mal war sie da gewesen und hatte mit einem Lächeln all seine Zweifel, Sorgen und Ängste einfach zur Seite gefegt.

Anna war schlagfertig, witzig und machte auf ihn den Eindruck, als ob sie sich vor nichts auf der Welt wirklich fürchten würde. Na ja, und dass sie auch auf Jan Delay stand, hatte ihr weitere Bonuspunkte eingebracht. Und er? Im Nachhinein kam er sich ziemlich dämlich vor. Dieses Weggerenne und das ewige Hin und Her. Er hatte sich ganz schön peinlich verhalten, gestand er sich selbst ein.

Der Klingelton seines Handys riss ihn aus seinen Gedanken. Hastig kramte er es aus der Hosentasche hervor und schaute auf das Display.

Sabine ruft an …

»Hi, Ma!«, rief Jérôme in den Hörer.

»Hallo, mein Großer. Ich musste gerade an dich denken. Wie geht es dir? Alles okay?«

Jérôme grinste. »Genauso gut oder schlecht wie gestern oder vorgestern oder vorvorgestern oder …«

»Schon gut. Ich hab's kapiert«, fiel sie ihm lachend ins Wort. »Deine alte Mutter nervt.«

»Quatsch. Natürlich nervst du nicht. Und seit wann fühlst du dich alt?«, fragte er spöttisch.

Sie stöhnte kummervoll in den Hörer. »Der Job bringt mich noch um. Ich glaube, in den letzten Monaten bin ich um mindestens zehn Jahre gealtert. Du kannst dir nicht vorstellen, was hier für ein Elend herrscht. Manchmal weiß ich nicht, ob ich das wirklich noch ein weiteres Jahr durchstehe, aber …« Sie stockte, bevor sie mit bebender Stimme fortfuhr: »Weißt du … es … es ist entsetzlich. Wir haben nichts. Noch nicht einmal die einfachsten Dinge … und die Menschen hier, die sterben uns unter den Händen weg … Es ist so beschämend.«

Jérôme wusste nicht, wie er seine Mutter trösten konnte. Gestern hatte sie ihm noch voll überschäumender Euphorie von einem kleinen Jungen erzählt, den sie unter extrem schlechten Bedingungen operiert und damit sein Leben gerettet hatte. Und heute war sie wieder total am Boden zerstört.

»Ma, niemand zwingt dich, in Kenia zu bleiben.«

»Entschuldige bitte. Ich wollte dir nicht am Telefon etwas vorheulen.« Sie klang wieder gefasster.

»Ist schon okay«, sagte Jérôme. Er hätte ihr gern von Anna erzählt, verwarf den Gedanken aber sofort wieder. Irgendwie wollte er die Sache mit Anna noch für sich behalten.

»Was machen Ella und Udo?«

»Was sie immer tun, sie streiten. Ella will unbedingt den Hof verkaufen und Udo sträubt sich mit Händen und Füßen dagegen. Ansonsten habe ich das komische Gefühl, dass Udo gerade im Begriff ist, eine Riesendummheit zu begehen.«

»Wie kommst du darauf?«

Jérôme überlegte kurz. Eigentlich wollte er seine Mutter damit nicht belasten. Zumal er sich noch nicht einmal sicher war, ob an seinem Verdacht überhaupt etwas dran war.

»Ich habe vor ein paar Tagen ein ziemlich komisches Telefonat mitbekommen«, begann er zögerlich. »Udo hat mit irgendjemand etwas wegen einer Übergabe abgesprochen.« Mit deutlichem Sarkasmus in der Stimme fügte er hinzu: »Und ich bin mir ziemlich sicher, dass es dabei nicht um landwirtschaftliche Erzeugnisse ging.«

»Hm …«, machte Jérômes Mutter. »Udo und kriminelle Geschäfte? Das kann ich mir ehrlich gesagt überhaupt nicht vorstellen.«

»Er verschwindet in letzter Zeit regelmäßig spätabends. Ella flippt total aus deswegen, aber Udo weigert sich, ihr zu sagen, wo er sich herumtreibt. Und gestern habe ich einen Streit zwischen den beiden mitbekommen, in dem Udo ankündigte, dass er einen neuen Traktor kaufen würde. Das Geld dafür hat er angeblich schon. Vielleicht ist er in Hehlereigeschäfte verwickelt oder so?«

Einen Moment herrschte Ruhe am anderen Ende der Leitung. Jérôme dachte schon, die Verbindung sei abgebrochen, als seine Mutter plötzlich sagte: »Tja, wenn es um den Hof geht, ist ihm wahrscheinlich doch so ziemlich alles zuzutrauen. Aber wie sollte er in so was hinein...«

Es folgte ein kurzes Rauschen und dann schien die Verbindung wirklich abgebrochen zu sein. Jérôme rief noch zwei-, dreimal ihren Namen, sah aber schließlich ein, dass es keinen Zweck hatte. Er legte das Handy vor sich auf den Schreibtisch und betrachtete es eine Weile nachdenklich.

Aus dem Nebenzimmer drangen Ellas und Udos aufgebrachte Stimmen zu ihm herüber.

Nicht schon wieder, dachte Jérôme. Nicht heute.

Er presste sich die Hände auf die Ohren. Doch das Geschrei der beiden war immer noch zu hören. Plötzlich hatte er das Gefühl, es nicht eine Sekunde länger im Haus auszuhalten. Die Wände erdrückten ihn förmlich und das wütende Geschrei zerrte an seinen Nerven.

»Ich muss hier raus«, sagte er zu sich selbst.

Erneut griff er nach seinem Handy, wühlte den kleinen Zettel aus der Hosentasche, auf den Anna ihm vorhin ihre Handynummer gekritzelt hatte, und wählte sie kurz entschlossen. Sein Herz dröhnte wie verrückt, während er angestrengt dem Tuten lauschte und gleichzeitig versuchte, Ellas Gekeife und Udos Gepolter auszublenden.

Dann endlich war Anna am Telefon. »Ja?«, murmelte sie.

Jérôme zögerte, wollte einem ersten Reflex folgend einfach wieder auflegen, aber dann kam ihm das ziemlich lächerlich vor und er sagte: »Ich bin's, Jérôme. Kannst du dich noch mal rausschleichen?«

»Was meinst du damit?« Ihre Stimme klang benommen. Anscheinend hatte sie schon geschlafen.

»Hab ich dich geweckt?« Augenblicklich überkam ihn ein schlechtes Gewissen.

»Ähm … nicht wirklich«, druckste sie etwas verlegen herum. »Bin wohl über meinem Buch eingenickt. Übrigens das, von dem du mir so vorgeschwärmt hast …«

»Oje, ich sag's doch, ich bin voll der Langweiler.«

Sie kicherte leise und Jérôme fragte: »Der Platz heute im Wald, der hat dir gefallen, oder?«

»Ja, total«, schwärmte Anna.

»Ich kenne da eine Lichtung. Direkt über Mahlhausen. Der Ausblick ist genial.«

»Das hört sich gut an.«

»Du musst nur Ja sagen.«

»Ja«, flüsterte Anna in den Hörer.

8.

Hand in Hand liefen wir nebeneinanderher. Vor uns der tiefschwarze Wald mit seinen gewaltigen, düsteren Umrissen.

Seitdem ich mich aus dem Haus geschlichen und Jérôme an der kleinen Landstraße stehen gesehen hatte, war etwas mit mir geschehen. Eine Art *Knall* … So wie Jérôme es mir heute Nachmittag bei sich selbst beschrieben hatte. Als würde etwas in meinem Herzen explodieren, das von dort aus meinen ganzen Körper durchströmte, mich elektrisierte.

Ich war auf Jérôme zugelaufen, hatte meine Arme um seine Hüften gelegt und ihn geküsst. Und das Kribbeln in mir war so stark geworden, dass mir ganz schwindelig davon geworden war.

Jérôme hatte sich schließlich atemlos von mir gelöst und mich mit großen fragenden Augen angeschaut. Aber ich hatte einfach nur seine Hand ergriffen und sie seitdem nicht mehr losgelassen.

Wir erreichten den Wald, gingen jedoch nicht hinein, sondern folgten einem schmalen Feldweg, der seitlich daran entlangführte. Es war stockdunkel um uns herum, aber ich fürchtete mich nicht. Jérôme war bei mir und das gab mir ein Gefühl von Geborgenheit und Sicherheit.

Ohne meine Hand loszulassen, stieg Jérôme vor mir den schmalen Pfad hinauf. Ein paar anstrengende Meter, dann waren wir oben angelangt. Um uns herum was es jetzt so finster, dass ich selbst den Boden unter meinen Füßen nicht mehr erkennen konnte. Vorsichtig zog Jérôme mich mit sich. Schritt für Schritt. Ganz behutsam. Etwas streifte meine Wange und ich schrie erschrocken auf.

»Was ist?«, fragte Jérôme besorgt und blieb stehen.

»Alles in Ordnung«, versicherte ich ihm. »Das war nur ein Zweig.«

Wir liefen weiter. Noch langsamer, und dennoch stolperte ich schon nach wenigen Schritten über einen kleinen Findling und wäre fast der Länge nach hingefallen, wenn Jérôme mich nicht in allerletzter Sekunde aufgefangen hätte.

Ich presste mich fest an ihn. Spürte sein Herz, das genauso heftig schlug wie meins.

»Wir sind gleich da«, flüsterte er mir ins Ohr, mit dieser rauen Stimme, die jedes Mal dafür sorgte, dass die Schmetterlinge in meinem Bauch total verrücktspielten.

Von mir aus hätten wir auch einfach hier stehen bleiben können, genau an dieser Stelle. Seine starken Arme um mich gelegt, eingehüllt von seinem Duft, seine Lippen, die mir etwas ins Ohr flüsterten.

Ich konnte nicht glauben, dass ich es war, die mit diesem Jungen zusammen war. Am liebsten hätte ich den Moment eingefroren. Nur Jérôme und ich und um uns herum der tiefschwarze Wald – in alle Ewigkeit.

»Komm, lass uns weitergehen«, forderte er mich auf und ich löste mich widerwillig aus der Umarmung.

Noch ein kurzes Stück quer durch den Wald und dann lag die versprochene Lichtung tatsächlich vor uns.

»Wahnsinn«, flüsterte ich. Es war so still und friedlich, dass ich mich nicht einmal traute, laut zu sprechen.

Unter uns lag das schlafende Dorf, um uns herum der Wald und über uns strahlte ein mit unzähligen Sternen übersäter Nachthimmel.

Jérôme ließ meine Hand los und breitete die Decke auf dem Boden aus, die er im Rucksack mit sich getragen hatte. Mit einer einladenden Handbewegung forderte er mich auf, Platz zu nehmen.

Ich setzte mich hin, die Beine angezogen, und blickte mich mit großen Augen um. Jérôme ließ sich direkt hinter mir nieder, legte die Arme um mich und zog meinen Oberkörper gegen seine Brust. Leise seufzend ließ ich meinen Kopf nach hinten sinken und schmiegte mich an ihn.

»Anna.«

»Ja?«

»Das mit uns …«

Ich merkte, wie sich meine Muskeln anspannten. War das etwa wieder der besorgte Tonfall in seiner Stimme? Hatte Jérôme immer noch Zweifel daran, ob wir das Richtige taten?

Blitzschnell drehte ich mich zu ihm um und legte meinen Zeigefinger auf seine Lippen.

»Nicht reden«, befahl ich leise. Dann kam ich mit dem Gesicht ganz nah an seines heran und gab ihm einen zärtlichen Kuss auf die Nasenspitze … einen weiteren auf die Wange … das rechte Ohrläppchen … seinen Hals … Ich hörte, wie er scharf die Luft einzog, und schaute verunsichert auf. Unsere Blicke trafen sich, und es lag so viel Weichheit in Jérômes Augen, dass mir ein wohliger Schauer über den Rücken lief.

»Das hier, Anna«, flüsterte er und umfasste mein Gesicht mit beiden Händen, »träum ich das alles nur?«

Ich schüttelte den Kopf und lächelte, dann schloss ich die Augen und wir küssten uns.

9.

Seit dem Abend auf der Lichtung hatte ich jede freie Minute mit Jérôme verbracht.

Meine Mutter reagierte darauf mit gemischten Gefühlen. Besonders als ich ihr mitteilte, dass ich nicht zu Konstantins Geburtstagsparty gehen wollte.

»Aber, Anna, du kannst dich doch nicht von allen absondern. Und wenn es mit Jérôme mal nicht so läuft? Meinst du, dann haben die anderen noch Lust, sich mit dir abzugeben?«, gab Claudia zu bedenken.

Mir war es zwar völlig egal, was meine Mutter davon hielt, dennoch tat ich so, als ob ich einlenken wollte.

»Okay. Ich gehe zu der Party. Aber nur, wenn Jérôme auch eingeladen ist«, erklärte ich.

Claudia hob erstaunt die Augenbrauen. »Warum sollte er das nicht sein?«

»Das habe ich dir doch schon gesagt. Diesem Konstantin und seinen Lakaien passt Jérômes Gesicht nicht. Vielleicht liegt es auch an seiner Haarfarbe. Na ja, zum Glück sind meine genauso dunkel«, erklärte ich spöttisch.

»Anna, entschuldige bitte, aber ich glaube, du hast dich von deinem Jérôme dermaßen einlullen lassen, dass du nicht mehr in der Lage bist, einen klaren Gedanken zu fassen.«

Ich lachte auf. »*Einlullen?*«

Sie schüttelte verständnislos den Kopf. »Anna, ich erkenne dich nicht wieder. Du wirkst so verändert ...«

Ich schaute meine Mutter einen Moment nachdenklich an und wusste nicht, was ich darauf erwidern sollte. Konnte schon sein, dass ich mich verändert hatte. Ich war erwachsener geworden. Nicht mehr ihr kleines Anna-Schätzchen. Aber was Konstantin betraf, da war ich mir nun einmal sicher, dass ich richtiglag. Selbst wenn er nicht gerade der Hellste unter der Sonne war, es war eine Riesenfrechheit, wie er mit Jérôme umsprang.

Claudia legte mir besänftigend die Hand auf den Arm. »Anna-Schätzchen, lass uns nicht streiten. Vielleicht gehört dieser Entwicklungsschub ja auf dem Weg zum Erwachsenwerden dazu«, versuchte sie es jetzt mit der Ich-bin-deine-dich-liebende-Mutter-und-habe-für-alles-Verständnis-Tour. Aber da hatte sie mich auf dem falschen Fuß erwischt. Auf die Masche hatte ich jetzt echt keine Lust. Ich bedachte sie mit einem eisigen Blick, verschränkte die Arme vor der Brust und ließ mich gegen die Stuhllehne zurücksinken.

Claudia fuhr unbeirrt mit ihrer Super-Mami-Tour fort: »An deiner Stelle würde ich es so machen ...« Sie stockte, sah mich nachdenklich an und wedelte mir dann mit der Hand vorm Gesicht herum. »Hallo, hörst du mir überhaupt zu?«

Ich blinzelte übertrieben und schüttelte den Kopf. »Ähm ... was hast du gerade gesagt?«

Claudia stöhnte kummervoll auf. »Anna, Anna, langsam mache ich mir ernsthaft Sorgen um dich.«

»Du wiederholst dich. Aber bestimmt ist daran auch der böse, böse Jérôme schuld. Richtig? Hab ich die volle Punktzahl erreicht?« Trotzig streckte ich das Kinn vor und blickte ihr herausfordernd in die Augen.

Claudia rang offensichtlich um ihre Beherrschung, denn ihre Stimme hörte sich nach jeder Menge unterdrücktem Ärger an. »Bitte, Anna. Lass uns einmal ganz vernünftig miteinander reden. So von erfahrener Frau zu junger, nicht ganz so erfahrener Frau.«

»Alles klar, du meinst also von alter Henne zum flügge gewordenen Küken«, rutschte es mir raus. Wenn meine Mutter einen auf Wir-sind-doch-die-besten-Freundinnen machte, war es wirklich kaum zu ertragen.

Zu meinem Erstaunen fing sie an zu lachen. »Stimmt«, sagte sie. »Wir sind zwei richtig streitsüchtige Hennen, seitdem wir aufs Land gezogen sind.«

Nun musste ich ebenfalls grinsen, ob ich wollte oder nicht. Streitsüchtige Hennen, ja, das traf es wirklich perfekt.

»Na gut«, gab ich schließlich nach. »Dann gelobt die jüngere streitsüchtige Henne jetzt Besserung und hört der alten Henne aufmerksam zu.«

Meine Mutter verpasste mir einen Knuff in die Seite und lächelte.

»Dann höre meinen Vorschlag zur Güte, Kind«, sagte sie. Ich nickte und Claudia fuhr fort: »Ich kenne deinen Jérôme noch gar nicht richtig. Wenn er zu uns kommt, dann verschwindet ihr immer gleich in dein Zimmer. Das einzige Gespräch, das ich bisher mit ihm geführt habe, ist auch nicht gerade gut gelaufen, wie du dich sicher erinnerst. Dennoch versuche ich, nicht voreingenommen zu sein. Jérôme ist ein wirklich gut aussehender junger Mann, ohne Zweifel. Aber ich möchte einfach nicht, dass du vor lauter Verliebtheit versäumst, dir hier ein eigenes Leben aufzubauen. Du hast mir selbst erzählt, dass Jérôme nur noch ein Jahr in Mahlhausen bleibt, oder?«

Ich seufzte schwach. Natürlich hatte ich mich schon gefragt, was sein würde, wenn das Jahr um war. Aber ich hatte diesen Gedanken immer gleich weit weg geschoben. Ich lebte jetzt und hier und alles andere würde sich schon irgendwie ergeben.

»Okay«, sagte ich gedehnt. »Und was schlägst du mir deshalb vor?«

Claudia drückte die Schultern durch und schaute mir fest in die Augen. »Geh allein zu Konstantins Feier. Lern die Jugendlichen hier im Dorf kennen und gib ihnen vor allen Dingen die Chance, *dich* kennenzulernen. Wenn du dann immer noch der Meinung bist, dass alle miteinander hirnlose Dummköpfe sind, die es einzig und allein auf deinen Jérôme abgesehen haben, dann brauchst du keinen von denen jemals wieder eines Blickes zu würdigen. Einverstanden?«

Typisch Claudia. Sie hatte mal wieder nichts kapiert und musste hemmungslos übertreiben. Ich schüttelte den Kopf. »So, wie du das gleich wieder darstellst, ist es doch nun wirklich nicht ...«

Aber weiter kam ich nicht, weil Claudia mir ins Wort fiel. »Schatz, lass uns bitte nicht schon wieder darüber streiten, ob einer von uns übertreibt und Gespenster sieht oder nicht. Gib dir einfach einen Ruck und sag Ja. Tu mir den Gefallen«, flehte sie mich an.

Ich hob resigniert die Schultern. »Wenn es dir so wichtig ist«, murmelte ich halbherzig.

Claudia lehnte sich ein Stückchen zu mir herüber und strich mir mit dem Handrücken sanft über die Wange. »Ja, Anna. Es ist mir sehr wichtig.«

Ich verdrehte die Augen. »Okay«, gab ich schließlich nach.

Meine Mutter strahlte zufrieden, und in mir machte sich das bittere Gefühl breit, dass ich soeben Jérôme verraten hatte. Und vielleicht auch mich selbst.

Kurze Zeit später holte ich mein Rad aus dem Schuppen und radelte die schmale Landstraße Richtung Tönisberg hinauf. Mit jedem Meter, den ich mich dem Hof näherte, fühlte ich mich unbehaglicher.

Als ich schließlich zögerlich den Zeigefinger auf den Klingelknopf legte, hatte sich das schlechte Gewissen in jeder Faser meines Körpers ausgebreitet.

Ich hatte nicht die geringste Ahnung, wie ich Jérôme erklären sollte, dass ich morgen Abend zu der Geburtstagsfeier von Konstantin gehen würde, ohne ihn damit zu verletzen. Wie konnte ich ihm das nur antun? Nach all dem, was Konstantin über Jérôme gesagt hatte.

Aber mir blieb keine Zeit zum Grübeln. Die Tür wurde schwungvoll aufgezogen und ein über beide Ohren strahlender Jérôme stand vor mir.

»Hi«, murmelte ich und ließ beschämt den Blick sinken.

Jérôme schien mir nichts anzumerken. Er zog mich mit einem stürmischen Ruck in die Arme, küsste mich und sagte dann aufgeregt: »Ich habe eine Überraschung für dich.«

Seine dunklen Augen funkelten vor Begeisterung. »Dazu musst du allerdings deine Eltern davon überzeugen, dass sie dich von Samstag auf Sonntag woanders übernachten lassen. Oder dir zumindest erlauben, erst ziemlich spät nach Hause zu kommen.«

»Samstag? Übernachten?« Ich erschrak und wurde sofort von einer Welle von Schuldgefühlen erfasst.

Jérôme deutete meine Reaktion jedoch völlig falsch. »Oh, du denkst jetzt sicher … ich … ich … Aber nein, so habe ich das überhaupt nicht gemeint«, stammelte er verlegen.

Als mir klar wurde, wovon er sprach, hatte ich das Gefühl, als ob ich kopfüber in einen Berg von Brennnesseln gefallen wäre, meine Haut schien Feuer gefangen zu haben.

»Ähm«, machte ich und brach ab.

Jérôme ließ die Arme von meinen Schultern sinken und wich einen Schritt zurück. »Du-du verstehst das ganz falsch, also ich …« Er stockte. Schwankte vom linken Bein auf das rechte und wieder zurück und kratzte sich dabei so umständlich am Hinterkopf, dass sein Arm das halbe Gesicht verdeckte. »Also, ja klar habe ich schon mal daran gedacht. Aber das hat natürlich noch Zeit und ich will dich überhaupt nicht drängen. Ich möchte einfach nur einen schönen Abend mit dir verbringen und vielleicht sogar die ganze Nacht, aber nicht weil ich mit dir … Na ja, du weißt schon, oder?«

»Alles klar«, sagte ich trocken. »Wo hast du den Schinken versteckt?«

»Schinken?«, fragte Jérôme irritiert.

Ich warf ihm einen bedeutungsvollen Blick zu und senkte meine Stimme. »Jetzt lerne ich also endlich den Gladiator in dir kennen, der mich in den Dschungel verschleppt, um mir seine gewaltige Halsschlagader zu präsentieren.«

Endlich hatte Jérôme begriffen, dass ich auf mein Gespräch mit Konstantin anspielte, und fing wie befreit an zu lachen.

In diesem Moment kam Jerômes Tante aus der Küche in die Diele geeilt. Als sie uns in der Eingangstür entdeckte, blieb sie abrupt stehen. »Oh, tut mir leid«, murmelte sie und wollte schon wieder in die Küche verschwinden. Aber Jérôme hielt sie zurück.

»Das ist übrigens Anna«, stellte er mich seiner Tante vor.

Sie musterte mich aus kühlen graublauen Augen und hielt mir schließlich die Hand hin. »Schön, dass ich dich auch mal kennenlerne, Anna.«

Ich bemühte mich, ihrem strengen Blick standzuhalten. »Ja, finde ich auch, Frau Reineke«, antwortete ich.

»Na, dann will ich mal weitermachen.« Sie ließ meine Hand los, nickte mir kurz zu und verschwand wieder in die Küche.

»Ist die immer so ernst?«, fragte ich Jérôme mit gesenkter Stimme.

Er grinste. »Wenn du das ernst nennst, dann solltest du erst einmal meinen Onkel erleben. Der geht zum Lachen ausschließlich aufs Klo.«

»Oje«, sagte ich übertrieben mitleidig, »mein armer, armer Liebling.«

»Hey, du ...« Jerome zog mich an meinem T-Shirt zu sich. »Das ist jetzt schon das zweite Mal, dass du dich heute über mich lustig machst. Ich glaube, ich muss dir wohl mal eine kleine Lektion erteilen. Ich Tarzan, du Jane.« Damit umfasste er meine Taille und zog mich mit einem Ruck noch enger an sich heran. Mein Herz überschlug sich fast, als er mich küsste.

Nach einer Weile räusperte sich jemand leise. »Entschuldigung, aber ich muss euch noch mal stören«, sagte Jérômes Tante, die unbemerkt wieder in die Diele getreten war.

Verlegen lösten wir uns voneinander.

»Was ist denn?«, fragte Jérôme.

Seine Tante hielt ihm das Telefon entgegen. »Deine Mutter ist dran.«

»Ich habe es überhaupt nicht klingeln hören«, wunderte er sich, während er ihr den Hörer aus der Hand nahm.

»Hat es auch nicht. Ich habe Sabine angerufen«, erklärte Frau Reineke. »Aber sie wollte dich unbedingt kurz sprechen.«

Jérôme nickte ihr zu, bevor er sich wieder an mich wandte. »Möchtest du schon mal in mein Zimmer gehen? Gleich die erste Tür links, wenn du die Treppe hochkommst.«

Aber ich schüttelte den Kopf. Ich brauchte dringend frische Luft.

»Ich warte draußen auf dich. Lass dir ruhig Zeit.«

Als Jérôme einen Moment später aus der Haustür trat, sah er irgendwie ratlos aus.

»Was ist?«, fragte ich und stieß mich von dem großen Findling ab, der in der Hofeinfahrt stand.

»Meine Mutter hat mir gerade gesagt, dass sie ihren Aufenthalt in Kenia vorzeitig beenden wird.«

»Und was bedeutet das?«, fragte ich, während sich in meinem Bauch eine leichte Unruhe breitmachte.

Jérôme atmete tief durch und rieb sich die Stirn. »Dass für mich in spätestens drei Monaten Mahlhausen Geschichte sein wird.«

Schlagartig zog sich mein Magen zu einem harten Stein zusammen. »Oh«, murmelte ich leise.

»Aber wir bleiben in der Nähe. Das hat sie mir fest versprochen«, beeilte sich Jérôme, mir zu versichern.

Den Stein in meinem Innern beruhigte das kein bisschen. Er fühlte sich nur noch schwerer an.

»Meine Mutter will versuchen, eine Anstellung in Bremen zu bekommen oder vielleicht sogar noch näher, damit ich vorm Abi nicht noch einmal die Schule wechseln muss.« Jérôme nahm meine Hand und küsste sie. »Zwischen uns wird sich nichts ändern, Anna. Das verspreche ich dir.«

Wir blieben eine Weile schweigend nebeneinander auf dem Findling sitzen.

Drei Monate, noch ganze drei Monate, dachte ich immer wieder, dann war Jérôme weg. Selbst wenn er mit seiner Mutter in die nächstgelegene Kleinstadt zog, würden wir uns nicht mehr so häufig sehen können. Vielleicht sogar bald gar nicht mehr. Okay, in der Schule hin und wieder. Dennoch, alles würde sich ändern. Ganz bestimmt. Auch wenn Jérôme es nicht wahrhaben wollte.

»Was ist mit morgen Abend, denkst du, deine Eltern lassen dich woanders übernachten?«, fragte Jérôme plötzlich.

Ich blickte auf meine Schuhspitzen und überlegte angestrengt, was ich sagen konnte. Eine Geschichte, eine Lüge, irgendeine Ausrede musste mir doch einfallen. Aber je länger ich darüber nachdachte, desto klarer wurde mir, dass ich überhaupt keine Geschichte brauchte. Jedenfalls nicht für Jérôme. Tief in mir spürte ich, dass die Entscheidung längst gefallen war. Auch wenn ich meiner Mutter versprochen hatte, zu Konstantins Party zu gehen, im Grunde wusste ich, dass ich es nicht tun würde. Wie könnte ich auch, nachdem ich diesen Konstantin persönlich kennengelernt hatte? Selbst wenn Jérôme mir nichts über ihn und seine Clique erzählt hätte, mit so einem Typen wollte ich sowieso nichts zu tun haben.

»Ich werde mir schon etwas einfallen lassen«, sagte ich entschlossen und lächelte.

Jérôme legte den Arm um mich und begann, sanft meinen Hals zu küssen. Ein warmer Schauer lief mir über den Rücken.

»Anna«, flüsterte er mir ins Ohr, »ich freu mich. Ich freu mich sogar sehr …«

»Claudia?« Ich öffnete die Küchentür. »Was gibt's zum Abendessen?«

Die Küche war leer. Genauso wie der Küchentisch.

Um Punkt sieben steht das Abendessen auf dem Tisch. Sei bitte rechtzeitig zu Hause.

Das ist mal wieder typisch, dachte ich.

Ich ging in den Flur und rief nach oben: »Bist du im Büro?«

Keine Antwort.

Auch im Wohnzimmer war niemand. Mit einem Seufzer marschierte ich in die Küche zurück, holte eine Pfanne heraus, nahm drei Eier und Milch aus dem Kühlschrank, vermischte beides in der Pfanne und stellte die Herdplatte auf die höchste Stufe. Dann wollte ich kurz in den Pferdestall gehen, um nachzuschauen, ob meine Mutter wenigstens die Pferde gefüttert hatte.

»Schätzchen«, erklang es plötzlich hinter mir, als meine Hand schon auf dem Türgriff lag. »Ich habe dich gar nicht nach Hause kommen hören. Oh, machst du uns Rühreier? Ist es denn schon so spät?« Claudia warf einen hektischen Blick auf ihre Uhr. »Ach, ich habe mal wieder vollkommen die Zeit vergessen.« Sie verdrehte die Augen.

»Wo warst du denn?«, fragte ich vorwurfsvoll. »Ich habe doch ein paarmal laut gerufen.«

Meine Mutter antwortete nicht, fing stattdessen an, in der Küche auf und ab zu gehen. Ich beobachtete sie dabei und fragte mich, ob mir nun die nächste Hiobsbotschaft des Tages bevorstand.

»Ist etwas?«, fragte ich nach einer Weile.

Claudia holte einen Kochlöffel aus der Schublade und schob damit die inzwischen fest gewordene Masse aus Eiern und Milch in der Pfanne hin und her.

»Deckst du schon mal den Tisch, bitte? Aber nur für uns. Carsten kommt später. Er hat gerade angerufen. Im Brotkorb sind noch Brötchen von heute Morgen.«

Claudia nahm die Pfanne vom Herd und starrte eine Weile wie hypnotisiert das Rührei darin an.

»Du hast doch irgendwas«, sagte ich noch einmal.

Claudia schüttelte den Kopf. »Nein, nein. Es ist alles in Ordnung. Ich bin nur etwas müde. Du musst dir keine Sorgen machen.«

Sorgen? Warum soll ich mir Sorgen machen?, dachte ich beunruhigt.

»Claudia, was …«

Sie unterbrach mich. »Es ist wirklich alles in Ordnung, Anna. Dein Vater und ich hatten nur eine kleine Diskussion, das ist alles. Aber ich habe keine Lust, darüber zu reden. Sei bitte nicht böse, okay?«

Ich nickte.

»Und, wie war es bei Jérôme?«, fragte sie betont heiter.

Ich zuckte mit den Schultern. »Darüber habe *ich* jetzt keine Lust zu reden.«

»Okay«, erwiderte meine Mutter daraufhin nur.

Nachdem wir schweigend gegessen und anschließend gemeinsam das Geschirr in die Spülmaschine geräumt hatten, merkte ich, wie erschlagen ich mich fühlte.

»Ich geh schlafen«, verkündete ich.

Claudia, die mit ihren Gedanken schon wieder kilometerweit entfernt zu sein schien, hob erstaunt den Kopf. »So früh? Morgen kannst du doch ausschlafen. Oder willst du für die Party frisch und munter sein?«

Ich zuckte unmerklich zusammen. »Ja, ähm, klar doch.« Dann drehte ich mich um und ging die Treppe hinauf.

In meinem Zimmer überfiel mich schlagartig eine große graue Welle der Hoffnungslosigkeit. Noch drei Monate. Drei kurze Monate, die im Flug vorbeigehen würden. Ein Fingerschnipser und dann war das mit Jérôme und mir Geschichte.

Es ist sinnlos, stichelte die Stimme in meinem Kopf. *Mach lieber gleich Schluss mit ihm, bevor du dich noch mehr in ihn verliebst und er dir das Herz bricht, wenn er geht.*

Aber war mehr überhaupt noch möglich? Gab es für das, was ich inzwischen für Jérôme empfand, wirklich noch eine Steigerung?

Ich ging zum Fenster und schaute hinaus. Der Ausblick ödete mich an.

Ich seufzte tief, kehrte der ländlichen Idylle den Rücken und ging zu meinem Schreibtisch hinüber. In der obersten Schublade lag eine Tafel Vollmilchschokolade. Hunger hatte ich eigentlich keinen. Trotzdem brach ich einen Riegel davon ab und steckte ihn mir in den Mund.

Kauend setzte ich mich aufs Bett und versuchte angestrengt, auf andere Gedanken zu kommen. Aber die ganze Zeit konnte ich nur daran denken, dass mein Leben gerade angefangen hatte, richtig gut zu werden. Und mit einem Schlag war wieder alles scheiße.

Dass ich mir währenddessen ein Schokostückchen nach dem anderen in den Mund schob, nahm ich gar nicht richtig wahr. Schließlich war die ganze Tafel weg und mir war übel.

»Mist!«, fluchte ich und zerfetzte wütend das Schokoladenpapier in unzählige kleine Schnipsel.

Dann rappelte ich mich vom Bett auf, ging mit schweren Schritten ins Badezimmer, putzte mir so lange die Zähne, bis der schleimigsüße Schokoladengeschmack verschwunden war, und stampfte in mein Zimmer zurück. Mit einem entschlossenen Ruck zog ich die Vorhänge zu, pellte mich aus meinen Klamotten und schmiss mich aufs Bett.

Wie ätzend ungerecht das Leben doch ist, war der letzte Gedanke, der mir durch den Kopf schwirrte, bevor ich einschlief.

10.

Jérômes Onkel kam quer über den Hof direkt auf ihn zugehetzt.

»Ich dachte schon, die wollte gar nicht mehr nach Hause fahren«, blaffte er Jérôme an. »Ich muss mit dir reden. Dringend.«

»Was?«, fragte Jérôme verwirrt.

Udo sah furchtbar aus. Seine Haare waren strähnig, sein Gesicht glühte und seine Augen hatten einen fiebrigen Glanz.

»Jetzt auf der Stelle. Komm, du musst mir helfen.«

»Wobei?« Auf Jérômes Stirn bildete sich eine steile Falte.

»Mach schon, in die Werkstatt mit dir«, forderte Udo ihn auf und hetzte los. Jérôme folgte ihm, obwohl sich alles in ihm dagegen sträubte. Der Umgangston zwischen ihm und seinem Onkel war noch nie besonders freundlich gewesen. Udo hatte von Anfang an kaum ein nettes Wort für ihn übrig gehabt, und Jérôme wurde den Verdacht nicht los, dass sein Onkel irgendwie eifersüchtig auf ihn war.

Aber so wie heute hatte Jérôme ihn noch nie erlebt. Kaum waren sie in der Werkstatt angelangt, schloss Udo die Tür und ließ sich an dem Holztisch nieder, der an der hinteren Wand stand. Es roch nach Schweiß und kaltem Zigarettenrauch. Auf dem Tisch entdeckte Jérôme eine fast leere Schnapsflasche, daneben einen angeschlagenen Unterteller mit mindestens zwei Dutzend ausgedrückten Kippen. Angeekelt verzog er den Mund.

»Setz dich!«, befahl Udo mit rauer Stimme.

Jérôme zog einen der klapprigen Holzschemel unter dem Tisch hervor und ließ sich langsam darauf nieder.

»Ich stecke in der Klemme. Und nur du kannst mir da raushelfen.« Udo kramte eine zerknitterte Zigarettenschachtel aus seiner Hemdtasche hervor und steckte sich eine Zigarette zwischen die Lippen, ohne sie jedoch anzuzünden. »Ich habe Ella versprochen, damit aufzuhören.«

Jérôme blickte mit hochgezogenen Augenbrauen auf den von Kippen überquellenden Unterteller. »Wie man sieht, mit Erfolg.«

Doch Udo überhörte seinen Kommentar. »Ich habe vor einigen Wochen einen neuen Traktor bestellt und die Hälfte angezahlt. Jetzt ist die zweite Rate fällig, aber ich muss für den Typ, von dem ich das Geld dafür bekommen sollte, noch eine Sache erledigen.«

Jérôme stand auf. »Und wie soll ich dir da bitte schön behilflich sein? Denkst du etwa, ich bitte meine Mutter, dir noch mehr Geld zu überweisen?«

Udo knallte die Hand auf den Tisch und fegte mit einer schnellen Bewegung die Flasche und den Unterteller von der Platte. Die Flasche zersprang auf dem harten Steinboden in tausend Scherben. Asche wirbelte durch die Luft, Zigarettenkippen verteilten sich im Raum.

Jérôme zuckte kaum merklich zusammen.

»Darum geht es doch gar nicht! Wenn ich nicht mache, was die von mir verlangen, dann werden sie Ella was antun!«, schrie Udo.

»Wer sind *die*?«

Jérômes Onkel fuhr sich fahrig durchs Haar. »Hab mich da auf was eingelassen … erst lief auch alles ganz gut, aber dann gab es auf einmal Probleme, und die haben mir die Pistole auf die Brust gesetzt.«

»Und was hat das alles mit Ella und mir zu tun?«

Udo holte tief Luft.

Jérôme war sich sicher, dass sein Onkel jeden Moment wieder ausrasten würde. Doch plötzlich schlug er sich die Hände vors Gesicht und fing an zu weinen.

»I-ich wollte das … das alles nicht. Ich wollte doch nur den Hof nicht verlieren«, schluchzte er.

Jérôme war völlig perplex. Mit allem hatte er gerechnet, aber nicht damit, dass Udo vor seinen Augen in Tränen ausbrechen würde.

»Beruhig dich erst mal«, murmelte er betreten.

Langsam ließ Udo die Hände sinken. Seine Augen waren blutunterlaufen.

»Du musst mir helfen«, flehte er Jérôme an. »Du musst ein paar Botengänge für die übernehmen. Die fackeln mir sonst den Hof ab …«

»Hat das Ganze was mit deinen nächtlichen Ausflügen zu tun?«

Udo nickte schwach und Jérôme schluckte. »Bist du in kriminelle Geschäfte verwickelt?«

Wieder nickte Udo.

»Wieso hast du dich denn auf so was eingelassen?«, entfuhr es Jérôme.

Udo schaute ihn mit wutverzerrtem Gesicht an. »Deine arrogante Art geht mir so was von auf die Nerven. Wann bist du eigentlich so ein Arschloch geworden?«, brüllte er.

Jérôme schüttelte fassungslos den Kopf. »Idiot«, sagte er verächtlich und verließ die Werkstatt.

11.

Fast eine Stunde hatte ich Claudias Party- und Stylingtipps über mich ergehen lassen, und ihr fiel immer noch etwas ein, das sie unbedingt loswerden musste.

»Und denk daran, mein Schatz, lass dich nicht betrunken machen.«

Ich verdrehte die Augen. »Das habe ich auch nicht vor.«

»Das hat man meistens nicht. Trotzdem passiert es.«

Ich hatte keine Lust, ihr darauf zu antworten. Ich war einfach keine gute Lügnerin, und als Claudia mich dann auch noch fragte, ob ich mich auf die Party freuen würde, hätte ich mir selbst in den Hintern treten können, dass ich ihr noch immer nicht die Wahrheit gesagt hatte.

Okay, einen Versuch hatte ich unternommen. Als ich mir im Bad, unter ihrem kritischen Stilistinnenblick, die Haare föhn-te und mich schminkte, wollte ich endlich mit der Wahrheit herausrücken.

»Mama, ich muss dir etwas sagen«, druckste ich leicht verlegen herum.

Claudia hob die Augenbrauen. »Was denn?«

»Ich ...«

Weiter kam ich nicht. Die Tür ging auf und mein Vater erschien auf der Bildfläche.

»Oh, besetzt«, stellte er fest, blieb aber dennoch in der geöffneten Badezimmertür stehen. Irgendwie sah er so aus, als ob er noch etwas sagen wollte.

»Was ist?«, fragte Claudia.

Er holte Luft, erwiderte aber nichts, sondern machte einen Schritt auf mich zu und nahm mich in den Arm. »Ich bin so stolz auf dich, Anna«, murmelte er und hielt mich dabei ganz fest an sich gedrückt.

Ich wagte nicht, mich zu rühren. Und auch meine Mutter gab keinen Pieps von sich. Es war schon eine Weile her, dass mein Vater so etwas zu mir gesagt hatte. Wann er mich das letzte Mal in den Arm genommen hatte, daran konnte ich mich kaum noch erinnern. Als ich ein kleines Kind war, da hatte ich viel mit ihm gekuschelt. Meistens war ich dann einfach in seinen Armen eingeschlafen. Meine kleine Purzelmaus hatte er mich immer genannt.

Nach einer Weile löste ich mich vorsichtig aus der Umarmung.

»Ich muss mich fertig machen.« Ich deutete auf die kleine Schminktasche, die auf dem Waschtisch stand.

»Ja, natürlich«, beeilte sich Carsten zu sagen. »Ich wünsche dir ganz viel Spaß auf der Geburtstagsparty. Du wirst dich sicher amüsieren.«

Ich lächelte verkrampft. »Ja, sicher.«

Danach hatte ich nicht mehr den Mut, meinen Eltern die Wahrheit zu gestehen.

Gegen acht Uhr abends verließ ich das Haus. Als ich Jérôme an der Kreuzung stehen sah, machte mein Herz einen kleinen Hüpfer, und das schlechte Gewissen war mit einem Schlag verschwunden.

»Wow, du siehst toll aus«, begrüßte er mich mit leuchtenden Augen. Doch dann warf er einen Blick auf meine hochhackigen Schuhe und runzelte die Stirn. »Na ja, das könnte vielleicht etwas schwierig werden.«

»Warum? Muss ich gleich einen Acker überqueren?«

Jérôme grinste, griff nach meiner Hand und machte sich ohne ein weiteres Wort auf den Weg.

Ich zupfte ihm ungeduldig am Ärmel. »Jetzt verrat mir doch endlich, wo wir hingehen.«

Jérôme schüttelte den Kopf. »Auf keinen Fall. Sonst ist es ja keine Überraschung mehr.«

»Du bist ganz schön fies.« Ich verpasste ihm einen leichten Knuff auf den Oberarm. »Und was du da alles mit dir herumschleppst. Kannst du mir nicht wenigstens sagen, was in den Taschen ist?«

Jérôme lachte auf. »Du bist echt unmöglich. Ich habe noch nie jemanden kennengelernt, der so neugierig ist. Gib es auf, Anna. Ich verrate nichts.«

»Menno!« Ich zog einen Schmollmund.

Nach gut zwanzig Minuten Fußmarsch startete ich einen erneuten Versuch. »Ich kann nicht mehr. Und ich laufe auch nicht weiter, wenn du mir nicht auf der Stelle sagst, wo es hingeht«, verkündete ich.

Jérôme wandte sich zu mir um und strich sich eine Haarlocke aus der Stirn. »Kein Wunder. Warum hast du dir eigentlich solche Schuhe angezogen? Hab ich irgendetwas von Wiener Opernball gesagt?«

Ich biss mir auf die Unterlippe. Ich wagte es nicht, ihm den wahren Grund für mein Outfit zu verraten.

»Ich wollte mich eben besonders hübsch für dich machen«, sagte ich.

Jérôme lächelte. »Du gefällst mir auch in quietschgrünen Gummistiefeln.«

Ich bekam weiche Knie, als er mir direkt in die Augen blickte, und mein Herz überschlug sich fast.

Nach weiteren zehn Minuten, die wir scheinbar einfach nur kreuz und quer durch den Wald geirrt waren, blieb Jérôme plötzlich stehen. »Warte hier.«

»Spinnst du?«, sagte ich. »Warum soll ich mitten im Wald stehen bleiben? Und was machst du?«

Jérôme legte den Kopf schief und grinste. »Na, na, nicht so viele Fragen auf einmal.«

»Ich denke ernsthaft darüber nach, dich zu erwürgen«, gab ich zurück.

»Auweia.« Jérôme ließ die Taschen auf den Boden sinken und streckte die Hände ergeben in die Höhe. »Bitte nicht, es wäre doch wirklich schade um so ein hübsches Kerlchen wie mich, oder?«

Ich verzog spöttisch den Mund. »Eingebildeter Spinner!«

»Bevor das hier noch schlimmer mit dir wird, verzieh ich mich lieber kurz, und du wartest hier.«

»Aber …«, wollte ich erneut protestieren.

»Nichts aber. Warte einfach. Und keine Angst, die Vampire schlafen noch. Die kommen erst um Mitternacht, wenn es richtig schön gruselig ist.«

Jérôme nahm die Taschen vom Boden und entfernte sich mit eiligen Schritten von mir. Dann blieb er noch einmal kurz stehen und wandte sich zu mir um. »Nicht von der Stelle rühren!«, rief er und schon war er zwischen den dicht beieinanderstehenden Bäumen verschwunden.

Ich schaute ihm fassungslos hinterher.

Schließlich hockte ich mich auf einen einigermaßen gemütlich aussehenden Baumstumpf, zog meine Schuhe aus und begann, mit beiden Händen meine schmerzenden Füße zu massieren.

Da hörte ich hinter mir ein Rascheln und fuhr ruckartig herum. Mein Herz dröhnte gegen meinen Brustkorb, während ich mich angstvoll umblickte. Aber ich konnte nichts entdecken.

Nach einer halben Ewigkeit erschien Jérôme endlich wieder zwischen den Bäumen. Ich sprang sofort auf und lief ihm barfuß entgegen. »Das wurde aber auch Zeit«, murmelte ich.

Jérôme schmunzelte. »Es waren gerade mal sechs Minuten, Anna.«

»Mir kam es vor wie sechs Stunden.«

Jérôme ergriff meine Hand und wollte mich sanft mit sich ziehen.

»Halt, meine Schuhe«, sagte ich.

Er ließ meine Hand los, bückte sich und reichte sie mir.

»Jetzt aber«, sagte er, nachdem ich sie wieder angezogen hatte.

Die letzten Meter hielt Jérôme mir mit den Händen die Augen zu. Ganz langsam, Schritt für Schritt, schob er mich vorsichtig vor sich her, damit ich nicht ins Stolpern geriet.

Schließlich blieb er stehen. »Bist du so weit?«, flüsterte er mir ins Ohr und nahm die Hände von meinen Augen.

Ich schlug die Lider auf und schnappte überrascht nach Luft.

Ein kleiner bildhübscher Waldsee!

Direkt an seinem Ufer hatte Jérôme eine Decke ausgebreitet. Zwei Windlichter mit einladend flackernden Kerzen standen daneben.

Dann sah ich das Essen, das Jérôme liebevoll angerichtet hatte: eine Platte mit Käsespießen und hellen Weintrauben, eine Schüssel voller Baguettebrötchen, verschiedene Dips und eine Schale mit gebratenen Hühnerschenkeln. Teller, Becher, Besteck und Servietten lagen für uns bereit.

Ich fiel ihm um den Hals. »Kannst du zaubern? Das gibt es ja gar nicht. Woher kommt denn plötzlich dieser See? Und die ganzen Sachen … das hast du alles mit dir herumgeschleppt?«

Jérôme wirkte plötzlich verlegen. Er starrte auf seine Turnschuhe und murmelte: »Los, lass uns etwas essen, sonst wird der Sekt noch warm.«

»Wie, Sekt hast du auch dabei?« Ich kam aus dem Staunen nicht mehr heraus.

»Und Orangensaft, wenn dir das lieber ist?«

»Quatsch.« Ich schüttelte den Kopf. »Sekt ist perfekt.«

Als ich mich auf die Decke sinken ließ, bemerkte ich, dass eine der Taschen noch nicht ausgepackt war.

»Und was ist da noch drin?«

Jérôme schüttelte lachend den Kopf. »Du kannst es echt nicht lassen.«

»Was denn?«, fragte ich mit Unschuldsblick.

»Okay«, gab er sich geschlagen. »Darin sind Schlafsäcke. Ich habe gedacht, wir übernachten hier. Das sind die letzten warmen Nächte und heute haben wir einen unglaublichen Sternenhimmel, vielleicht sehen wir sogar ein paar Sternschnuppen.«

»Wahnsinn«, flüsterte ich, und dann konnte ich lange, lange Zeit nichts mehr sagen, weil Jérômes Lippen auf meinen mich davon abhielten.

Es ist wie im Märchen, dachte ich, nachdem wir gegessen und Jérôme und ich es uns satt und zufrieden auf der Decke gemütlich gemacht hatten.

Jérôme hatte den Arm um mich gelegt und mein Kopf ruhte auf seiner Brust. Ich genoss seine Wärme, hörte seinen Herzschlag und spürte, wie sich sein Brustkorb hob und senkte.

»So etwas Schönes hat noch nie jemand für mich gemacht«, sagte ich.

Jérôme küsste mein Haar und ich kuschelte mich noch enger an ihn. Als er damit anfing, mir sanft den Nacken zu kraulen, lief mir ein Schauer über den Rücken.

»Ist dir kalt?«

»Nein«, murmelte ich. »Ganz im Gegenteil.«

Er lachte leise. »Tja, für eine Abkühlung im See ist es leider schon zu frisch. Außerdem ist es nur ein Tümpel.«

Ich stützte mich ein wenig auf und sah ihn vorwurfsvoll an. »Nenn meinen Märchensee gefälligst nicht Tümpel!«

»Oh, du stehst auf Märchen? Das wusste ich ja noch gar nicht«, grinste er mich an, und ich konnte nicht sagen, was schöner war, seine kleinen Lachgrübchen oder seine dunklen Augen mit den langen, dichten Wimpern.

»Du weißt noch so einiges nicht über mich. Aber das ist auch ganz gut so, sonst hättest du mich vielleicht nie zu diesem Platz mitgenommen.«

Jérôme lachte. »Auweia, jetzt machst du mir aber Angst.«

Ich legte im Scherz die Hände um seinen Hals. »Musst du auch!«, sagte ich mit gefährlich dunkler Stimme.

Jérôme strich mir mit den Händen die Haare aus dem Gesicht und schaute mir tief in die Augen. Ein echter Gänsehautblick, der mir durch und durch ging und mich auf direktem Weg auf Wolke sieben katapultierte.

Und dann, einfach so, gerade als ich das Gefühl hatte, vor lauter Glück platzen zu müssen, fragte er mich: »Was hast du eigentlich deinen Eltern gesagt?«

Wums! Im direkten Fall von Wolke sieben knallte ich auf den steinharten Boden der Realität zurück.

»Ähm … ich …«, krächzte ich und richtete mich auf.

»*Ähm … ich?* Und damit waren sie einverstanden?« Er zog amüsiert eine Augenbraue in die Höhe und gab mir einen kleinen Stups in die Seite. Ich nutzte meine Chance, um eine Antwort herumzukommen, und erwiderte den Stups wesentlich heftiger, sodass Jérôme leicht zur Seite rollte.

»Hey!«, rief er und packte mich am Oberarm.

Jérôme war stark, das merkte ich sofort. Aber ich nutzte den Überraschungsvorteil, schmiss mich der Länge nach auf ihn und legte ihm erneut die Hände um den Hals.

»Hilfe!«, rief Jérôme. »Jetzt macht sie ernst.«

Er richtete sich mit dem Oberkörper leicht auf und versuchte, mich zu küssen, aber ich drehte mich blitzschnell zur Seite.

»Na warte«, sagte er und stürzte sich auf mich. Ich wehrte mich, so gut ich konnte, aber nur allzu schnell hatte Jérôme die Oberhand gewonnen und grinste siegessicher.

»Ich ergebe mich«, keuchte ich.

Lachend strich ich mir die verwühlten Haare aus dem Gesicht, während Jérôme sein Shirt zurechtrückte, das ihm bei unserem kleinen Kampf bis unter die Brust hochgerutscht war.

»Also, sag schon«, hakte Jérôme zu meinem Schrecken nach. »Was hast du deinen Eltern gesagt?«

Mein Handy klingelte. Ich bin gerettet!, dachte ich und holte es aus der Tasche. Ohne zu gucken, wer anrief, nahm ich ab.

»Ja?«, rief ich atemlos in den Hörer.

»Anna! Wo um alles in der Welt bist du?« Claudias Stimme tönte mir schrill entgegen.

»Oh, Mama, ja ... na ja, ich ...«, stammelte ich völlig verdattert, während ich Jérômes fragenden Blick im Kerzenlicht auf mir ruhen sah.

»Anna, sag mir sofort, wo du bist!« Meine Mutter kochte vor Wut und Sorge, das war eindeutig.

Ich entschied mich für die einfachste Lösung: das Problem aufschieben.

»Jetzt reg dich nicht so auf. Ich bin mit Jérôme bei ein paar Freunden. Auf der Party war es total blöd, da bin ich gleich wieder abgehauen.«

»Party?«, flüsterte Jérôme und machte große Augen.

»Party?« Claudias Stimme wanderte noch eine Oktave höher. »Von wegen! Da warst du überhaupt nicht. Ich habe gerade bei Konstantin angerufen.«

Verdammt! Warum hatte sie mir hinterhergeschnüffelt? Damit hatte ich absolut nicht gerechnet.

»Okay, ich bin nicht hingegangen«, gab ich zu. »Warum, erkläre ich dir morgen. Es geht mir gut und du brauchst dir keine Sorgen zu machen. Tschüss.« Und damit beendete ich das Gespräch und stellte das Handy einfach aus. Oje, das würde gewaltigen Ärger geben! Ich atmete tief durch und wagte nicht, Jérôme anzuschauen.

»Welche Party?«, fragte er.

»Ach verdammt, jetzt ist sowieso alles egal«, platzte es aus mir heraus. »Meine Mutter wollte unbedingt, dass ich heute zu dieser blöden Geburtstagsfeier von diesem Konstantin gehe. Sie meinte, dass du sowieso bald wieder hier verschwunden bist und ich dann nie wieder was von dir höre, weil du ...« Ich stockte.

Jérôme schüttelte langsam den Kopf und sah plötzlich unglaublich traurig aus. »Und du, Anna? Was glaubst du?«

In meinem Kopf überschlugen sich die Gedanken. Schließlich nahm ich Jérômes Hand und sah ihm fest in die Augen.

»Ich glaube das nicht. Sonst wäre ich jetzt nicht hier. Trotzdem wird mir ganz übel bei der Vorstellung, dass du bald wegziehen wirst.«

»Zwischen uns wird sich deshalb nichts ändern. Das verspreche ich dir.«

Ich versuchte zu lächeln, wollte ihm so gern glauben.

Als ob er meine Gedanken erraten hätte, sagte er leise: »Vertraust du mir?«

Ich nickte.

Jérôme lächelte mich an. »Das ist gut.« Doch dann wurde sein Gesicht ernst. »Am besten wird es sein, wenn ich dich jetzt nach Hause bringe, bevor deine Eltern sich noch mehr Sorgen machen.«

Ich holte tief Luft und schüttelte langsam den Kopf. »Nein.«

Jérôme sah mich fragend an. »Was *nein?* Denkst du, deine Eltern sorgen sich nicht?«

Erneut schüttelte ich den Kopf. »Ich will hierbleiben, Jérôme. Mit dir. Die ganze Nacht. Ich will jetzt nicht nach Hause. Da wartet ohnehin nur eine riesige Standpauke auf mich.«

»Ich weiß nicht …«, murmelte er.

»Ich aber. Stress machen meine Eltern so oder so. Egal ob ich jetzt nach Hause komme oder erst morgen früh.«

Jérôme seufzte leise. Dann zog er mich sanft an sich und küsste mich.

Ich legte meine Arme um seinen Hals und rückte näher an ihn heran. Jérômes Hände strichen zärtlich über meinen Rücken. Ich genoss seine weichen Lippen, den Geschmack von

Minze, der darauflag, spürte seinen Herzschlag, der schnell und hart gegen seine Brust dröhnte. In meinem Bauch begann es zu kribbeln, und ich wünschte mir, dass dieser Kuss niemals enden würde. Das mit uns durfte niemals vorbei sein.

Schließlich löste Jérôme sich vorsichtig und schaute mir in die Augen.

»Warum hast du mir nicht die Wahrheit gesagt?« Seine Stimme klang ganz rau.

Ich antwortete nicht sofort. Strich ihm erst eine widerspenstige Locke aus der Stirn und ließ meine Hand dann auf seiner Wange ruhen. »Weil ich einfach nur mit dir zusammen sein will. Nichts anderes möchte ich. Kannst du das denn nicht verstehen?«

Er nickte und zog mich erneut an sich.

So wollte ich bleiben. Am liebsten für immer. Jérômes Körper an meinem spüren, seinen warmen Atem in meinem Nacken, seinen Duft in der Nase.

»Okay, wir schlafen heute Nacht hier«, sagte er. »Und morgen früh begleite ich dich nach Hause, ja?«

Ich nickte erleichtert.

»Ich glaube, ich werde die ganze Nacht kein Auge zukriegen«, sagte ich nach einer Weile.

Jérome lehnte sich ein wenig zurück und sah mich grinsend an. »Keine Sorge, ich singe dich in den Schlaf.«

Er war schon wieder in der Lage, Witze zu machen, stellte ich erleichtert fest und hoffte, dass er mir meine kleine Notlüge wirklich nicht nachtrug.

Doch kaum war das eine Problem gelöst, tauchte schon das nächste auf: Ich musste mal. Und zwar dringend.

Oje, das passt kein bisschen zum Märchensee und dem dazugehörigen Prinzen, wenn die Prinzessin sich in die Büsche schlägt, schoss es mir durch den Kopf. Aber zum Glück war das hier ja auch kein Märchen. Das alles war real. Und der See war in Wirklichkeit nur ein kleiner Tümpel. Trotzdem war es wunderschön hier. Und trotzdem musste ich mal.

»Jérôme, ich-ich … muss kurz verschwinden.« Ich spürte, wie mir die Röte ins Gesicht schoss, und hoffte, dass er es im Schein der Kerzen nicht sah.

Jérôme ließ sich nichts anmerken. »Geh doch einfach hinter den großen Baum dort hinten. Ich drehe mich auch weg, versprochen!«

Ich nickte und hatte es dann sehr eilig zu verschwinden.

Als ich zurückkam, hatte Jérôme schon die Schlafsäcke aus der Tasche geholt und sie auf der Decke ausgebreitet. Gerade zog er seine Jeans aus und ich schaute verlegen zur Seite.

Und nun, was kommt nun?, schoss es mir leicht panisch durch den Kopf. Will er mit mir schlafen? Will ich mit *ihm* schlafen? Das erste Mal? *Mein* erstes Mal? Hier? Jetzt?

Das war eine verdammt schwere Entscheidung, fand ich. Einerseits sehnte ich mich danach, zu Jérôme in den Schlafsack zu schlüpfen und ihn ganz nah an meinem Körper zu spüren. Andererseits ging mir das alles ein bisschen zu schnell. Ich wusste nicht, ob ich schon für *mehr* bereit war. Mehr als kuscheln, schmusen und küssen. Ich musste erst darüber nachdenken, aber dafür blieb mir jetzt keine Zeit. Und ich wollte auf gar keinen Fall, dass Jérôme mich für verklemmt hielt.

Jérôme schlüpfte in den Schlafsack und zog den Reißverschluss zu. Er deutete mit dem Kopf auf den noch leeren Schlafsack neben sich. »Du solltest auch reinkrabbeln. Langsam wird es echt frisch.«

Erst jetzt merkte ich, wie ausgekühlt ich war. Zögerlich öffnete ich meine Jeans und machte sie dann gleich wieder zu.

»Ohne Hose ist mir zu kalt«, erklärte ich verlegen.

Und ehe Jérôme etwas darauf erwidern konnte, war ich schon in meinen Schlafsack geschlüpft.

Eine Weile lagen wir regungslos beieinander, bis Jérômes Hände aus dem Schlafsack kamen und sich um meinen Oberkörper schlangen.

»Warte«, murmelte ich und zog den Reißverschluss meines Schlafsacks weiter auf. Seine rechte Hand lag auf meinem Rücken, während die linke sanft über meinen Nacken strich. Mir wurde heiß. Nicht nur an den Stellen, an denen Jérôme mich berührte, sondern überall. Bis hinunter in die Zehenspitzen. Ich rückte noch näher an Jérôme heran und überlegte, ob ich es wagen sollte, meine Hände ebenfalls in seinen Schlafsack zu schieben.

Als ob er meine Gedanken erraten hätte, küsste Jérôme meine Nasenspitze und lächelte mich an. »Schlaf gut, Anna.«

»Du auch, Jérôme«, flüsterte ich.

12.

Lautes Vogelgezwitscher weckte mich. Ich blinzelte und bedeckte schnell meine Augen, weil das helle Morgenlicht mich blendete. Ich brauchte einen Moment, um zu begreifen, wo ich war.

»Guten Morgen«, sagte Jérôme.

Ich spreizte die Finger ein wenig und lugte durch den schma-len Schlitz hindurch. »Hi.«

Jérôme sah mich zärtlich an. »Im Schlaf kräuselst du deine Nase.«

»Echt?« Langsam hatten sich meine Augen an das grelle Licht gewöhnt. Ich richtete mich auf, streckte die Arme in die Höhe und gähnte.

Jérôme beobachtete mich. »Und, hast du gut geschlafen?«

»Oh Gott, mir tut jeder einzelne Knochen weh«, stöhnte ich.

»Und mir die Ohren«, erwiderte Jérôme spöttisch.

Ich erschrak. »Hab ich etwa geschnarcht?«

Jérôme grinste. »Nö, du nicht, aber die Vampire. Grausam, sag ich dir, ganz, ganz schrecklich.«

»Du Ekel!«, schimpfte ich und wollte mich lachend auf ihn stürzen. Aber ich hatte den Schlafsack nicht bedacht, in dem ich noch immer steckte. Ungeschickt purzelte ich zur Seite.

Jérôme lachte. »Wie 'ne alte Kartoffel.«

Ich streckte ihm drohend den Zeigefinger entgegen. »Du solltest es dir lieber nicht mit mir verscherzen. Du weißt doch, ich beherrsche einen astreinen Würgegriff.«

Jérôme hob beschwichtigend die Hände. »Okay, okay, du hast gewonnen. Komm, ich helfe dir aus deinem Kartoffelsack.«

»Na gut«, sagte ich großzügig, »jeder hat eine zweite Chance verdient.«

Jérôme versuchte, ein Grinsen zu unterdrücken. »Dafür musst du mir aber etwas geben.«

»Was denn?«

»Das hier«, sagte er, beugte sich über mich und gab mir einen Kuss.

Ich musste kurz daran denken, dass mein Atem bestimmt nicht der frischeste war. Aber dann hörte ich Jérômes Herz schlagen, vergrub meine Hände in seinen Haaren und hatte im nächsten Augenblick alles um mich herum vergessen.

Als ich den Schlüssel ins Schloss steckte, war ich froh, dass Jérôme bei mir war. Im Flur strömte uns der Duft von frischem Kaffee entgegen. Ich blieb stehen. Unsicher griff ich zur Seite und suchte Jérômes Hand.

Komischerweise beunruhigte mich diese Stille viel mehr, als wenn meine Mutter sich direkt hinter der Tür auf mich gestürzt hätte.

Jérôme schien die Stille auch ein wenig zu irritieren. »Alles ruhig«, murmelte er. Aber dann lächelte er mir aufmunternd zu und sagte: »Ist bestimmt ein gutes Zeichen. So schlimm wird es schon nicht werden.«

Ich nickte gelassen. Aber in mir sah es ganz anders aus. Ich war angespannt bis in die Haarspitzen. Eigentlich waren meine Eltern okay und ernsthaften Stress hatten wir bisher nie gehabt. Klar, meine Mutter und ich gerieten uns zurzeit häufiger in die Haare, weil sie mir mit ihrem Beste-Freundinnen-Getue ziemlich auf den Geist ging, aber eigentlich war das nicht der Rede wert. Nur jetzt hatte ich mir eine Sache geleistet, die meine Eltern bestimmt nicht mit einem lockeren Schulterzucken abtun würden. Da war ich mir ziemlich sicher.

Und trotzdem bereute ich nichts. Der Abend mit Jérôme war es wert gewesen – dafür nahm ich jeden Ärger dieser Welt in Kauf.

Ich drückte die Schultern durch, holte tief Luft und ging entschlossen Richtung Küche. Jérôme blieb dicht hinter mir.

Als ich die Tür öffnete, setzte mein Herz für eine Sekunde aus. Claudia saß am Tisch und blickte mich aus großen Augen stumm an. Sie sah total fertig aus.

»Mama«, entfuhr es mir.

Claudia sprang so ruckartig auf, dass der Stuhl laut über den Boden quietschte. Einen Schritt vor mir blieb sie stehen und musterte mich von Kopf bis Fuß.

»Gott sei Dank ist dir nichts passiert«, stieß sie flüsternd hervor. Dann zog sie mich in die Arme und blieb so einen Moment regungslos stehen.

»Ich habe dir doch am Telefon gesagt, dass du dir keine Sorgen machen musst.« Behutsam versuchte ich, mich aus ihrer Umarmung zu lösen.

»Wo ist denn Carsten?«

Claudia antwortete nicht. Ihr Blick fiel auf Jérôme.

»Guten Morgen«, murmelte er.

Meine Mutter ging mit steifen Schritten zur Tür, blieb kurz im Türrahmen stehen und sagte, ohne sich dabei umzudrehen: »Ich mache mich eben frisch. Holt euch doch schon mal Tassen und Teller raus. Dann können wir gleich zusammen frühstücken.«

Jérôme schaute mich verblüfft an und ich zuckte mit den Schultern.

»Bislang reagiert sie doch ziemlich cool«, fand er.

»Ich weiß nicht«, sagte ich. »Für meine Begriffe ist sie zu cool.« Das war die Ruhe vor dem Megasturm, davon war ich überzeugt.

Kurz darauf kam Claudia wieder in die Küche zurück.

»Wollt ihr Kaffee trinken oder Tee?«, fragte sie lächelnd. Dann fügte sie erstaunt hinzu: »Ihr habt euch ja noch gar kein Geschirr geholt.« Sofort wandte sie sich um und kramte Teller und Tassen aus dem Schrank hervor.

»Bitte schön!«, rief sie übertrieben heiter. »Und warum steht ihr hier immer noch so herum? Setzt euch doch!«

Ich kaufte ihr ihre Fröhlichkeit nicht ab.

»Claudia, hör mal«, begann ich und rührte mich nicht von der Stelle. »Es tut mir leid, wirklich. Ich wollte dich nicht anlügen, und auf keinen Fall wollte ich, dass ihr euch Sorgen um mich macht. Das musst du mir glauben …« Ich stockte und warf Claudia einen fassungslosen Blick zu, weil sie immer noch unermüdlich zwischen Tisch und Küchenschränken hin und her wuselte. »Sag mal, hörst du eigentlich, was ich dir sage?«

»Klar doch. Aber gerade habe ich eigentlich keine Lust, mit dir darüber zu reden.«

Ich glaubte, meinen Ohren nicht zu trauen. »Möchtest du denn überhaupt nicht wissen, was los war?«

Claudia blieb stehen, atmete tief durch und sagte dann scharf: »Wenn ich ehrlich bin, dann möchte ich im Moment überhaupt nichts wissen.«

»Und warum nicht?«, fuhr ich sie an.

Claudia warf mir einen warnenden Blick zu. »Lass es gut sein.«

»Nein, das werde ich nicht«, erwiderte ich trotzig.

»Anna!« Claudias Stimme wurde schrill. Sie ballte die Hände zu Fäusten.

Ich wusste genau, dass ich nun besser aufhören sollte, aber ich konnte einfach nicht anders. »Was soll das?«

Sie riss die Augen auf. »Verdammt noch mal«, schimpfte sie los. »Begreif es doch endlich. Ich bin fast umgekommen vor Sorge. Du bist sechzehn, Anna. Sechzehn! Ich habe die ganze Nacht kein Auge zugetan. Ich bin total fertig und stinksauer auf dich und genau diese Art von Ausraster …« Sie stockte, holte tief Luft und schlug dann so heftig mit der Faust auf den Küchentisch, dass das Geschirr schepperte. »… wollte ich vermeiden.«

Ich hielt die Luft an. Auch Jérôme schien plötzlich erstarrt zu sein.

Claudia schüttelte den Kopf und stürmte zur Küchentür hinaus.

»So hab ich sie noch nie erlebt.« Langsam fand ich meine Sprache wieder.

Jérôme schaute mich unsicher an. »Ich geh jetzt wohl besser, oder?«

Ich seufzte. »Ich verstehe das alles nicht. Erst will sie nicht reden und dann flippt sie völlig aus, das ist …«

»Vielleicht hättest du sie einfach in Ruhe lassen sollen«, sagte Jérôme.

Ich hatte keine Gelegenheit, etwas darauf zu erwidern, denn Claudia kam in die Küche zurück. Sie wirkte wieder gefasster, hatte sogar etwas Make-up aufgetragen und lächelte mit schmalen Lippen.

»Okay, dann noch mal von vorn«, sagte sie, setzte sich an den Küchentisch und gab Jérôme und mir mit einem Nicken zu verstehen, es ihr gleichzutun.

Zögernd kamen wir ihrer Aufforderung nach.

Dann räusperte meine Mutter sich und sagte mit dünner Stimme: »Eigentlich wollte ich damit warten, bis Carsten zurück ist.«

»Wo ist er denn?«, wagte ich zu fragen.

»Er sucht dich. Schon seit Stunden.«

»Oh«, murmelte ich betroffen.

»Keine Sorge, er weiß Bescheid, dass du zu Hause bist. Ich habe ihn gerade auf dem Handy angerufen.«

Als ob er nur auf sein Stichwort gewartet hätte, wurde die Haustür aufgeschlossen und mein Vater stand in der Küche.

»Na, auf die Erklärung bin ich mal gespannt«, stieß er hervor, nahm sich eine Tasse aus dem Schrank, füllte sie mit Kaffee und setzte sich zu uns an den Tisch. Er blickte zwischen Jérôme und mir hin und her, bevor er die Tasse zu den Lippen führte. Er fluchte leise, als er sich die Zunge verbrannte. »Ich warte!«, sagte er schließlich.

Ich senkte den Blick. Unter der Tischplatte suchte ich nach Jérômes Hand und umklammerte sie.

»Es ist alles meine Schuld …«, begann er.

»Unsinn«, fiel ich ihm ins Wort. »Jérôme hat nichts davon gewusst. Das war ganz allein meine Idee. Ich hab nie vorgehabt, zu dieser blöden Party zu gehen.«

»Warum hast du uns belogen?«, mischte sich Claudia ein.

Ich stöhnte auf. »Du hast mir doch keine andere Wahl gelassen.«

»Ich habe dir keine Wahl gelassen? Das habe ich aber *ganz* anders in Erinnerung.«

»Kinder, Kinder«, beschwichtigte uns Carsten, »das bringt doch so nichts. Lasst uns bitte ruhig und vernünftig darüber reden.« Und an Jérôme gewandt fügte er hinzu: »Es gibt da anscheinend ein paar Typen, die nicht besonders gut auf dich zu sprechen sind.«

»Was soll das heißen?«, fragte ich.

Carsten atmete tief durch und fuhr sich mit den Händen übers Gesicht. »Gestern Abend um kurz nach zehn hat das Telefon geklingelt. Zunächst habe ich überhaupt nicht begriffen, was der Anrufer von mir wollte, weil er immer wieder irgendetwas von einem *Opfer* gefaselt hat. Und von einer *eingebildeten Stadttusse*, die ihn versetzt hätte. Doch irgendwann ist dann dein Name gefallen, Anna, und da hat es langsam bei mir geklingelt. Ich habe ein paarmal nachgefragt, wer denn nun am Telefon sei, aber keine Antwort darauf bekommen. Okay, bis auf: *Hier ist der Checker von Mahlhausen.*«

Ich konnte nicht anders und musste auflachen.

»Im Hintergrund waren lautes Stimmengewirr und Musik zu hören. Als ich nach dir fragte, ist der Typ völlig ausgeflippt. Er hat ins Telefon gebrüllt, dass die *olle Stadttusse* noch sehen würde, was sie davon hätte, dass er sich von keiner Braut *verarschen* lassen würde und dass Jérôme so gut wie tot sei.«

Ich schlug die Hände vors Gesicht und schüttelte den Kopf.

Jérôme wirkte ganz gefasst. Er saß regungslos da, während sein Blick irgendwo im leeren Raum hing.

»Deine Mutter hat dann bei diesem Konstantin angerufen, um sich zu vergewissern, dass du wirklich nicht auf der Party bist«, erzählte Carsten weiter. »Er hat zwar bestritten, der Anrufer gewesen zu sein, aber zugegeben, dass du überhaupt nicht bei ihm aufgekreuzt bist.« Carsten blickte mich ernst an. »Mensch, Anna, ist dir eigentlich klar, dass wir fast umgekommen sind vor Sorge? Wir wussten doch überhaupt nicht, was geschehen ist.«

»Es tut mir leid«, murmelte ich kleinlaut. »Das wollte ich nicht.«

Carsten streckte mir drohend den Zeigefinger entgegen. »Mach so etwas nie wieder. Hörst du?! Nie wieder!«

Ich nickte. Sagen konnte ich nichts mehr. Was auch? Es war ohnehin alles gesagt.

Jérôme erhob sich langsam vom Tisch. »Es tut mir sehr leid, dass Sie meinetwegen so viel Ärger hatten«, sagte er. »Ich wollte nicht, dass mein Problem zu Annas wird und schon gar nicht zu Ihrem. Ich hoffe, Sie können mir verzeihen.«

Carsten brummte irgendetwas Unverständliches.

»Ich hätte Anna nach Hause bringen sollen. Und zwar gleich nach Ihrem Anruf gestern. Aber, na ja, manchmal macht man eben Dinge, die nicht vernünftig oder logisch sind. Ganz besonders, wenn man verliebt ist. Ich weiß, das ist keine gute Erklärung, aber es ist die einzige, die ich Ihnen geben kann.«

Claudia nickte ihm zu. »Schon gut, Jérôme. Ich denke, wir belassen es erst einmal dabei. Am besten wird es sein, wenn du jetzt gehst.«

Jérôme strich mir sanft über die Haare und verließ dann die Küche.

Am liebsten wäre ich ihm nachgelaufen, aber mein Vater blickte mich so streng an, dass ich es nicht wagte.

Nachdem die Haustür hinter Jérôme ins Schloss gefallen war, herrschte für einen Moment Stille in der Küche.

»Ich kann mich noch gut an meine Jugend erinnern, Anna«, sagte Carsten schließlich, »ich habe auch eine Menge Blödsinn gemacht und meine Eltern haben sich bestimmt oft über mich geärgert. Deswegen will ich aus dieser Sache jetzt auch kein Drama machen. Nur so viel lass dir gesagt sein: Passiert etwas in der Art noch einmal, lügst du uns noch einmal an, dann verbiete ich dir den Umgang mit Jérôme. Ist das klar?!«

»Ja«, sagte ich kleinlaut. »Kann ich jetzt in mein Zimmer gehen?«

Meine Vater nickte.

13.

In den nächsten drei Wochen beruhigten sich meine Eltern langsam wieder. Claudia kapierte endlich, dass sie mich nicht dazu zwingen konnte, mich mit den Jugendlichen im Dorf anzufreunden, und Carsten vergrub sich mal wieder in seiner Arbeit. Und ich, ich schwebte irgendwo ganz weit oben auf Wolke sieben und hatte es mir dort zusammen mit Jérôme so richtig gemütlich gemacht. Die Schule, Tanja, die noch immer hartnäckig versuchte, aus mir ihre beste Freundin zu machen, Konstantin und seine Clique, Jérômes wortkarge Tante, sein ständig schlecht gelaunter Onkel, selbst die Tatsache, dass Jérômes Wegzug immer näher rückte – all das war unwichtig. Für mich zählte nur noch die Zeit, die ich mit Jérôme verbrachte, sogar Rashun und Maschagar vernachlässigte ich und hatte dabei noch nicht einmal den Hauch eines schlechten Gewissens.

Jérôme schien es genauso zu gehen. In den Pausen wich er nicht von meiner Seite, im Bus saß er immer neben mir und ließ sich auch von Tanjas zickigen Blicken nicht davon abbringen und nachmittags kam er meist mit zu mir nach Hause. Für

Claudia war das inzwischen völlig okay und Carsten war sowieso die meiste Zeit nicht da.

Häufig brachte mir Jérôme eines seiner Bücher und manchmal auch seinen iPod mit seinen Lieblingsliedern mit. Dann lagen wir auf meinem Bett, hörten Musik und redeten miteinander, über unsere Pläne, Hoffnungen und Träume. Über das gemeinsame Auslandsjahr, das wir nach dem Abi in Australien verbringen wollten.

Wenn wir zusammen waren, dann war alles gut. Jérôme war witzig, locker und unglaublich lieb zu mir. Dennoch merkte ich, dass da irgendetwas war, das ihn belastete. Es war so ein diffuses Gefühl, das ich nicht genau greifen konnte. Und sobald ich etwas in der Art auch nur andeutete, winkte Jérôme ab und meinte, ich würde spinnen.

Doch dann kam der Tag, an dem dieses Gefühl anfing, Gestalt anzunehmen – menschliche Gestalt.

Wir hatten einen langen Spaziergang mit Flöckchen, dem Hofhund von Jérômes Onkel, gemacht und wollten die Hündin nur schnell zurückbringen und dann zu mir gehen.

Ich blieb ein paar Schritte vor dem Gatter stehen, während Jérôme Flöckchen auf den Hof ließ. Er war schon im Begriff zu gehen, als seine Tante plötzlich die Haustür aufzog und mit hochrotem Kopf nach ihm rief. »Jérôme, kommst du mal rein?!«

»Ist es dringend? Anna wartet auf mich.«

»Komm rein!«, schrie sie.

Wow, was für ein netter Umgangston, dachte ich und warf Jérôme einen vielsagenden Blick zu. Der schüttelte kaum merklich den Kopf und marschierte Richtung Haustür. An seiner Körperhaltung konnte ich sehen, wir sehr er sich über die schroffe Art seiner Tante ärgerte.

»Was soll das denn?«, hörte ich ihn schimpfen, bevor er im Hausinnern verschwand und seine Tante laut die Tür zuknallte.

Blöde Kuh, schoss es mir ärgerlich durch den Kopf. Das hat die doch mit Absicht gemacht. Die hat genau gesehen, dass ich vorm Gatter warte.

Jérôme war nur ein paar Minuten im Haus verschwunden. Doch als er wieder raustrat, hatte ich das Gefühl, einen anderen Menschen vor mir zu haben. Nichts an seinem Gesicht erinnerte daran, wie glücklich, fröhlich und entspannt er eben noch beim Spaziergang gewesen war. Der Mund war nur noch ein schmaler Strich, die Augen tiefschwarz, kalt und abweisend, und plötzlich war da auch wieder die steile Falte zwischen seinen Augenbrauen, die ich schon lange nicht mehr bei ihm gesehen hatte.

»Was ist passiert?«, fragte ich beklommen.

»Nichts.«

»Jérôme, erzähl keinen Mist. Jetzt sag, was los ist!«

Er schaute mich einen Moment schweigend an. Sein Blick war so hart und verschlossen, dass sich mein Magen verkrampfte. Schließlich zog er scharf die Luft ein und murmelte: »Meine Tante labert Schwachsinn. Das ist alles.«

»Was labert sie denn?«, bohrte ich nach.

»Anna, vergiss es einfach.«

Ich stemmte die Hände in die Hüften und funkelte ihn wütend an. »Sag mal, fängt dieses bekloppte Ich-kann-es-dir-nicht-sagen-Getue jetzt schon wieder an? Ich dachte, das hätten wir hinter uns?!«

»Gut«, schnauzte Jérôme zurück. »Wenn es dich so brennend interessiert: Ein paar Typen bombardieren mich mit lächerlichen Drohbriefen der Marke: Verpiss dich aus dem Dorf, sonst bist du tot! Bisher hab ich die Dinger immer selbst aus dem Briefkasten gefischt, bevor mein Onkel oder meine Tante et-was davon mitbekamen. Doch heute hatte Ella höchstpersönlich das Vergnügen, so eine Botschaft in Händen zu halten, und jetzt flippt sie deswegen total aus. Bist du nun zufrieden?!«

Ich war geschockt und für einen Moment sprachlos. Das war es also, das Jérôme die ganze Zeit über vor mir verheimlicht hatte, was ihn belastet hatte. Und worüber er nicht mit mir hatte sprechen wollen.

»Denkst du, Konstantin steckt dahinter?«, fragte ich mühsam beherrscht.

Jérôme machte eine wegwerfende Handbewegung. »Ach, der kann mich doch mal. Hunde, die bellen, beißen nicht. Mich nervt nur, dass Ella behauptet, ich wäre selbst schuld daran, weil ich diesem Affen die Freundin ausgespannt hätte.«

Ich war völlig perplex. »Welche Freundin, ich meine, hast du?«

Jérôme schaute mich fassungslos an. »Quatsch, oder warst du vorher mit dem zusammen?«

»ICH? Wie, deine Tante meint *mich*? Wie kommt sie denn darauf?« Meine Stimme überschlug sich fast.

Jérôme zuckte mit den Schultern. »Ella meint, er hätte es ihr selbst gesagt.«

»Das wird ja immer schöner!« Ich schüttelte den Kopf. »Mir reicht's. Weißt du, was, ich stelle Konstantin jetzt zur Rede. Auf der Stelle. Ich will endlich wissen, was der ganze Schwachsinn soll.«

Doch davon war Jérôme kein bisschen begeistert. »Nein, Anna, lass das lieber. Das Beste ist, wir ignorieren den. Der will sich doch nur aufspielen.«

»Aber …«

»Nichts aber«, fiel Jérôme mir jetzt mit weicherer Stimme ins Wort. Dann zog er mich in seine Arme und küsste mich. Als ich kurz über seine Schulter zum Hof schaute, sah ich gerade noch, wie seine Tante mit einem heftigen Ruck die Küchengardine zuzog.

Damit wären die Fronten wohl geklärt, dachte ich.

Den Rest des Nachmittags verbrachten wir in meinem Zimmer. Obwohl wir uns die größte Mühe gaben, so zu tun, als ob alles in Ordnung wäre, blieb die Stimmung zwischen uns angespannt. Die meiste Zeit lagen wir einfach nur schweigend da, hörten Musik und hingen unseren Gedanken nach. Als Jérôme dann schließlich sagte, dass er nach Hause müsse, weil er noch lernen wolle, war ich zum ersten Mal froh darüber, dass er ging.

»Bis morgen früh an der Kreuzung«, verabschiedete er sich von mir und küsste meine Nasenspitze.

Ich lächelte und nickte.

Kaum war er um die nächste Straßenecke gebogen, zog ich meine Turnschuhe an und machte mich auf den Weg.

Ich musste mir nicht einmal die Mühe machen, bis zur pompösen Villa am Dorfrand zu laufen, in der die Krause-Sippschaft wohnte. Konstantin rannte mir schon vorher über den Weg. Und zwar mutterseelenallein.

»Sag mal«, fauchte ich ihn an. »Tickst du noch ganz richtig? Was für lächerliche Briefe sind das eigentlich, die du Jérôme in den Briefkasten schmeißt? Und warum erzählst du herum, ich wäre deine Freundin gewesen? Hast du sie noch alle?«

Konstantin zeigte sich wenig beeindruckt. Mit spöttisch verzogenem Mund stand er vor mir und blickte von oben auf mich herab.

»Ach, hat sich dein Weicheifreund bei dir ausgeheult, oder was?«

Ich ballte wütend die Hände zu Fäusten. Am liebsten hätte ich ihm eine gescheuert.

Ganz ruhig bleiben, Anna, sagte ich mir, der Typ hat es nicht verdient, dass du dich über ihn aufregst.

Schließlich holte ich tief Luft und sagte so trocken wie möglich: »Was denn nun, Weichei oder Gladiator mit Ausländerbonus? Du solltest dich langsam mal entscheiden, vor wem ich mich deiner Meinung nach fürchten muss.«

Einen Moment sagte Konstantin gar nichts, schaute mich nur mit diesem unverschämten Grinsen an. Dann kam er plötzlich ganz dicht an mich heran. »Vor mir! Du solltest dich vor mir fürchten. Und zwar so, wie du dich noch nie in deinem Leben vor etwas gefürchtet hast.«

Ich brach in Gelächter aus. So etwas Bescheuertes hatte ich schon lange nicht mehr gehört.

Doch Konstantin ließ sich nicht aus der Fassung bringen. »Lach ruhig. Aber du wirst schon noch sehen, wer am Ende lacht. Wer am Ende der Sieger ist.«

Damit ließ er mich stehen, und ich konnte nichts anderes tun, als fassungslos den Kopf zu schütteln.

14.

Der Oktober war für Jérôme der vorletzte Monat in Mahlhausen, und es war gleichzeitig auch der Monat, in dem im Dorf traditionell ein großes Erntedankfest gefeiert wurde. Jérôme hatte nicht einen Gedanken daran verschwendet, zu diesem Fest zu gehen, und fiel deshalb aus allen Wolken, als Anna ihn plötzlich dazu überreden wollte.

»Meine Eltern gehen hin, um hier endlich mal ein paar Leute kennenzulernen«, erklärte sie.

Jérôme nickte. »Schön für sie. Aber was hab ich damit zu tun?«

»Ich soll sie begleiten und hatte gehofft, du kommst mit?«

Jerôme winkte ab. »Nee, nee, da gehe ich nicht hin. Ich hasse solche Veranstaltungen. Das muss ich echt nicht haben.«

»Ich ja auch nicht«, gab Anna zögerlich zu.

»Warum willst du dir das dann antun?«

Anna druckste ein wenig herum und verdrehte dann die Augen. »Meine Mutter möchte es so gern. In letzter Zeit hatten wir so viel Zoff, und ich denke einfach, es wäre nicht gut, ihr schon wieder was abzuschlagen.«

»Verstehe«, murmelte Jérôme.

»Also kommst du mit?«, fragte sie hoffnungsvoll.

Jérôme schüttelte energisch den Kopf. »Nein, tut mir leid, das ist echt zu viel verlangt.«

»Schade«, murmelte Anna, und Jérôme dachte schon, dass sie sich damit zufriedengeben würde. Doch dann legte sie ihm plötzlich die Arme um den Hals und lächelte ihn an. »Und wenn ich dich ganz doll bitte? Wenn du es *mir zuliebe* machst?«

Jérôme hob abwehrend die Hände. »Mann, Anna, ich hab absolut keinen Bock, Krause & Co. über den Weg zu laufen. Und die werden da sein. Alle. Mit Sicherheit.«

»Na und?«, erwiderte Anna. »Deswegen willst du nicht hingehen? Du hast doch selbst gesagt, dass wir die Typen nicht so ernst nehmen dürfen.«

»Hm.« Jérôme verzog zweifelnd den Mund.

»Also«, trällerte Anna und klimperte mit den Wimpern. »Kannst du diesen Augen widerstehen?«

Unwillkürlich musste Jérôme grinsen. »Du bist unmöglich«, seufzte er.

Sie lächelte siegessicher. »Das heißt also Ja?«

»Anna!«, stöhnte Jérôme genervt, aber es war klar, dass sie das Spiel gewonnen hatte.

»Jippieh!«, rief sie und küsste Jérôme euphorisch auf den Mund. »Ich wusste, dass du mich nicht hängen lässt.«

Jérôme ergab sich seinem Schicksal, obwohl er ein verdammt schlechtes Gefühl dabei hatte. Aber momentan hatte er ohnehin andere Dinge im Kopf. In den letzten Tagen hatte sein Onkel keine Möglichkeit ungenutzt gelassen, um ihn zu bedrängen, zu bedrohen oder anzuflehen, ihm aus der Patsche zu helfen. Jedes Mal hatte Jérôme ihn abgewimmelt, aber inzwischen hatte er einen Entschluss gefasst, eine Art Plan entwickelt, mit dem er hoffte, wenigstens seine Tante aus der Sache heraushalten zu können. Was aus Udo werden würde, das war Jérôme inzwischen egal. Er hatte die Wahl gehabt. Niemand hatte ihn gezwungen, sich auf miese Geschäfte einzulassen. Er hätte einfach den Hof verkaufen und mit Ella in die Stadt ziehen sollen, so wie seine Tante es sich schon lange wünschte. Udo hatte es nicht anders verdient, davon war Jérôme überzeugt.

Um seinen Plan in die Tat umzusetzen, musste Jérôme allerdings zunächst einmal Udos Drängen nachgeben. Besonders wohl war ihm dabei nicht, zumal er sich nicht sicher war, ob Udo ihm seinen plötzlichen Sinneswandel abnehmen würde. Aber wenn er herausfinden wollte, in was für Geschäfte sein Onkel verwickelt war, blieb ihm keine andere Wahl. Und sobald er das wusste, würde er Ella und seine Mutter informieren. Oder direkt die Polizei.

Schon am nächsten Tag ergab sich für Jérôme die Gelegenheit, mit Udo zu reden. Sie waren gerade mit dem Mittagessen fertig, und Ella hatte verkündet, dass sie sich ein bisschen hinlegen wolle, weil sie starke Kopfschmerzen hatte. Kaum hatte sie die Küche verlassen, breitete sich im Raum eine unangenehme Stille aus.

»Ich hab noch mal über die Sache nachgedacht«, begann Jérôme zögerlich.

Udo hob den Kopf und schaute ihn aufmerksam an. Sein sonst so verschlossener Gesichtsausdruck verriet eine große innere Anspannung.

»Ich werde dir helfen«, fuhr Jérôme fort. »Aber das mache ich nur für Ella, hast du verstanden?«

»Im Ernst?«, brummte Udo überrascht.

Jérôme nickte kurz und hoffte, dass sein Onkel seine mühsam unterdrückte Aufregung nicht bemerkte.

Hastig sprang Udo auf und vergewisserte sich, dass Ella nach oben gegangen war. Leise schloss er die Tür, kam zum Tisch zurück und setzte sich.

»Dann machen wir es so«, flüsterte er. »Ich sage meinem Kontakt Bescheid, dass ich eine Lösung für das Problem gefunden habe und …«

»Was ist denn überhaupt das Problem?«, fiel Jérôme ihm ins Wort.

Udo rutschte unruhig auf dem Stuhl hin und her, antwortete aber nicht. Dann sagte er: »Du sollst mich nur für eine gewisse Zeit vertreten. Nur ein paarmal, bis Ella sich wieder beruhigt hat. Im Moment ist der alles zuzutrauen. Die bringt es noch so weit und fährt mir hinterher. Und das wär echt nicht gut, verstehst du?«

Jérôme nickte und sah seinem Onkel fest in die Augen. »Wer ist dein Kontaktmann?«

Udo schüttelte heftig den Kopf. »Stell nicht so viele Fragen. Warte einfach ab, bis ich mit ihm gesprochen habe, dann sage ich dir, was du tun musst.«

»Was, das ist alles?«, fragte Jérôme. »Kannst du mir nicht ein bisschen mehr sagen, wenn ich schon für dich Kopf und Kragen riskieren muss?«

Udo wollte sich schon vom Tisch erheben, doch Jérôme hielt ihn am Ärmel fest. »Entweder du verrätst mir, wer dein Kontaktmann ist, oder Ella erfährt noch heute, woher die Kohle für den Traktor stammt.«

Wütend starrte Udo ihn an. »Willst du mich etwa erpressen? Spinnst du? Ich glaube, du weißt überhaupt nicht, mit wem du dich da anlegst.«

Jérôme lachte auf. »Du erwartest doch wohl jetzt nicht, dass ich Angst vor dir habe?«

Udos Augen verengten sich zu schmalen Schlitzen. »Laber nicht so einen Scheiß. Mach einfach nur das, was ich dir sage. Dann braucht auch keiner von uns Angst zu haben.«

15.

Um kurz vor sieben stand Jérôme vor unserer Haustür. Ich hatte ihn schon sehnsüchtig erwartet und riss deshalb fast gleichzeitig mit seinem Läuten die Tür auf. Bevor er etwas sagen konnte, fiel ich ihm um den Hals und küsste ihn stürmisch.

»Wow«, murmelte er, als ich ihn schließlich wieder freigab. »Was für eine Begrüßung!«

Sein rechter Mundwinkel zuckte leicht und verzog sich zu diesem wunderschönen Grübchenlächeln, das ich so sehr an ihm liebte.

Ich strahlte ihn glücklich an. »Von mir aus können wir das gleich noch einmal wiederholen«, flüsterte ich ihm ins Ohr.

Jérome drückte mich fest an sich. »Gute Idee.«

Dass meine Eltern inzwischen direkt hinter uns im Flur standen und etwas verlegen vor sich hin guckten, störte mich nicht im Geringsten. Von mir aus konnte die ganze Welt sehen, dass ich in Jérôme verliebt war.

Kurz darauf machten wir uns gemeinsam auf den Weg zum Festzelt, das nur ein paar Gehminuten von unserem Hof entfernt lag. Schon von Weitem konnten wir die Musik und gedämpftes Stimmengewirr hören. Das sanfte Leuchten bunter Lichtergirlanden, die um das große Festzelt gespannt waren, erhellte die Wiese.

Obwohl die Musik nicht gerade mein Geschmack war, konnte ich es kaum erwarten hineinzugehen. Ich war schon ewig nicht mehr ausgegangen, denn ganz im Gegensatz zu Bremen gab es in Mahlhausen und Umgebung keine einzige verlockende Disco oder Bar. Es sei denn, man hatte Lust, sich die Zeit in »Karls Bierstube« zu vertreiben, auf einem Barhocker an der Theke zu sitzen, in ein halb leeres Bierglas zu starren oder Dart zu spielen.

Doch während meine Vorfreude wuchs, spürte ich gleichzeitig die Anspannung, die sich in Jérômes Körper ausbreitete. Sie ging auf mich über und wanderte in jede Faser meines Körpers. Ich drückte seine Hand und warf ihm ein zuversichtlches Lächeln zu. Jérôme lächelte zurück, wirkte aber dennoch so, als ob er am liebsten auf dem Absatz kehrtgemacht hätte.

Und nicht nur Jérôme schien sich plötzlich unbehaglich zu fühlen.

»Ob das die richtige Entscheidung war, hierher zu gehen?«, sagte Claudia ein paar Schritte vorm Eingang. »Das ganze Dorf auf einem Haufen versammelt. Die werden uns doch garantiert anstarren wie die Affen im Käfig.«

»Na, dann sollten wir ihnen was bieten fürs Geld.« Mein Vater zwinkerte meiner Mutter aufmunternd zu.

Vier Frauen überholten uns lachend und laut plaudernd, zogen schwungvoll die zweiflügelige Holztür zum Zelt auf und gingen hinein. Schnell huschten wir hinterher.

Warme stickige Luft schlug uns entgegen, die laute Musik einer Coverband, die gerade einen Foxtrott spielte, dröhnte uns in den Ohren. Trotz der frühen Stunde befanden sich schon einige Pärchen auf der Tanzfläche.

Carsten steuerte zielstrebig auf einen freien Tisch an der linken hinteren Zeltwand zu. Wir setzten uns und sahen uns mit großen Augen um.

»Ganz schön was los«, stellte mein Vater erstaunt fest. »Dabei ist es noch nicht mal acht Uhr.«

Ohne dass jemand von uns eine Bestellung aufgegeben hätte, wurden vier überschäumende Biergläser an unseren Tisch gebracht.

»Da muss ein Irrtum vorliegen, wir haben nichts bestellt«, sagte Carsten zu der jungen Kellnerin.

Das Mädchen lächelte. »Die hat der Herr Bürgermeister Ihnen ausgegeben«, klärte sie uns auf und war im nächsten Moment auch schon mit ihrem Tablett weitergeeilt.

Ein blonder hochgewachsener Mann um die fünfzig, der im Kreise einiger anderer Männer mit dem Rücken am Tresen lehnte, hob sein Glas und prostete uns mit einem breiten Lächeln quer durchs Zelt zu.

»Ach, das ist ja nett.« Meine Mutter nahm eines der Biergläser und prostete freundlich lächelnd zurück. »Dass der uns auch mal wahrnimmt, damit hätte ich überhaupt nicht mehr gerechnet.«

Kaum hatte sie den Satz zu Ende gesprochen, da begann die Band, einen entsetzlich schnulzigen Song von Marianne Rosenberg zu spielen.

Ich stöhnte. »Oh Gott, das ertrage ich nicht.«

Doch es sollte noch schlimmer kommen. Denn plötzlich bemerkte ich, wie der Bürgermeister direkt auf unseren Tisch zusteuerte … gefolgt von seinem Sohn. Ich spürte, wie Jérôme sich neben mir versteifte.

»Wie schön, dass Sie zu unserem kleinen Fest gefunden haben, liebe Familie Gaudin. Michael Krause, mein Name. Ich bin der Bürgermeister von Mahlhausen. Eigentlich wollte ich Sie schon längst persönlich in unserem schönen Dorf willkommen geheißen haben. Aber die Zeit, die liebe Zeit …« Dann machte er eine kleine Verbeugung vor Claudia und forderte sie zum Tanz auf.

Claudia warf meinem Vater einen flehenden Blick zu. Doch der grinste nur schadenfroh und sagte: »Wie nett. Meine Frau tanzt für ihr Leben gern. Aber leider habe ich zwei linke Füße.«

Ich sah, wie meine Mutter ihm unter dem Tisch einen kräftigen Fußtritt verpasste, bevor sie sich erhob und mit steifen Bewegungen neben dem Bürgermeister auf die Tanzfläche ging.

»Ich gucke mal, ob es irgendwo was zu essen gibt«, sagte mein Vater und machte sich davon. Bestimmt hatte er Angst, dass gleich noch die Frau des Bürgermeisters herbeieilen und auch ihn auf die Tanzfläche zerren würde.

Konstantin war die ganze Zeit über neben unserem Tisch stehen geblieben und schaute mich erwartungsvoll an. Ich konnte es nicht fassen. Das war an Dreistigkeit einfach nicht mehr zu übertreffen – oder an Blödheit. Vielleicht befand sich in seinem Kopf ja nur eine hohle Walnuss statt eines Gehirns?

»Möchtest du tanzen?«, fragte er jetzt auch noch und hielt mir die Hand hin. Seine Stimme klang normal. Nett und völlig normal. Als ob überhaupt nichts zwischen uns vorgefallen wäre.

Na warte, dachte ich.

Ich nickte und lächelte ihn dabei zuckersüß an. »Sehr gerne«, sagte ich und stand auf. »Aber nicht mit dir, du Vollidiot!«, setzte ich hinzu.

Rasch schnappte ich mir den völlig verdattert guckenden Jérôme und zog ihn hinter mir her auf die Tanzfläche. Aus dem Augenwinkel sah ich, wie Konstantin sich mit wutverzerrtem Gesicht vom Tisch entfernte, zur Theke hinüberging und sich dort zu einer Gruppe Jugendlicher gesellte. Einige seiner Kumpel johlten und klopften ihm aufmunternd auf die Schulter.

»Der platzt gleich«, freute ich mich und schlang meine Arme um Jérômes Hals.

Jérôme sah nicht gerade begeistert aus. »Ob das so klug war?«

»Warum? Er hat nur die Antwort bekommen, die er verdient hat.« Ich zuckte gleichgültig mit den Schultern. »Und jetzt lass uns tanzen«, fügte ich betont heiter hinzu.

»Ich kann nicht tanzen. Und schon gar nicht zu so was hier«, erklärte Jérôme leicht genervt.

Ich verdrehte die Augen. Warum musste er immer alles so kompliziert machen?

»Na und?«, versuchte ich, ihn aus der Reserve zu locken. »Ich kann auch nicht tanzen. Die Musik ist grausam und das ganze Fest ist ein Reinfall. Aber ich bin mit dir hier, das ist das erste Mal, dass wir gemeinsam ausgehen, und du ziehst in ein paar Wochen weg. Vergiss doch die anderen und lass uns einfach tanzen, ja?«

Jérôme sah mich einen Moment nachdenklich an, dann nickte er. »Wenn es dir so wichtig ist.«

Statt einer Antwort legte ich den Kopf an seine Schulter und verschränkte die Finger in seinem Nacken. Meine Fingerspitzen strichen sanft über seine dunklen Locken. Seufzend legte Jérôme die Arme um meine Hüfte. So bewegten wir uns langsam auf der Tanzfläche hin und her. Und obwohl die Musik schrecklich war und unsere Tanzversuche ziemlich kläglich wirken mochten, war es einfach nur schön.

»Anna«, murmelte Jérôme nach einer Weile. »Du bist das sonderbarste Mädchen, das ich je kennengelernt habe.«

»Sonderbar?« Ich lehnte mich zurück und schaute ihm in die Augen. »Du findest mich also sonderbar?«

Er lächelte verschmitzt und ich ließ meine Wange zurück an seine Brust sinken. Schließlich legte Jérôme mir die Hand unters Kinn und hob meinen Kopf an. Als ich in seine braunen Augen blickte, verschlug es mir fast den Atem, so zärtlich war sein Blick. Jérôme öffnete leicht den Mund und schien mir etwas sagen zu wollen. Aber ich konnte ihn nicht verstehen. Ich spürte, wie sich sein Brustkorb leicht zitternd hob und senkte.

»Was ist? Geht es dir nicht gut?«, fragte ich besorgt.

Er schüttelte stumm den Kopf.

»Sollen wir lieber verschwinden?«, schlug ich vor.

»Nein, es liegt an dir.«

Ich runzelte die Stirn. »An mir?«

Jérôme nickte lächelnd. »Wenn ich dich angucke, dann spielt eben alles verrückt in mir.«

Ein warmes Glücksgefühl breitete sich in mir aus. Aber Jérôme konnte mir nichts vormachen, ich sah ihm an, dass er sich nicht wohlfühlte, dass es für ihn eine Qual war, hier zu sein.

»Weißt du, was, du hast recht. Dieses Fest ist einfach nur ätzend. Und von der Musik bekommt man Ohrenschmerzen. Komm, wir hauen ab«, sagte ich.

Jérôme sah mich ungläubig an, doch die Erleichterung stand ihm ins Gesicht geschrieben. »Und deine Eltern?«, fragte er.

»Ich denke, die kommen auch ohne uns zurecht.«

Ich lächelte ihn aufmunternd an. Impulsiv legte ich ihm die Hände um den Kopf, zog ihn zu mir heran und küsste ihn. Jérôme erwiderte meinen Kuss zunächst nur verhalten, dann drängten seine Lippen gegen meine, er stieß seine Zunge immer fordernder in meinen Mund. Eine angenehme Wärme stieg in mir auf. Kroch von den Zehenspitzen langsam in meine Beine, meinen Bauch, meine Brust, meinen Kopf.

Ein neues Lied wurde angestimmt, Menschen rempelten uns beim Tanzen an, doch wir nahmen es kaum wahr. Eine glühende Hitze hatte uns erfasst, schien unsere Körper geradezu miteinander zu verschmelzen. Ich stöhnte leise auf. Meine Fingerspitzen glitten über Jérômes Gesicht, von den feinen Adern auf seiner Stirn hin zu den Schläfen, wo das Blut unter meinen Fingern pulsierte. Strichen über seine Wangen, die feinen Stoppeln an seinem Kinn, seinen Hals und seine muskulösen Schultern. Ich spürte ein tiefes Verlangen, Jérôme immer näher an mich heranzuziehen, ihn überall zu spüren …

Ruckartig machte Jérôme sich von mir los, schaute mich fragend und zugleich sehnsuchtsvoll an. Und ich nickte ihm zu.

Keine Ahnung, wie wir es schafften, von meinen Eltern unbemerkt aus dem Zelt zu kommen. Vielleicht hatte Jérôme mich an der Hand hinausgeführt und dann waren wir Seite an Seite zurück zum Haus gelaufen, ich wusste es nicht mehr, war ihm nur wie in Trance gefolgt. Jetzt jedenfalls waren wir in meinem Zimmer, hatten die Tür verschlossen und hielten uns in den Armen. Eine aufgeregte Stille herrschte zwischen uns.

Jérôme hob seine Hand und strich mir über das Gesicht, die Lippen, das Kinn und den Hals hinunter. Überall, wo er mich berührte, schien ein Kribbeln über meine Haut zu gehen. Und ich hatte das Gefühl, dass mir mein wild pochendes Herz im nächsten Moment aus der Brust springen würde. Mir war nur allzu bewusst, dass wir ganz allein im Haus waren, zum ersten Mal ganz allein. Ich atmete tief durch und ein wohliger Schauer lief mir über den Rücken. Zaghaft löste ich mich von Jérôme und schaute ihm tief in die Augen. Dann zog ich mir ganz langsam den Pullover und die Hose aus, bis ich nur noch in Slip und BH vor ihm stand. Etwas verlegen schaute ich ihn an. Sein Blick war so weich und ich fühlte mich so sicher und geliebt wie nie zuvor in meinem Leben.

»Jérôme«, flüsterte ich. »Jérôme, ich möchte …«

Sanft legte er mir den Finger auf die Lippen und begann mit der anderen Hand, sein Hemd aufzuknöpfen. Dann schlüpfte auch er aus seiner Jeans und ich zog ihn zum Bett hinüber.

Mein Herz raste wie verrückt, als seine Finger zärtlich meinen Bauchnabel umkreisten und dann langsam weiter nach oben wanderten. Er küsste mich. Und dieser Kuss ließ keinen Zweifel daran, wofür wir jetzt beide bereit waren. Wonach wir uns schon so lange gesehnt hatten.

»Anna«, flüsterte er rau. »Bist du dir sicher?«

Ich nickte. »Ganz sicher.«

Mittlerweile hatte ich das Gefühl, lichterloh zu brennen, so groß war mein Verlangen, ihn endlich zu spüren, überall. Seine Haut auf meiner.

Mit einer kräftigen Bewegung zog er mich an sich, und dann begannen seine Hände, meinen Körper zu erforschen, und auch meine Hände strichen über seine Haut, neugierig, erwartungsvoll, leidenschaftlich.

Mein Atem ging immer schneller, verschmolz mit Jérômes Atemzügen zu einem rhythmischen Gleichklang und erfüllte nach und nach den ganzen Raum.

Und endlich glitt sein Körper auf meinen, und wir taten das, wonach ich mich die ganze Zeit über gesehnt hatte …

Ich schaute in Jérômes Gesicht. Betrachtete die geschlossenen Lider, die langen dunklen Wimpern, die leicht geöffneten Lippen, und ein unbeschreibliches Glücksgefühl machte sich in mir breit.

Jérôme schlug die Augen auf. »Was ist? Was schaust du mich so an?«, murmelte er schlaftrunken.

Ich lächelte. »Weil ich dich so liebe.«

Da nahm Jérôme mein Gesicht zwischen die Hände und blickte mir fest in die Augen. »Ich liebe dich auch, Anna«, sagte er. »So sehr, dass es manchmal wehtut.«

»Schläfst du heute Nacht bei mir?«, flüsterte ich.

Jérôme drehte sich auf die Seite und stützte seinen Kopf auf dem Ellbogen ab. »Das würde ich gerne, aber es geht nicht.«

»Warum denn nicht?«

»Ich muss noch was erledigen«, antwortete er knapp.

Ich sah ihn erstaunt an. »Jetzt noch? Was denn?«

»Das kann ich dir nicht sagen. Noch nicht.« Seine Stimme klang mit einem Mal ernst. Und bevor ich etwas erwidern konnte, fragte er leise: »Vertraust du mir?«

Ich seufzte schwer, nickte dann aber, und Jérôme lächelte mich an.

Als er kurz darauf die Zimmertür hinter sich ins Schloss zog, überfiel mich eine tiefe, wohlig warme Müdigkeit.

16.

Mitten in der Nacht riss mich ein Albtraum aus dem Schlaf. Etwas Beunruhigendes, Schreckliches, an das ich mich jetzt, da ich schwitzend und mit dröhnendem Herzen aufrecht im Bett saß und in die Dunkelheit starrte, nicht mehr erinnern konnte. Dennoch blieb ein seltsames Gefühl in mir zurück.

Ich warf die Decke zur Seite und schwang die Beine aus dem Bett. Meine Kehle fühlte sich trocken und rau an. Ich musste unbedingt etwas trinken.

Die Wasserflasche auf dem Schreibtisch war leer. Ich seufzte, öffnete die Zimmertür und ging in den Flur hinaus. Leise schlich ich mich die Treppe hinunter und zog die Küchentür auf. Als ich meine Eltern am Esstisch sitzend vorfand, zuckte ich erschrocken zusammen.

»Was macht ihr denn hier?«, stammelte ich.

Claudia stand vom Stuhl auf und war mit zwei Schritten bei mir. Sie nahm mich in den Arm und drückte mich fest an sich.

»Was ist denn los?«, fragte ich irritiert.

»Ach nichts, Anna«, murmelte sie und setzte sich wieder.

Doch ich glaubte ihr kein Wort. »Ist was passiert?«, wollte ich wissen. Alarmiert blickte ich zwischen meinen Eltern hin und her. Aber wieder bekam ich keine Antwort.

Verschlafen rieb sich mein Vater mit den Händen übers Gesicht. Dann schaute er mich forschend an. »Wann hast du dich heute Abend von Jérôme getrennt?«

»Was ist denn jetzt los? Soll das hier ein Verhör werden?«

»Wann habt ihr euch getrennt?«, wiederholte mein Vater.

»Warum fragst du?«

»Antworte gefälligst, Anna!«

Langsam wurde mir das Ganze zu blöd. Ich war noch im Halbschlaf, und außerdem hatte ich keine Lust, mir diesen wunderbaren Abend mit Jérôme durch einen überflüssigen Streit mit meinen Eltern vermiesen zu lassen.

»Ich geh wieder ins Bett«, murmelte ich und wollte mich umwenden.

»Wir haben heute Abend so einiges über Jérôme erfahren, das uns sehr *befremdet* hat«, ließ meine Mutter schließlich die Bombe platzen.

Mein Nacken versteifte sich. »*Befremdet?* Wovon redest du?«

Claudia hob beschwichtigend die Hände. »Reg dich bitte nicht auf, Anna. Uns ist klar, dass das jetzt nicht leicht für dich ist, aber setz dich doch bitte und lass uns in Ruhe darüber reden.«

Ich schüttelte heftig den Kopf. »Ich kann euch auch sehr gut stehend zuhören.«

»Wusstest du, dass dein sauberer Freund mit Drogen dealt?«, fuhr mich mein Vater plötzlich an. »Wusstest du, dass er sie an die Kinder im Dorf verkauft? Harte Drogen?« Er brach ab, schluckte schwer, bevor er mit deutlicher Verachtung in der Stimme fortfuhr: »Verkauft das Zeug an ahnungslose Kinder.

Wenn ich mir vorstelle, dass der Dreckskerl in den letzten Wochen in meinem Haus ein und aus gegangen ist …«

Ich atmete zitternd aus. »Wer hat euch denn so einen Schwachsinn erzählt?«

»Herr Krause«, gab mein Vater offen zu. »Jérôme hat schon ein paarmal versucht, seinem Sohn und dessen Freunden 134etwas von dem Stoff anzudrehen. Herr Krause hat ihn erst neulich zur Rede gestellt und ihm mit einer Anzeige gedroht.«

»Aber davon hat er sich anscheinend nicht abschrecken lassen«, setzte meine Mutter hinzu. »Heute Abend gegen elf Uhr hat er es auf dem Fest wieder versucht. Konstantin Krause hat es mitbekommen und seinen Vater verständigt. Daraufhin soll Jérôme die Flucht ergriffen haben.«

»Anna, du musst uns jetzt die Wahrheit sagen, hat er dir auch schon Drogen gegeben? Hast du dich von ihm dazu verleiten lassen, etwas zu nehmen?«, redete Carsten eindringlich auf mich ein.

Ich schluckte schwer. Das war doch wirklich nicht zu fassen. Wie konnten meine Eltern so einen Blödsinn glauben? Ich war sprachlos. Aber was sollte ich zu diesem Irrsinn auch sagen, außer, dass dies der größte Mist war, den ich jemals gehört hatte.

»Ihr spinnt doch!«, stieß ich hervor.

Mein Vater sprang so energisch auf, dass der Küchenstuhl umkippte. »Hör sofort auf! Das ist bitterer Ernst. Morgen wird Herr Krause Jérôme bei der Polizei anzeigen und das Jugendamt wird er auch verständigen. Und du wirst dich nicht mehr mit diesem Jungen abgeben. Ist das klar?!«

»Das kann nicht euer Ernst sein! Dieser bekloppte Konstantin hat sich den ganzen Scheiß doch nur ausgedacht. Wie könnt ihr dem denn mehr glauben als Jérôme und mir?« Ich schüttelte den Kopf und lief aus der Küche. Wütend stürmte ich die Treppe hinauf, rannte über den Flur in mein Zimmer und knallte die Tür zu. Dort lief ich unruhig auf und ab und versuchte, meine Gedanken zu ordnen.

Natürlich war mir klar, dass Konstantin hinter der Sache steckte. Aber etwas anderes bereitete mir weitaus größere Sorgen. Eine schlimme Vorahnung.

Konstantin wird diese unverschämte Lüge durchziehen, dachte ich, wird Jérôme tatsächlich die Polizei und das Jugendamt auf den Hals hetzen.

Ich musste ihn warnen, ihn sofort anrufen und von dieser miesen Verleumdung erzählen. Wer wusste schon, wie weit dieser Typ gehen würde? Dem traute ich mittlerweile so ziemlich alles zu.

Ich fühlte mich schrecklich – hilflos und zugleich schuldig. Weil ich Jérôme gezwungen hatte, mit mir zu diesem bescheuerten Erntedankfest zu gehen. Weil ich Konstantin blöd angemacht und Jérôme gegen seinen Willen auf die Tanzfläche geschleppt hatte, um ihn vor allen Augen zu küssen. Um allen zu zeigen, dass ich mich nicht von ein paar hirnlosen Typen beeindrucken ließ. Doch wie sich Jérôme dabei gefühlt hatte, darüber hatte ich mir keine Gedanken gemacht.

Mir stiegen die Tränen in die Augen.

Hastig hob ich meine Tasche vom Fußboden auf und kramte mein Handy hervor. Mit zittrigen Fingern wählte ich Jérômes Nummer.

Es klingelte … und klingelte …

Dann sprang seine Mailbox an.

»Hi, hier ist Jérôme. Leider habe ich keine Zeit, ans Telefon zu gehen. Entweder du probierst es später noch mal oder du hinterlässt mir eine Nachricht nach dem Piepton.«

Als ich Jérômes Stimme hörte, konnte ich die Tränen nicht länger zurückhalten. Ich schmiss mich der Länge nach aufs Bett und schluchzte laut in mein Kopfkissen.

Was war ich doch für eine blöde, egoistische Kuh!

Ein leises Klopfen an der Zimmertür weckte mich. Stöhnend setzte ich mich auf. »Ja?«

Claudia steckte den Kopf zur Tür herein. Sie lächelte verunsichert. Ihre Stimme klang beinah schüchtern, als sie sich neben mich aufs Bett setzte und sagte: »Es tut mir schrecklich leid. Wir hätten dir das gestern Nacht nicht einfach so an den Kopf knallen dürfen.«

Ich schaute sie hoffnungsvoll an. »Soll das bedeuten, dass du mir glaubst?«

Claudia zögerte. »Ich weiß nicht, vielleicht … vielleicht ist …«, druckste sie herum.

»Glaubst du mir oder nicht?«, fiel ich ihr ins Wort.

»Ich weiß es einfach nicht, Anna«, gestand sie und wich meinem Blick aus. »Es spricht so viel gegen ihn und doch traue ich Jérôme das einfach nicht zu.«

Ich schluckte schwer. Tränen rannen mir über die Wangen das Kinn hinunter und tropften auf die Bettdecke. »Mama, das ist eine Lüge. Eine ganz, ganz miese Lüge. Jérôme würde so etwas nie im Leben tun, das weiß ich. Und wenn du dir die Mühe gemacht hättest, ihn besser kennenzulernen, dann wüsstest du das auch und würdest nicht eine Sekunde an ihm zweifeln.«

Claudia streckte den Zeigefinger aus und strich mir eine Träne von der Wange. »Und warum das alles? Warum sollte Herr Krause so etwas behaupten? Das kann er sich in seiner Position doch gar nicht erlauben.«

Ich holte tief Luft. »Keine Ahnung«, gab ich zu. »Aber du …« Ich brachte meinen Satz nicht zu Ende, weil es mir plötzlich so sinnlos vorkam, meine Mutter von Jérômes Unschuld zu überzeugen. Wenn sie diesen Typen mehr glaubte als ihrer Tochter, dann konnte ich ihr auch nicht helfen.

Ich stand auf und bückte mich nach meinem Handy, das ich in der Nacht neben mein Bett gelegt hatte, falls Jérôme zurückrufen würde. Ich wählte seine Nummer und wartete. Wieder sprang nach mehrmaligem Tuten die Mailbox an.

»Jérôme, bitte ruf mich ganz schnell zurück, ja? Es ist dringend«, sagte ich und legte auf. Dann nahm ich meine Jeans und mein blaues Shirt vom Schreibtischstuhl und ging damit zur Tür.

»Was hast du vor?«, fragte Claudia.

»Ich gehe ins Bad, ziehe mich an und fahre zu Jérôme.«

»Vielleicht ist die Polizei schon bei ihm.« Claudia fasste mich am Arm.

Ich blieb im Türrahmen stehen und schaute meine Mutter schweigend an. »Dann sollte ich mich besser beeilen.« Ich schüttelte ihre Hand ab. »Schließlich bin ich die Einzige, die weiß, dass Jérôme unschuldig ist.«

Der Hof lag still und friedlich vor mir, als ich mein Rad abstellte. Doch der erste Eindruck täuschte.

»Es reicht mir! Endgültig! Schluss und vorbei«, fauchte es hinter der verschlossenen Haustür, als ich gerade den Zeigefinger auf den Klingelknopf legen wollte. Erschrocken ließ ich ihn wieder sinken.

Herr Krause war wohl schon hier gewesen, dachte ich. Das bedeutete, dass Jérôme meine Unterstützung jetzt gut gebrauchen konnte.

Ich nahm all meinen Mut zusammen und drückte den Klingelknopf. Augenblicklich wurde die Tür aufgerissen und vor mir stand Jérômes Tante. Ihr eben noch wutverzerrter Gesichtsausdruck entspannte sich, als sie mich erkannte. Sogar ein kleines Lächeln stahl sich auf ihre schmalen Lippen. Ich sah, dass sie geweint hatte.

»Anna. So früh schon. Wo ist denn Jérôme?«

»Warum fragen Sie nach Jérôme? Ist er etwa nicht zu Hause?« Angst machte sich in mir breit wie ein Faustschlag in den Magen.

»Nein, ich dachte, er sei bei dir. Er ist nicht an sein Handy gegangen, also …«

Hinter ihr tauchte Jérômes Onkel auf. Sein Gesicht war kalkweiß. »Jérôme war heute Nacht nicht bei dir?«, fiel er seiner stammelnden Frau ins Wort, und ich hatte das Gefühl, als ob der Boden unter mir zu schwanken begann.

»Oh Gott«, jammerte Jérômes Tante. »Wenn ihm nun etwas zugestoßen ist? Meine Schwester hat mir ihren Sohn anvertraut. Er … er ist ihr Ein und Alles, ihr einziger …« Sie brach ab, schlug die Hände vors Gesicht und fing an zu schluchzen.

Jérômes Onkel legte ihr unbeholfen die Hand auf die Schulter und blickte betroffen zu Boden. »Willst du nicht erst mal reinkommen?«, sagte er.

»Nein danke«, erwiderte ich tonlos. »Ich mache mich lieber auf die Suche nach ihm.«

»Hoffentlich ist ihm nichts passiert«, schluchzte Jérômes Tante. »Ich wusste es doch … die Briefe …«

»Briefe?«, fiel ich ihr aufgeregt ins Wort. »Hat er wieder welche bekommen?«

Doch bevor sie mir antworten konnte, schob ihr Mann sie zur Seite und sagte: »Meine Frau braucht jetzt ihre Ruhe. Wir melden uns, wenn wir etwas von Jérôme hören. Sicherlich hat er bei irgendeinem Freund übernachtet. Kein Grund zur Sorge.« Er nickte mir kurz zu und schloss dann die Haustür.

Ich schüttelte fassungslos den Kopf.

Da stimmt was nicht, sagte eine Stimme in meinem Kopf. Jérôme ist etwas passiert.

Das spürte ich mit jeder Faser meines Körpers.

17.

Den ganzen Tag über hatte ich nach Jérôme gesucht. Mit dem Fahrrad war ich durchs Dorf, die umliegende Feldmark und sogar ein gutes Stück in den Wald gefahren. Unzählige Nachrichten hatte ich auf seiner Mailbox hinterlassen, die allesamt unbeantwortet blieben.

Jérôme war verschwunden. Spurlos. Als hätte er sich einfach in Luft aufgelöst.

Gegen Abend fing es an zu regnen. Trotzdem machte ich noch einmal eine Runde durchs Dorf. Aber auch diesmal war meine Suche erfolglos.

Dafür traf ich auf Konstantin, der mit einem Typen aus seiner Clique unterwegs war. Sie versperrten mir den Weg und grinsten blöde.

»Suchst du etwa deinen Freund?«, fragte Konstantin mit vor Ironie triefender Stimme.

Was seid ihr doch für selten blöde Schwachköpfe!, hätte ich ihnen am liebsten ins Gesicht geschrien. Doch ich schluckte die Worte mühsam hinunter und tippte mir stattdessen nur mit dem Zeigefinger gegen die Stirn.

Nicht noch mehr Stress, Anna, damit hast du schon genug angerichtet.

»Hey, nicht frech werden, klar!?«, schnauzte mich sein rot gelockter Handlanger an und machte einen Schritt auf mich zu.

Im Haus gegenüber wurde die Tür geöffnet und ein älteres Ehepaar trat heraus. Konstantin und sein Kumpel schauten zu ihnen und grüßten überfreundlich. Ich nutzte die Gelegenheit, um mich schnell an den beiden vorbeizuschieben.

Als ich mich nach ein paar Metern umschaute und feststellte, dass sie mir nicht folgten, atmete ich erleichtert auf. So cool ich auch getan hatte, mit Konstantin und Konsorten war nicht zu spaßen. Die waren zu allem fähig, das wusste ich inzwischen.

Es war schon dunkel, als ich wieder zu Hause ankam. Regenwasser rann aus meinen Haaren auf den Boden, hatte meine Schuhe durchweicht. Ich war nass bis auf die Haut und zitterte am ganzen Körper.

So leise wie möglich schlich ich mich ins Haus und lief in mein Zimmer hinauf. Dort riss ich mir die nassen Klamotten vom Leib, trocknete meine Haare notdürftig mit einem alten T-Shirt, das noch irgendwo rumlag, und warf es dann achtlos auf den Boden. Ich fischte meine Jogginghose und einen Pullover aus dem Schrank, zog mich an und schlang meine feuchten Haare am Hinterkopf zu einem lockeren Knoten zusammen. Dann ließ ich mich aufs Bett fallen und starrte die weiß getünchte Zimmerdecke an, in der verzweifelten Hoffnung, dort oben die Antwort auf meine Frage zu finden.

Wo bist du, Jérôme?

Ich schloss die Augen, öffnete sie aber gleich wieder, weil mir augenblicklich schlecht wurde. Stöhnend richtete ich mich auf, doch davon wurde die Übelkeit nur noch schlimmer und ich ließ mich wieder zurück in mein Kissen sinken. Eine Weile blieb ich so liegen, konzentrierte mich auf meine Atmung und schloss dann ein zweites Mal langsam die Lider.

Sofort begann sich alles zu drehen, als ob ich in einem Karussell säße. Ich krallte meine Finger in die Bettdecke. Da waren sie wieder, die Bilder, die mich schon den ganzen Tag über verfolgten und die mich jetzt, da ich mich nicht mehr mit Suchen beschäftigen konnte, einholten. Ich sah alles ganz deutlich vor mir. Als hätte es sich in mein Gehirn eingebrannt. Als wäre es tatsächlich passiert.

Jérôme lag am Boden. Blutüberströmt. Sein linkes Bein eigenartig verdreht, als ob es gar nicht mehr zu ihm gehörte. Das schwarze Haar fiel ihm in die Stirn und seine leicht geöffneten Lippen hatten ein fast unwirkliches Blau. Seine Wimpern warfen dunkle Schatten und seine Augenlider zuckten ein wenig. Er atmete flach und stockend, so als hätte er kaum noch Kraft dazu.

Anna.

Was war das?

Anna.

Jérôme rief nach mir.

Anna.

Jetzt hörte ich es ganz deutlich.

Im nächsten Moment sah ich mich selbst, wie ich neben ihm am Boden kniete. Ich hielt seine Hand und strich ihm über die blutverschmierte Wange.

Jérôme öffnete blinzelnd die Augen. Er lächelte traurig. Seine Lippen bebten leicht, versuchten, Worte zu formen. Aber er war zu schwach. Ich konnte ihn nicht verstehen.

Irgendwer schob mich grob zur Seite.

»Mach Platz! Wir können dich hier nicht gebrauchen. Du bist uns im Weg!«, fuhr mich ein Sanitäter an.

Ich sprang erschrocken auf. Spürte, wie mir jemand eine Decke um die Schultern legte. Mich wegführte und dabei beruhigend auf mich einredete.

Ich schluchzte leise. Heiße Tränen rannen mir übers Gesicht und hinterließen helle Schlieren auf den Wangen. Mein ganzer Körper zitterte.

Jérôme wurde auf eine Trage gelegt und in den Krankenwagen geschoben. Türen knallten. Motoren wurden angelassen. Zuckendes Blaulicht. Das heulende Geräusch der Sirene.

Ich starrte dem Krankenwagen mit weit aufgerissenen Augen hinterher.

Plötzlich ging ein Ruck durch meinen Körper. Abrupt warf ich die Decke von meinen Schultern und rannte ihnen hinterher. Ich rannte, so schnell ich konnte, aber der Abstand wurde immer größer. Meine Lungen brannten, das Herz hämmerte in meiner Brust. Ich stolperte, schlug der Länge nach auf den Boden. Doch ich nahm den Schmerz kaum wahr.

Ich weinte noch immer hemmungslos, als mich jemand behutsam hochzog und nach Hause führte …

18.

Um halb fünf morgens trieb es mich aus dem Bett. Ich brauchte einen Moment, um mich von den wirren Träumen zu lösen, die mich die Nacht über heimgesucht hatten.

Albträume, nichts als Albträume. Alles ist gut. Jérôme geht es gut, versuchte ich, mir einzureden.

Vielleicht war er in die Stadt gefahren? Zu einem Freund aus seiner Klasse? Ich hob den Kopf. Klar, so musste es sein. Dass ich nicht schon eher darauf gekommen war. Er hatte am Samstagabend ja zu mir gesagt, dass er noch was erledigen müsste. Bestimmt war er dann bei irgendwem versackt. Vielleicht bei diesem Timo? Verdammt, wenn ich doch bloß seine Adresse oder Telefonnummer gehabt hätte.

Aber warum ging Jérôme dann nicht an sein Handy?, meldete sich wieder die Stimme in meinem Kopf. Warum rief er nicht bei mir an? Wir hatten an dem Abend miteinander geschlafen. Unser erstes Mal. Und seitdem war er verschwunden, hatte sich nicht mehr bei mir gemeldet. Das konnte doch nicht sein!

Mein einziger Hoffnungsschimmer war die Schule. Vielleicht würde ich ihn heute Morgen dort treffen, so als wäre nichts geschehen?

Als ich kurz vor sieben Uhr das Haus verließ und zur Bushaltestelle eilte, atmete ich erleichtert auf. Ich war froh, der angespannten Stimmung zu Hause entkommen zu sein. Der bleiernen Sorge, die nicht nur mir, sondern auch meiner Mutter ins Gesicht geschrieben stand, und der Wut und dem Unverständnis, das mir mein Vater entgegenbrachte. Gleichzeitig wuchs in mir die Hoffnung, dass Jérôme an der Bushaltestelle auf mich warten würde.

Ich war so in Gedanken versunken, dass ich den Fahrradfahrer, der neben mir aufgetaucht war, zunächst nicht bemerkte. Erst als er mich fast überholt hatte und sich dabei räusperte, blickte ich überrascht zur Seite.

»Wollte dich nicht erschrecken, junges Fräulein«, schnarrte er und verzog seine aufgesprungenen Lippen zu einem zahnlosen Grinsen.

»Haben Sie aber«, erwiderte ich kurz und wollte weitergehen. Doch als er von seinem Rad stieg, blieb ich widerwillig stehen. Ich kannte den Mann vom Sehen. Seinen Nachnamen wusste ich nicht. Alle nannten ihn einfach nur Gerd. Ich schätzte ihn auf Ende siebzig. Trotz seines Alters hatte er noch volles dunkles Haar, das er aalglatt gekämmt und in der Mitte streng gescheitelt hatte. Er trug stets dieselben Sachen: graue Stoffhose, kariertes Hemd und blauer Pullunder. Zumindest hatte ich ihn noch nie in anderen Klamotten gesehen.

»Du bist doch mit dem Neffen von Reinekes Ella bekannt, nich?«

Ich horchte auf. »Warum wollen Sie das wissen?«, erwiderte ich beunruhigt.

»Ich dachte, es würde dich vielleicht interessieren, Mädchen«, sagte und hob gleichgültig die Schultern.

Ich zuckte zusammen. »Was ist passiert?«, keuchte ich. Es war, als ob sich eiskalte Hände um meinen Hals gelegt hätten, um mir die Luft abzudrücken.

»Den hat der Bartels gestern am späten Abend hinter seiner Scheune gefunden. Mehr tot als lebendig. Der muss da schon seit Samstagnacht gelegen haben. Der Bartels wollte spät noch etwas Holz für den Ofen holen, da hat er den Jungen hinter dem Brennholz entdeckt. Der war aber wohl schon nicht mehr bei sich ...«

Ich sah, wie sich Gerds Lippen weiterbewegten, aber es drang nichts mehr zu mir durch. *Mehr tot als lebendig*, hallte es in meinen Ohren nach, nahm mein ganzes Denken in Beschlag, legte sich wie ein Eisenring um meinen Magen.

Eine Woge aus Übelkeit überkam mich. Ich schlug mir die Hand vor den Mund, schnappte in kurzen heftigen Zügen nach Luft und versuchte verzweifelt, das Würgen zu unterdrücken.

Und dann fiel mir der Traum wieder ein. Der Traum, der keiner gewesen war.

Mit einem lang gezogenen Stöhnen beugte ich mich vornüber und übergab mich direkt neben Gerds Vorderrad.

19.

Jérôme nahm den beißenden Geruch von Ethanol wahr. Als hätte er eine ganze Flasche Schnaps getrunken. Er versuchte zu schlucken, würgte und musste feststellen, dass seine Zunge ihm nicht mehr gehorchte. Auch die Augen konnte er nicht öffnen. Wie aus weiter Ferne hörte er eine Stimme, die auf ihn einzureden schien. Sie drang nur in Wellen zu ihm durch, mal kräftig, dann wieder kaum hörbar.

Dann konnte er die Stimme deutlicher verstehen. »Er kommt zu sich.«

Jérôme spürte etwas Kühles auf seiner Stirn. Zuckte innerlich zusammen, als er begriff, dass es sich um eine Hand handelte.

Lasst mich!

Er wollte sich der Berührung entziehen, wollte den Kopf wegdrehen. Doch sofort war der stechende Schmerz wieder da.

»Kannst du mich verstehen? Jérôme, hörst du mich?«

Verschwindet! Lasst mich doch endlich in Ruhe!

»Kannst du die Augen öffnen?«

Nein!.

Dennoch unternahm er einen weiteren Versuch. Diesmal war das Stechen weniger schlimm. Er öffnete die Augen zu schmalen Schlitzen und erkannte die verschwommenen Umrisse einer Gestalt, die sich über ihn beugte. Schützend wollte er die Arme vor den Kopf heben, doch ein erneuter Schmerz ließ ihn aufstöhnen.

»Alles ist gut, Jérôme. Ganz ruhig, ich tue dir nichts. Du bist in Sicherheit. Niemand wird dir wehtun. Hab keine Angst«, redete die Stimme auf ihn ein. »Du bist im Krankenhaus, Jérôme. Ich heiße Stefanie Rüttger. Ich bin Ärztin. Du bist schwer verletzt worden und kommst gerade nach der Operation wieder zu dir. Kannst du dich an irgendetwas erinnern?«

Jérôme wollte den Mund öffnen. Aber es gelang ihm einfach nicht.

»Was willst du sagen? Versuch es noch einmal.«

»I-ich ... A-Anna ...«

Dann wurde wieder alles schwarz um ihn herum, und seine Gedanken entglitten ihm, bis nichts mehr da war. Nur noch Stille.

Das Nächste, das Jérôme wahrnahm, war wieder das Licht. Es blendete ihn, obwohl er die Augen fest geschlossen hielt. Es kam von innen – ein heller Lichtkegel, der sich nach und nach in seinem ganzen Körper ausbreitete.

Jérôme spürte, wie sich sein Brustkorb gleichmäßig hob und senkte. Er konnte an nichts denken. Sein Kopf war völlig leer. Ein Zittern ergriff ihn, wanderte von seinen Zehenspitzen nach oben. Die Vibration nahm zu, wurde immer heftiger, bis sich alles ganz taub anfühlte. Dann vernahm er einen sonderbar hellen Ton. Ein Summen. Es war in seinen Ohren, seinem Kopf – überall. Das Vibrieren ließ nach, ebbte schließlich ganz ab. Er fühlte sich mit einem Mal schwerelos. Es war ihm, als würde er durch den Raum gleiten – sanft und leicht wie eine Feder.

Jérôme öffnete die Augen, neigte den Kopf ein wenig zur Seite – und erschrak. Er sah sich selbst. Sein starrer Körper lag auf einem Bett. Kabel waren an ihm angeschlossen, unzählige medizinische Geräte standen blinkend und piepend um das Bett herum. Sein Kopf war verbunden – nur das Gesicht schaute daraus hervor. Es sah aus, als ob er schliefe. Den Rumpf und die Beine bedeckte eine dünne weiße Decke. Die Arme lagen darüber – der linke vom Handgelenk bis zur Schulter eingegipst, der rechte in einer offenen Schiene, aus der mehrere dünne Kabel ragten.

Ich bin gestorben. Ich liege da unten und bin tot.

Die Feststellung schockierte ihn nicht. Es fühlte sich richtig an. Das helle Licht wärmte ihn, umhüllte ihn mit einer Welle aus Geborgenheit, wollte ihn mit sich nehmen. Leicht und warm, tröstend …

Doch dann erschien plötzlich ein Gesicht vor ihm. Es lächelte ihn zärtlich an. Anna.

Schlagartig war das leichte, schwerelose Gefühl fort und alles wurde dunkel. Pechschwarz, eng und beklemmend. Er wollte sich befreien, zurück in die tröstende Wärme gelangen. Doch gleichzeitig spürte er, dass das nicht möglich war. Da war etwas. Irgendetwas war da und hielt ihn zurück.

20.

Eine halbe Stunde später fuhren wir im Auto Richtung Bremen. Meine Mutter am Steuer, ich hockte wie betäubt auf dem Beifahrersitz. Claudia redete ununterbrochen auf mich ein. Aber ihre Worte kamen nicht bei mir an. Zogen an mir vorbei, ohne Bedeutung.

Irgendwann hielt Claudia das Auto an und stieg aus. Mir kam es vor, als ob wir tagelang unterwegs gewesen wären und dennoch nur einen kurzen Moment. Alles war so surreal – so absurd.

»Was ist los, Anna?«, drang ihre Stimme zu mir durch. »Willst du nicht aussteigen?«

Mühsam schnallte ich mich los – als müsste ich mich unter Wasser bewegen. Ich stieg aus und ging neben meiner Mutter her, jeder Schritt kostete mich unendlich viel Kraft. Ich wollte nichts sehen und nichts hören.

»Frau Reineke, was ist mit Jérôme?«, hörte ich meine Mutter sagen.

Ich hob den Blick und erschrak. Jérômes Tante stand nur wenige Meter von uns entfernt in der Eingangshalle des Krankenhauses, schwer auf ihren Mann gestützt. Tiefe Schatten lagen unter ihren rot unterlaufenen Augen.

Plötzlich drehte sich alles um mich herum. Mein Magen krampfte sich zusammen, und ich hatte das Gefühl, mich erneut übergeben zu müssen. Ich biss die Zähne zusammen, ballte die Hände in den Taschen zu Fäusten.

»Wir wollten gerade an die frische Luft«, sagte Jérômes Onkel abweisend. »Meine Frau ist mit den Nerven völlig am Ende.«

Er wollte an uns vorbeigehen, doch seine Frau blieb stehen und schüttelte wie mechanisch den Kopf. »Erst schien alles gut zu werden«, murmelte sie starr vor sich hin blickend. »Die Ärztin meinte, er hätte einige Frakturen und Platzwunden, aber nichts davon sei lebensbedrohlich.« Sie brach ab, atmete bebend ein und aus. »Nur sein Kopf ... ein schweres Hirntrauma, sagte sie. Deshalb wurde er auch noch in der Nacht nach Bremen verlegt ... Wenn man ihn doch nur schon früher gefunden hätte ...« Ihr Blick schwirrte durch den Raum, ohne irgendetwas zu fokussieren.

Am liebsten hätte ich sie gepackt und die Worte aus ihr herausgeschüttelt.

»Bitte, Frau Reineke, ich weiß, es ist schwer für Sie, aber können Sie uns sagen, wie es Jérôme jetzt geht?«, redete Claudia behutsam auf sie ein.

Ella schaute meine Mutter eine Weile schweigend an.

»Im Moment können die Ärzte uns nichts Genaues sagen«, antwortete sie schließlich. »Nach der OP ist er zunächst zu sich gekommen. Die Ärztin sagte, es sähe gut aus. Kurze Zeit später ist er dann ins Koma gefallen ...«

»Was?« Ich fühlte mich wie vor den Kopf gestoßen, wollte nicht glauben, was sie da gerade gesagt hatte.

Abrupt fasste Jérômes Onkel seine Frau unter und wollte sie mit sich ziehen. »Es reicht jetzt«, knurrte er. »Meine Frau braucht Ruhe. Wir haben gesagt, was wir wissen. Nun lassen Sie uns in Frieden.«

Damit wollte er sie fortziehen, aber ich hielt krampfhaft ihren Unterarm umklammert. »Bitte, sagen Sie mir, wie es Jérôme geht ... Was sagen die Ärzte? Wann wird er wieder aufwachen? Bitte, ich muss es wissen!«, flehte ich sie an.

Aber sie reagierte nicht auf meine Fragen. Sie schien komplett weggetreten zu sein.

Ihr Mann holte tief Luft und bedachte erst Claudia und dann mich mit einem eisigen Blick. Doch schließlich antwortete er: »Das CT hat gezeigt, dass es zu einem Subduralhämatom gekommen ist. Fragen Sie mich jetzt nicht, was genau das bedeutet. Tatsache ist, dass die Ärzte derzeit noch keine Prognose stellen können. Jérôme kann morgen wieder aufwachen, aber auch genauso gut für immer im Koma liegen. Er wird künstlich ernährt und beatmet und hängt an unzähligen Maschinen, die ihn am Leben halten. Wir durften nur ganz kurz zu ihm. Falls er wieder aufwacht, ist aber nicht auszuschließen, dass neurologische Schäden zurückbleiben. So, mehr wissen wir auch nicht und jetzt lassen Sie uns bitte gehen.«

Ich löste meinen Griff um Ellas Unterarm. Ein stechender Schmerz schoss durch meine Stirn, fast so, als ob mir jemand einen spitzen Dolch hineingerammt hätte.

Atme, Anna, atme einfach weiter, zwang ich mich.

Ich spürte Claudias Hand auf meinem Rücken. Dann setzte das Augenflimmern ein. Panik breitete sich in mir aus. Kalter Schweiß trat mir aus den Poren. Ich musste hier weg! Sofort!

»Anna, bitte beruhige dich.« Das war wieder meine Mutter. Irgendwo in der Ferne – ganz weit weg.

Ruckartig drehte ich mich um, stolperte nach draußen und ließ mich direkt neben dem Eingang vor einem breiten Blumenbeet auf die Knie fallen.

Krampfhaft umfasste ich die Betoneinfassung und beugte mich mit dem Oberkörper weit darüber. Es hatte wieder zu regnen angefangen. Das Wasser rann mir in den Nacken. Ich schloss die Augen und rang nach Luft.

Nach einer Weile spürte ich, wie sich zwei Hände unter meine Achseln schoben und ich behutsam wieder auf die Beine gezogen wurde. Ich war bis auf die Haut durchnässt. Meine Fingerkuppen waren aufgesprungen. Blut und Erde klebten daran.

Als ich aufblickte, sah ich direkt in Claudias erschrockenes Gesicht.

»Anna, um Himmels willen. Komm, ich bringe dich nach Hause«, sagte sie.

»Nein, das geht nicht. Ich muss zu Jérôme! Ich hab ihn gesehen und überall war blutige Erde. Ich muss wissen, was mit ihm passiert ist. Er hat doch nach mir gerufen … Mama, bitte!«

Claudia schüttelte vehement den Kopf. »Das hast du alles nur geträumt. Lass uns gehen. Du kannst sowieso nicht zu Jérôme. Sie werden dich nicht zu ihm lassen.«

»Ich kann hier jetzt aber nicht weggehen«, sagte ich ernst und schaute meine Mutter eindringlich an.

Als sie mich unterhakte und sanft, aber bestimmt zum Auto zog, leistete ich keinen Widerstand.

21.

Jérôme stöhnte auf. Er fühlte sich matt und erschöpft. Als wäre er aus einem bleiernen Schlaf gerissen worden, in dem er von wirren Bildern und Träumen geplagt worden war.

Er öffnete die Augen. Alles war schwarz. Eine so tiefe Dunkelheit, wie er sie nie zuvor gesehen hatte. Nicht der winzigste Lichtschein drang zu ihm durch, kein Hauch von Farbe.

Wo bin ich? Was ist geschehen?, fragte er sich.

Dann fiel ihm das Licht wieder ein und sein Herzschlag beschleunigte sich. Er schnappte nach Luft. Panik machte sich in ihm breit.

Das Licht, wo war das Licht?

Er blinzelte in die Dunkelheit. »Hallo?«

Niemand antwortete.

»Hallo«, versuchte Jérôme es noch einmal. »Ist da jemand?«

Stille. Bis auf seinen Herzschlag. Pochpoch … Pochpoch …

»Wo bin ich hier? Hört mich denn keiner?«

Mit den Händen versuchte Jérôme, die Wand aus Dunkelheit zur Seite zu schieben. Aber er fühlte sie einfach nicht. Nicht die Bewegung und auch nicht die Wand.

Er wollte die Beine anwinkeln und mit aller Kraft dagegentreten. Doch auch seine Beine gehorchten ihm nicht. Als ob man die Fäden einer Marionette durchtrennt hätte und sie nun schlaff dalag. Ein lebloser Körper. Nur noch eine Hülle.

Denk nach, Jérôme, überleg, was passiert ist!

Erinnerungsfetzen schwirrten ihm durch den Kopf. Er war mit Anna auf diesem Fest gewesen. Sie hatten getanzt, sich geküsst.

»Komm, lass uns einfach abhauen!«, hatte Anna gesagt und er hatte genickt. Anna hatte den ganzen Weg über gekichert. Warum, wusste Jérôme nicht mehr.

Und dann?

Annas Zimmer. Wieder hatten sie sich geküsst, so leidenschaftlich, dass es ihm den Atem geraubt hatte.

»Bist du sicher?«, hörte er sich fragen.

Anna schaute ihn an. »Ganz sicher«, sagte sie und zog ihn zum Bett.

Dann hatte er fortgemusst. Zu einer Verabredung, von der Anna nichts erfahren durfte. Er erinnerte sich an das schlechte Gewissen, das er verspürt hatte, als er Anna zum Abschied angelächelt hatte. Sie hatte ihn so zärtlich angeschaut, dass es ihm schwergefallen war zu gehen. Dennoch hatte er es getan, hatte keine andere Wahl gehabt.

Und dann? Was war dann geschehen?

Wieder kam ihm das Licht in den Sinn. Warm und irgendwie tröstlich hatte es ihn umhüllt, mit sich getragen, bis … Anna. Plötzlich war Annas Gesicht vor ihm aufgetaucht.

Er versuchte, sich umzuschauen, spürte aber seinen Kopf nicht.

»Anna?«, flüsterte er in die Dunkelheit.

Und dann etwas lauter: »Anna? Bist du hier?«

Bis er irgendwann zu schreien begann: »Anna? Anna? Wo bist du? Anna?«

Jérôme hielt inne, lauschte gespannt. Und ganz allmählich begriff er. Hier war niemand. Er war allein. Und das alles war auch kein Traum. Das war die Wirklichkeit.

Er spürte, wie seine Augen sich mit Tränen füllten. Ein leises Schluchzen hallte in seinem Kopf wider. Dann erfasste ihn eine bleierne Müdigkeit und nahm ihn mit in die kalte, unendliche Finsternis.

Das tiefe Koma, in das Jérôme gefallen war, ähnelte einem traumlosen Schlaf, einer Art energiesparendem Notfallprogramm seines Körpers. Das erzählte mir jedenfalls Jérômes Tante später am Telefon, als sie sich wieder etwas gefasst hatte. Er schluckte zwar und seine Lider bewegten sich, aber das waren nur Reflexe.

Jérôme hatte ein kräftiges Herz und auch sein Gehirn funktionierte, wenn auch stark eingeschränkt. Er konnte noch jahrelang so daliegen und künstlich beatmet werden … oder er konnte mit einem Mal wieder aufwachen. Doch die Chancen nahmen mit jedem Tag ab, den er weiter im Koma lag.

Für mich blieb das alles fremd und abstrakt. Ich konnte noch immer nicht glauben, was geschehen war. Immer und immer wieder tauchte das eine Bild in meinem Kopf auf: Jérômes Gesicht, schmal, starr und angespannt. Seine blutverschmierten Hände, die ich in meinem Traum gesehen hatte. Zu Fäusten geballt.

Und wenn er nun nie wieder aufwacht?, dachte ich. Wenn er für immer …

Die Vorstellung tat so weh, dass ich sie nicht zu Ende denken konnte.

Ich blickte mich in meinem Zimmer um. Überall war Jérôme. In jeder Ecke sah ich sein Gesicht. In jedem Winkel überfielen mich die Erinnerungen, die nicht die meinen waren, Bilder, die ich nur in meinem Kopf, aber nie in der Realität gesehen hatte.

Ich hielt es nicht mehr länger aus. Mit einem Satz stand ich auf und ging mit raschen Schritten zur Tür. Als ich in die Küche kam, bemerkte ich zwei leere Kaffeetassen auf dem Tisch. War mein Vater etwa schon zu Hause?

Ich ging zur Wohnzimmertür und lauschte angespannt.

Da war meine Mutter. Aber die zweite, männliche Stimme erkannte ich nicht.

Vorsichtig schob ich die Tür auf – und erstarrte, als ich sah, wer da neben meiner Mutter auf dem Sofa saß.

»Anna!« Claudia sprang auf und kam auf mich zu. Sie musterte mich besorgt. »Schatz, du sollst dich doch ein bisschen ausruhen.«

»Was macht der hier?«, sagte ich kalt.

Claudia bedachte mich mit einem unsicheren Blick und lächelte dem Bürgermeister dann entschuldigend zu. »Anna steht unter Schock«, versuchte sie, mein Verhalten zu rechtfertigen.

Herr Krause hob verständnisvoll die Hände. »Das ist doch ganz natürlich. Nach all dem, was sie durchmachen musste.«

Mir wurde kotzübel.

»Warum lässt du den in unser Haus?«

»Anna, bitte!«, sagte meine Mutter empört. »Herr Krause ist hier, um sich nach dir zu erkundigen. Jetzt reiß dich mal zusammen!«

Ich starrte sie fassungslos an. »Ich soll mich zusammenreißen? Sein gestörter Sohn steckt doch hinter der ganzen Sache!«

Claudia schaute mich entsetzt an und Herr Krause schoss ruckartig in die Höhe. »Also das geht nun eindeutig zu weit!« Er straffte die Schultern und eilte an uns vorbei. Im Türrahmen blieb er kurz stehen und wandte sich um. »Sollte Ihre Tochter noch einmal so eine ungeheuerliche Beschuldigung von sich geben, dann behalte ich mir rechtliche Schritte vor, ist das klar?« Damit rauschte er davon.

Das laute Knallen der Haustür ließ mich zusammenzucken und Claudia kraftlos in den Sessel sinken. »Sag mal, war das wirklich nötig?«, fuhr sie mich an.

Aber ich wollte nichts mehr hören, wollte nicht schon wieder diskutieren. Ich wollte nur noch weg.

»Ich muss mal raus«, murmelte ich und verließ fluchtartig das Wohnzimmer. Claudias Rufen überhörte ich einfach. Ich hatte das Gefühl, jeden Moment zu ersticken, wenn ich nicht schnell an die frische Luft kam.

Ich lief hinaus, stürmte über den Hof, vorbei an dem Pferdestall. Rannte einfach weiter, ohne Ziel.

Keuchend und schwitzend erreichte ich schließlich den Waldrand. Ich blieb stehen, stützte mich mit den Händen auf den Oberschenkeln ab und versuchte, zu Atem zu kommen. Nach einer Weile beruhigte sich mein Puls wieder, und ich überlegte, ob ich weitergehen sollte. Es dämmerte bereits, und der Gedanke, allein im Wald herumzugeistern, war nicht gerade verlockend. Doch dann wusste ich, wo ich hingehen musste, und meine Angst war wie weggeblasen. Entschlossen rannte ich los.

Als ich die Lichtung erreicht hatte, blickte ich mich schweigend um. Tränen liefen mir übers Gesicht, tropften von meinem Kinn hinunter ins Gras. Noch vor ein paar Wochen hatte ich hier mit Jérôme gesessen und war glücklich gewesen, so unbeschreiblich glücklich. Die Erinnerung daran zerriss mich innerlich. Ich schluchzte auf und schlug die Hände vors Gesicht. Zitternd hockte ich mich hin und umschlang meine Beine. Der Boden war kalt und nass.

Wie konnte das alles geschehen? Warum hatte ich Jérôme überredet, mich zu diesem bescheuerten Fest zu begleiten? Warum hatte ich Konstantin vor den Augen seiner Freunde lächerlich gemacht? Ich hätte es besser wissen müssen. Das alles war meine Schuld. Ich war dafür verantwortlich, was passiert war.

»Jérôme«, flüsterte ich, »es tut mir so leid.«

Ich zog die Nase hoch und wischte mir die Tränen von den Wangen, aber ich konnte einfach nicht aufhören zu weinen.

Anna?, hörte ich plötzlich eine Stimme, ganz weit weg und doch so nah, als würde sie mir ins Ohr flüstern.

Erschrocken fuhr ich hoch und blickte mich um. Aber in der hereinbrechenden Dunkelheit konnte ich niemanden entdecken. Und dann spielte mit einem Mal mein Kreislauf verrückt. In meinen Fingerspitzen begann es zu pochen und zu kribbeln, bunte Lichtpunkte tanzten vor meinen Augen. Dann wurde mir schlagartig heiß.

Anna? Bist du hier?

Ich keuchte, drehte mich panisch im Kreis herum.

»Wer ist da?«, rief ich mit dünner Stimme.

Anna? Anna?, hallte es in meinem Kopf wider. *Wo bist du? Anna?*

Es war, als hätte mir jemand einen Schlag ins Gesicht verpasst, als mir klar wurde, wessen Stimme ich da zu hören glaubte. Ich wurde verrückt, anders konnte es nicht sein. Ich presste mir die Hände auf die Ohren, suchte fieberhaft den Rand der Lichtung ab. Doch ich wusste, dass die Stimme nicht von dort kam.

»Ich bin hier, Jérôme«, flüsterte ich. »Hier bin ich.«

Dann wurde mir schwarz vor Augen.

22.

Obwohl ich tief und traumlos geschlafen hatte, fühlte ich mich völlig zerschlagen, als ich vom Klingeln des Weckers erwachte. Schlaftrunken warf ich die Decke beiseite und schwang die Beine aus dem Bett. Einen Moment blieb ich regungslos sitzen und dachte an das, was gestern Abend auf der Lichtung passiert war. Als ich wieder zu mir gekommen und in der Dunkelheit nach Hause gelaufen war, hatte ich fest daran geglaubt, dass ich Jérômes Stimme gehört hatte, dass er zu mir gesprochen hatte.

Ich schüttelte den Kopf. Was für ein Blödsinn. Offensichtlich hatten mir meine Nerven einen Streich gespielt.

Im Bad traf ich auf meinen Vater. Er stand vor dem Waschtisch und rasierte sich. Als er mich in der Tür stehen sah, stellte er den Rasierer aus und machte einen Schritt auf mich zu.

»Wie geht es dir, Anna? Konntest du schlafen?« Er musterte mich besorgt.

Ich nickte stumm. Ich hatte keine Lust, schon wieder zu streiten, wollte nicht noch einmal Carstens Anschuldigungen gegen Jérôme hören.

»Anna«, begann mein Vater, »wegen gestern Abend: Ich hätte dich nicht gleich so anmotzen dürfen, als du nach Hause gekommen bist.«

Ich nickte wieder. Sagte aber nichts.

»Ich habe mir Sorgen gemacht. Und Claudia auch. Einfach so aus dem Haus zu rennen und dann erst im Stockdunkeln wieder aufzutauchen, so geht das nicht.«

»Das hast du gestern Abend schon gesagt.«

»Stimmt. Ich wollte es nur noch einmal klarstellen.«

»Kommt nicht wieder vor«, sagte ich mit ruhiger, fester Stimme. Ich schaffte es sogar, ihn anzulächeln. Danach verzog ich mich schnell in mein Zimmer.

Als ich kurz darauf eine Autotür zuschlagen und einen Motor starten hörte, wagte ich mich endlich ins Bad.

Zwei Stunden später parkte meine Mutter ihren Wagen auf dem Bremer Krankenhausparkplatz.

»Ich möchte allein reingehen«, sagte ich, als sie den Motor abgestellt hatte.

Claudia sah mich skeptisch von der Seite an. »Und wenn sie dich nicht zu ihm lassen? Vielleicht ist es besser, wenn ich …«

Ich hob abwehrend die Hände. »Bitte, lass mich einfach allein gehen«, wiederholte ich. »Kannst du nicht irgendwas in der Stadt erledigen? Um zwölf treffen wir uns dann wieder hier. Und wenn ich nicht zu Jérôme darf, dann warte ich in der Cafeteria auf dich.«

Ich warf meiner Mutter einen beschwörenden Blick zu. Schließlich hob sie kapitulierend die Schultern. Ich beugte mich zu ihr und gab ihr einen flüchtigen Kuss auf die Wange. »Danke!« Dann stieg ich aus und steuerte zielstrebig durch den Haupteingang auf den großen Informationsschalter zu.

Gestern hatten wir Jérômes Tante und Onkel direkt in der Eingangshalle getroffen, weiter waren wir nicht gekommen. Nun musste ich zunächst herausfinden, auf welcher Station Jérôme untergebracht war.

Der Mann hinterm Schalter gab mir bereitwillig Auskunft, und ich beschloss, das als gutes Omen zu nehmen. Fast ein wenig beschwingt lief ich zu den Fahrstühlen hinüber, drückte mehrere Knöpfe auf einmal und wartete darauf, dass sich eine der Türen öffnete.

Bald darauf stand ich vor der Intensivstation und legte meinen Zeigefinger auf den kleinen weißen Klingelknopf. Die Tür öffnete sich und eine junge Krankenschwester erschien.

»Guten Tag. Ich möchte zu Jérôme Sanon.« Und weil die Schwester nicht sofort etwas erwiderte, fügte ich schnell hinzu: »Ich bin seine Freundin.«

Die Krankenschwester musterte mich mit ausdrucksloser Miene. Dann zuckte sie mit den Schultern. »Einen Augenblick, da muss ich erst nachfragen. Soweit ich informiert bin, dürfen nur Familienangehörige zu ihm.«

Die Tür schloss sich wieder und ich stand da wie bestellt und nicht abgeholt. Familienangehörige. Ich war seine Freundin, hatte ich da etwa kein Recht, ihn zu sehen?!

Nach einer Weile, die mir wie eine Ewigkeit vorkam, öffnete sich die Tür erneut, und die Schwester gab mir ein Zeichen, ihr zu folgen. »Du kannst zu ihm. Aber nur kurz.«

Ich atmete erleichtert auf und folgte ihr in einen kleinen Raum. Dort musste ich eine grüne Schutzkleidung überziehen. Zum Schluss gab die Schwester mir noch einen Mundschutz. »Den bitte auch anlegen.«

Ich nickte, griff mit zittrigen Fingern danach und folgte ihr in einen weiteren Raum mit einer großen Glasfront.

»Warte bitte hier«, forderte die Schwester mich auf und verschwand durch die Tür in den dahinterliegenden Raum. Unsicher trat ich näher an das Fenster heran.

Ich sah eine schmale Gestalt in einem Krankenbett liegen. Der Kopf war in einen Verband eingewickelt, nur Stirn, Nase, Mund und Augen lagen frei. Eine Vielzahl von blinkenden Geräten befand sich im Raum, Schläuche und dünne Kabel führten in den reglosen Körper.

Ich sah ihn und konnte es doch nicht glauben. Nein, das konnte einfach nicht Jérôme sein, der dort lag.

Unwillkürlich legte ich eine Hand gegen die Glasscheibe. Meine Augen füllten sich mit Tränen. Das da war mein Jérôme und doch kam er mir vor wie ein Fremder. Ich starrte so gebannt zu ihm hinüber, dass ich überhaupt nicht bemerkte, dass die Krankenschwester nun wieder neben mir stand. Sie räusperte sich leise und legte mir eine Hand auf die Schulter. Erschrocken zuckte ich zusammen.

»Geht es oder möchtest du dich kurz hinsetzen?«

Ich schüttelte den Kopf. »Alles in Ordnung«, sagte ich mit rauer Stimme.

Erst jetzt fiel mir auf, dass sich noch jemand neben der Schwester befand. Und obwohl ich wegen des Mundschutzes nur die Augen erkennen konnte, wusste ich sofort, wer es war: Jérômes Mutter.

Sie streckte die Arme aus, machte einen Schritt auf mich zu und zog mich dann fest an sich. Nun konnte ich die Tränen nicht länger zurückhalten. Ich vergrub mein Gesicht an ihrer Schulter. Jérômes Mutter sagte nichts, strich mir nur sanft über den Rücken und wartete, bis ich mich wieder beruhigt hatte und mein Körper aufgehört hatte zu beben. Dann löste sie ihre Umarmung, umfasste meine Schultern und schaute mir in die Augen. »Wollen wir zu ihm gehen? Er wird sich bestimmt freuen, dich zu sehen.«

Ist er denn aufgewacht?, hätte ich beinah gesagt und biss mir auf die Lippen, als mir klar wurde, wie dumm diese Frage war. Ich nickte zaghaft.

Und dann stand ich vor ihm und blickte in sein Gesicht. Ich erkannte seine Augen, seine Nase, den Mund, der mich so oft mit seinem Grübchenlächeln verzaubert hatte. Ich wollte ihn so gern berühren, ihn streicheln, irgendetwas tun, damit er die Augen aufschlug, mich anlächelte und sagte: »Hallo, Anna. Wie schön, dass du da bist.«

Es gab nichts, was ich mir in diesem Moment mehr gewünscht hätte. Aber gleichzeitig wäre ich am liebsten weggerannt. Denn obwohl ich nur die Hand hätte ausstrecken müssen, um Jérôme zu berühren, fühlte es sich an, als lägen Welten zwischen uns.

Jérômes Mutter schien meine Gedanken zu erraten, denn sie forderte mich auf, näher zu kommen und Jérômes Hand zu nehmen.

Ich zögerte, schaute sie unsicher an, aber als ich das aufmunternde Lächeln in ihren Augen sah, gab ich mir einen Ruck. Zaghaft streichelte ich seine Finger und das kleine Stückchen Hand, in das kein mit weißem Leukoplast beklebter Schlauch hineinführte.

Jérômes Haut war warm und fest, so als ob überhaupt nichts wäre. Als ob er einfach nur ruhig daliegen und schlafen würde. Aber so war es ja auch, dachte ich: Jérôme schlief tief und fest. Und ganz plötzlich war er wieder bei mir und keine Distanz mehr zwischen uns.

»Jérôme«, flüsterte ich. »Jérôme, hörst du mich? Ich bin's, Anna.«

Ich wusste, dass Jérôme im Koma lag, und doch rechnete ich damit, dass er gleich die Augen aufschlagen und mich anlächeln würde. Und als das nicht geschah, brannte die Enttäuschung in mir wie die Tränen auf meinen Wangen.

Etwas später saßen Jérômes Mutter und ich uns in der Krankenhauscafeteria gegenüber. Es war, als ob ich Jérômes große Schwester vor mir hätte. Seine Mutter wirkte so jung und trotz ihrer Sorge um Jérôme war sie ganz ruhig und gelassen. Ihre Stimme klang sanft, und wenn sie sprach, dann kam mir das so vertraut vor, als würde ich sie schon mein Leben lang kennen. Die Art, wie sie mich anschaute, wie sie lächelte und sich dabei zwei kleine Grübchen auf ihren Wangen bildeten, versetzte mir jedes Mal einen kleinen Stich.

Wir sprachen über Jérôme und wie wir uns kennengelernt hatten. Anscheinend hatte er seiner Mutter am Telefon schon viel von mir erzählt, was mich insgeheim freute. Dann schwiegen wir eine Weile und jeder hing seinen eigenen Gedanken nach.

»Sabine, was wird mit Jérôme? Wird er wieder aufwachen?«, fragte ich plötzlich in die Stille hinein. Ich hatte schon eine ganze Zeit damit gerungen, diese Frage zu stellen, weil ich nicht wusste, ob ich die Antwort darauf wirklich hören wollte.

Sabine schüttelte den Kopf und lächelte traurig. »Das kann ich dir zum jetzigen Zeitpunkt leider nicht beantworten. Es gibt viele positive Faktoren, die für Jérômes Genesung sprechen: Er ist jung und sein Herz arbeitet tadellos. Aber als Ärztin weiß ich auch, dass die massiven Hirnschädigungen sicher ihre Spuren hinterlassen werden, auch wenn er aus dem Koma erwacht. Es ist möglich, dass er alles neu erlernen muss. Dennoch darfst du die Hoffnung nicht aufgeben, Anna.«

Sabine wirkte nach außen stark und gefasst, doch an ihrer zitternden Unterlippe konnte ich erahnen, wie es in ihr aussah, dass auch sie vor Sorge um Jérôme fast umkam. Sie atmete tief durch und ergriff meine Hand. Einen Moment lang betrachtete sie sie nachdenklich, bevor sie sagte: »Weißt du, dass Jérôme vorhin, als du seine Hand berührt hast, darauf reagiert hat? Er hat es gespürt.«

»Wie kommst du darauf?«, fragte ich erstaunt.

»Ich konnte am EKG-Monitor sehen, dass sich seine Herzfrequenz beschleunigt hat.«

»A-aber wie … das …«, stammelte ich.

»So etwas lässt sich manchmal bei engen Bezugspersonen nachweisen«, sagte Sabine und hatte plötzlich einen ganz sachlichen Gesichtsausdruck. »Zeigen sich solche Reaktionen bei einem Komapatienten, erhöht sich die Wahrscheinlichkeit, dass er wieder aus der tiefen Bewusstlosigkeit erwacht.«

»Das heißt, Jérôme hat gemerkt, dass ich seine Hand berührt und mit ihm gesprochen habe«, flüsterte ich mit angehaltenem Atem.

Sabine nickte. »So ist es. Solange ein Mensch lebt, nimmt er etwas wahr und ist über Empfindungen und Bewegungen mit seiner Umwelt verbunden.«

Plötzlich musste ich wieder an mein Erlebnis auf der Lichtung denken, und ich verspürte das unbändige Verlangen, mit jemandem darüber zu reden. »Gestern Abend ist mir etwas Komisches passiert«, begann ich zögerlich.

Jérômes Mutter schaute mich aufmerksam an.

»Es klingt vielleicht ein bisschen verrückt, aber ich hatte mit einem Mal das Gefühl, dass Jérôme bei mir wäre. Seine Stimme war in meinem Kopf. Aber nicht so, als wenn ich mir eine Stimme ins Gedächtnis rufen würde. Es fühlte sich eher an, als ob er mit seinen Gedanken in meinem Kopf wäre.« Ich stockte, weil mir klar wurde, wie bescheuert sich das anhörte. »Ich weiß, das klingt total verrückt, aber ich habe ihn gespürt und gehört, und dann bin ich ohnmächtig geworden.«

Sabine schwieg, und ich dachte schon, sie würde das Ganze gleich als ein Hirngespinst abtun, doch dann beugte sie sich zu mir vor und sagte: »Ich würde dir gern etwas erzählen, Anna. Etwas, das vor vielen Jahren passiert ist und das mein Leben verändert hat.« Wieder schwieg sie und schaute gedankenverloren zu Boden. »Hat Jérôme dir mal von seinem Vater erzählt?« Ich nickte. »Ein wenig. Dass er vor sechs Jahren bei einem Autounfall ums Leben gekommen ist und dass er auch Arzt war.«

Sabine lächelte versonnen. »Ja, und was für einer. Ich war unglaublich stolz auf ihn. Weißt du, er hat es nicht leicht gehabt, seine Familie stammt aus Kenia und für das Studium in Deutschland mussten sich alle ganz schön ins Zeug legen. Na ja …« Sie hielt kurz inne. Ich fragte mich, was das Ganze mit dem, was ich ihr erzählt hatte, zu tun haben könnte.

»François war in Panama und ich in Deutschland, als er starb«, erzählte sie mir. »Er war mit seinem Jeep von der Straße abgekommen und hatte sich mehrere Male überschlagen. Noch ehe der Anruf kam, wusste ich, dass ihm etwas zugestoßen war. Und das, obwohl wir Tausende von Kilometern voneinander entfernt waren. Ich habe es irgendwie gespürt.«

Erst jetzt merkte ich, dass ich wie gebannt die Luft angehalten hatte. »Aber so etwas ist doch gar nicht möglich«, entfuhr es mir.

»Ja, manche mögen das für absurd halten. Aber neben der physikalischen Welt gibt es noch geistige, spirituelle Dimensionen, die anderen Gesetzen gehorchen. Man muss sich nur darauf einlassen. Nach dem Tod von François habe ich mich viel damit beschäftigt.«

»Du glaubst also, ich habe mir das nicht eingebildet? Jérôme war ... wirklich bei mir?«, flüsterte ich.

»Ja, das glaube ich«, sagte Sabine ernst. »Weißt du, ich habe in Afrika so viel erlebt, es gibt nicht nur Schwarz und Weiß, dazwischen liegen unzählige Farben. Manche sind so schwach, so zart und zerbrechlich, dass nur wenige Menschen überhaupt in der Lage sind, sie zu sehen.«

Ich ließ mich ermattet gegen die Stuhllehne zurücksinken und starrte Sabine fassungslos an. »Aber was hat das zu bedeuten?«, fragte ich.

Das hörte sich alles so verrückt an. Wie sollte das funktionieren? Und warum konnte ich Jérôme erst jetzt hören, wo er im Koma lag? Wenn wir eine Art telepathische Verbindung hatten, dann hätte sie doch schon vorher bestehen müssen.

Sabine schüttelte langsam den Kopf. »Ich weiß es nicht, Anna. Ich weiß wirklich nicht, was es bedeutet. Aber ich bin mir sicher, dass es möglich ist.«

23.

»Nanu«, wunderte sich Claudia, als wir in die Hauseinfahrt einbogen und ein schwarzer BMW auf dem Hof stand. »Wer ist das denn?«

Ich zuckte mit den Schultern. »Keine Ahnung.« Ich war in Gedanken noch ganz bei dem Gespräch mit Jérômes Mutter.

Claudia parkte den Wagen direkt neben dem BMW und stieg aus. Ich blieb noch einen Moment im Auto sitzen, als ich in einem der Männer den Polizisten erkannte, der neulich schon wegen des Einbruchs im Pferdestall bei uns gewesen war.

Ganz bestimmt waren sie wegen Jérôme hier. Und sicher wollten sie mir wieder irgendeine miese Lüge über ihn auftischen.

Ein zweiter Polizist kam auf meine Mutter zu und reichte ihr die Hand.

Ich seufzte und öffnete die Tür. Ich konnte ja nicht ewig im Wagen bleiben.

Der Jüngere der beiden kam sofort auf mich zu und begrüßte mich freundlich. »Hallo, Anna. Markus Jansen. Ich war letztens schon bei euch. Du erinnerst dich sicher. Wir würden uns gern kurz mit dir unterhalten.«

Ich atmete tief durch. »Warum?«

Ehe Herr Jansen etwas erwidern konnte, drängte sich sein Kollege dazwischen. »Hauptkommissar Böttcher. Wir waren heute Morgen schon mal hier«, erklärte er vorwurfsvoll.

»Tag«, murmelte ich.

»Kommen Sie doch bitte rein. Darf ich Ihnen etwas zu trinken anbieten? Vielleicht Kaffee oder Tee?« Meine Mutter führte die beiden Männer ins Wohnzimmer und forderte sie auf, sich zu setzen. Ich blieb im Flur zurück und beobachtete die Szene durch die halb geöffnete Zimmertür.

»Also, zweimal Kaffee?«, hörte ich meine Mutter sagen.

»Frau Gaudin«, rief Herr Jansen ihr nach, »wir würden gern mit Ihrer Tochter sprechen!«

»Natürlich!« Claudia nickte mir auffordernd zu, bevor sie weiter in die Küche eilte.

Zögerlich betrat ich das Wohnzimmer.

»Da bist du ja«, sagte Jansen. »Setz dich doch bitte. Ich weiß, das ist jetzt alles nicht so leicht für dich, aber wir müssen dir ein paar Fragen stellen«, fuhr er fort, während sein Kollege mich mit ausdrucksloser Miene musterte. »Von der Familie Reineke haben wir erfahren, dass du mit dem Opfer befreundet bist und am Samstagabend mit ihm zusammen warst.«

Opfer. Schon wieder Opfer. Ich hasste dieses Wort.

»*Opfer* hat ihn die Krause-Clique auch ständig genannt«, platzte ich heraus.

Böttcher sah mich mit hochgezogenen Augenbrauen an. »Was willst du damit andeuten?«

Ich holte tief Luft. »Na, was wohl? Dass die ihn hier gemobbt haben bis zum Gehtnichtmehr.«

»Du meinst, er hat Feinde hier im Dorf?«

»Natürlich!« Ich konnte es nicht fassen, das sollten Ermittler sein? »Konstantin Krause und seine Freunde haben ihm das Leben zur Hölle gemacht. Am Ende haben sie ihm sogar Drohbriefe geschickt, dass er sich aus dem Dorf verpissen soll, sonst wäre er tot.«

Die beiden Männer schauten mich erstaunt an. »Komisch«, erwiderte Herr Jansen schließlich. »Sein Onkel meinte, er wäre sehr beliebt hier im Dorf und es hätte keine Schwierigkeiten gegeben.«

»WAS?«, entfuhr es mir. Wie konnte Jérômes Onkel so etwas behaupten? »Seine Tante hat die Briefe doch selbst gesehen!«

»Hm«, machte Böttcher und notierte sich etwas auf einen kleinen weißen Block. »Das werden wir überprüfen. Aber nun schildere uns bitte, was am Samstagabend geschehen ist.«

Stockend begann ich zu erzählen. Davon, dass ich Jérôme überredet hatte, zu dem Fest zu gehen, wie ich Konstantin hatte abblitzen lassen und dass Jérôme und ich bald darauf nach Hause gegangen waren.

»Und dann?«, drängte Jansen.

Ich brach ab. Ich konnte den beiden doch unmöglich sagen, was dann geschehen war. Zumal meine Mutter gerade mit dem Kaffee aus der Küche zurückgekommen war.

Böttcher schien mein plötzliches Schweigen jedoch anders auszulegen.

»Anna«, redete er eindringlich auf mich ein. »Was ist dann passiert? Hast du irgendetwas von Jérômes Geschäften mitbekommen?«

Ich starrte ihn fassungslos an. »Was soll denn das jetzt? Ich dachte, Sie sind hier, weil Sie denjenigen finden wollen, der Jérôme das angetan hat, und nicht, weil Sie diese miesen Lügen glauben. Jérôme hat nichts mit Drogen zu tun. Das hat sich Konstantin nur ausgedacht!«

Jansen atmete tief durch. »Das sind schwere Anschuldigungen. Hast du dafür irgendwelche Beweise?«

Ich biss mir auf die Unterlippe und schüttelte den Kopf.

»Anna«, mischte sich nun Böttcher wieder ein. »Es tut mir leid, dir das sagen zu müssen, aber momentan deutet alles darauf hin, dass dein Freund in Drogengeschäfte verwickelt war. Wir gehen davon aus, dass der Täter auch in diesem Milieu zu finden ist. Die Kollegen haben am Tatort Amphetamin und mehrere Gramm Marihuana gefunden. In kleinen Portionen verpackt. Schulhofportionen nennen wir vom Drogendezernat solche Päckchen. Wahrscheinlich hat Jérôme den Stoff weiterverkaufen wollen und ist am Samstagabend dabei mit einem Kollegen in Streit geraten.«

Ich schüttelte heftig den Kopf. »Das ist so was von lächerlich. Das haben die ihm zugesteckt, weil … weil …« Ich konnte nicht mehr weitersprechen.

Verzweifelt schlug ich mir die Hände vors Gesicht. Ich wusste, dass das nicht die Wahrheit sein konnte. Ich wusste es! Jérôme hatte nichts mit Drogen zu tun. Das hätte ich doch mitbekommen. So etwas traute ich ihm einfach nicht zu.

Dennoch rumorte da etwas in mir, das ich nicht wahrhaben wollte, wofür ich mich schämte. Ein kleiner Hauch von Unsicherheit … und Misstrauen.

»Wie auch immer«, fuhr Böttcher mit betont sachlicher Stimme fort. »Du wärst nicht die Erste, die sich in jemandem getäuscht hätte. Aber jetzt schildere uns bitte, wann du dich an diesem Abend von Jérôme getrennt hast. Ist dir irgendetwas an ihm aufgefallen? Hat er etwas gesagt, das darauf hindeutete, dass er sich noch mit jemandem treffen wollte?«

Ich war wie vom Donner gerührt. *Ich muss noch was erledigen,* hallten Jérômes Worte in meinem Kopf wider.

»Anna«, redete nun auch meine Mutter auf mich ein. »Denk genau nach. Hat Jérôme dir etwas gesagt? Du möchtest doch, dass derjenige geschnappt wird, der ihm das angetan hat, oder?«

Ich schaute sie mit leerem Blick an und plötzlich, so als ob ein kleiner Schalter in meinem Kopf umgelegt würde, der endlich wieder Ordnung in mein Gedankenchaos brachte, wusste ich die Antwort. »Nein«, sagte ich. »Er hat nichts gesagt. Alles war völlig normal. Keine Ahnung, woher die Drogen kamen, Jérôme hat nichts …«

»Okay«, fiel mir Böttcher ins Wort. »Wenn das alles ist, was du uns dazu sagen kannst, dann werden wir jetzt mal deine Angaben überprüfen.«

Er erhob sich und sein Kollege tat es ihm gleich. »Sie hören dann von uns«, wandte er sich an meine Mutter.

Claudia begleitete die beiden hinaus. Ich nickte nur kurz, als Jansen und Böttcher sich von mir verabschiedeten und mir einschärften, mich bei ihnen zu melden, falls mir noch irgendetwas einfallen würde, was in diesem Fall von Bedeutung sein könnte.

Dann war ich endlich mit meinen Gedanken allein. *Vertraust du mir, Anna?,* hatte Jérôme mich gefragt und ich hatte Ja gesagt. Und jetzt saß ich hier und zweifelte an ihm.

Jérôme hatte das Gefühl, aus einem traumlosen Schlaf zu erwachen. Er brauchte einen Augenblick, bis ihm klar wurde, warum es so dunkel um ihn herum war. Immer wieder musste er dagegen ankämpfen, dass seine Gedanken abdrifteten, wegschwammen, um von einer riesigen Welle Nichts davongetragen zu werden.

Er musste sich konzentrieren, musste herausfinden, was passiert war.

Wortfetzen waren zu ihm durchgedrungen. *Koma, Hirntrauma, Frakturen.* Worte, die er kannte und die doch keine Bedeutung für ihn hatten. Und immer dieses gleichmäßige Piepen, dieser stetige Ton, der alles überdeckte und ihn manchmal fast in den Wahnsinn trieb.

Er glaubte, die Stimme seiner Mutter gehört zu haben und auch Annas. Meinte sich zu erinnern, dass Anna seine Hand gestreichelt hatte. Aber wann war das eigentlich gewesen? Vor wenigen Minuten? Oder waren seitdem Stunden vergangen? Tage, Wochen, Monate?

Wie lange befand er sich schon in diesem Zustand?

Und was war davor gewesen?

Ein kleiner heller Blitz drang zu ihm durch. So als ob jemand die Wand aus Dunkelheit für einen Sekundenbruchteil zur Seite geschoben hätte.

Jérômes Herzschlag beschleunigte sich. Er spürte, wie eine Spannung durch seinen tauben Körper ging. Ein Anflug von irgendetwas. Fetzen von Erinnerungen. Grelle Bilder, die an ihm vorbeirauschten.

Ein Mädchen in der Dunkelheit. Sie rannte direkt auf ihn zu.

War das Anna?

Sie kam immer näher, schien ihm etwas zuzurufen, doch der Wind verschluckte ihre Worte.

Jetzt hatte sie ihn fast erreicht. Er sah lange hellblonde Haare und ein schneeweißes, angstvoll verzerrtes Gesicht.

Das ist nicht Anna, dachte er und war enttäuscht und gleichzeitig erleichtert.

»Hilfe!«, rief sie. »Bitte hilf mir doch.«

Alles, was er sah, waren ihre großen, weit aufgerissenen Augen. Sie keuchte schwer.

»Halt ihn auf. Tu doch was. Du musst ihn aufhalten.«

Jérôme verstand nicht. Wen sollte er aufhalten? Wovor flüchtete das Mädchen?

Dann sah er den Schatten, und auf einmal glaubte er zu wissen, wovor das Mädchen Angst hatte, meinte zu erkennen, wer sie verfolgte.

»Hilf mir doch! Du musst ihn aufhalten. Hörst du?!«

Der Schatten kam immer näher. Jérôme versuchte, ihm ins Gesicht zu blicken. Auszumachen, wer sich dahinter verbarg.

»Nimm deine dreckigen Finger von meiner Frau!«, hörte er ihn wie von Sinnen brüllen.

Jérôme ballte die Hände zu Fäusten und machte sich innerlich hart.

Das Mädchen war nun bei ihm. Sie zitterte am ganzen Körper, versteckte sich hinter seinem Rücken.

»Hilf mir«, flehte sie ihn an.

Die Gestalt kam näher und nun konnte Jérôme auch deren Gesicht erkennen. Er wich einen Schritt zurück. Das Mädchen war verschwunden. Ohne zu zögern, holte sein Gegenüber zum Schlag aus, doch Jérôme wich zurück.

Er wollte fliehen. Doch gleichzeitig machte sich eine ungeheuerliche Wut in ihm breit und der unbändige Wille zu kämpfen.

Ich lag auf dem Bett und wollte mich entspannen. *Man muss sich darauf einlassen,* hatte Sabine zu mir im Krankenhaus gesagt. *Man muss es nur zulassen …*

Zulassen? Wie soll das gehen?, fragte ich mich. Verbissen bemühte ich mich, an nichts zu denken und den Kopf freizukriegen. Einatmen, ausatmen, es zulassen …

Doch je mehr ich es versuchte, desto wilder sprangen meine Gedanken hin und her.

Das Gespräch mit den Kommissaren, Jérôme auf der Intensivstation, die vielen blinkenden und piependen Geräte um ihn herum und dazwischen immer wieder Konstantin, wie er mich angegrinst und bedroht hatte.

»Keine Chance«, seufzte ich schließlich und setzte mich auf.

Die Luft im Zimmer war stickig. Ich ging zum Fenster, um es zu öffnen, doch mitten in der Bewegung kam mir plötzlich ein Gedanke: Vielleicht brauchte es einen bestimmten Ort, damit ich mit Jérôme in Kontakt treten konnte? Einen Ort, an dem wir uns sehr nahe waren?

Ich atmete tief durch. Die stickige Luft im Zimmer, mein Chaos im Kopf, ich musste einfach raus. Etwas an der frischen Luft sein, um wieder klarer denken zu können. Um runterzukommen …

Als ich die letzten, vorsichtigen Schritte zwischen den Bäumen hindurch machte und vor der Lichtung stand, wusste ich, warum ich erneut hierhergekommen war. Plötzlich erschien mir alles ganz logisch.

»Jérôme?«, flüsterte ich. »Bist du da?«

Langsam ließ ich mich auf dem feuchten Boden nieder und schloss die Augen. Ganz ruhig atmete ich ein und aus – und wartete.

Ein kühler Windhauch wehte heran und ließ mich frösteln. Ihm folgte augenblicklich eine eisige Bö, die das frische Laub aufwirbelte und durch die Bäume fuhr. Schon klatschte ein dicker Regentropfen auf meinen Arm. Ich blickte zum Himmel und sah, dass er sich dunkel zugezogen hatte.

Ich erhob mich und schlang schützend die Arme um meinen Körper. Eine erneute Windbö ließ die Bäume um mich herum aufächzen. Ein abgestorbener Ast krachte zu Boden und ich zuckte erschrocken zusammen. Gerade wollte ich umkehren und nach Hause laufen, als ich eine Stimme hörte. Eine Stimme in meinem Kopf!

Hilfe! Bitte hilf mir doch.

Von einem Moment auf den anderen begann es, in Strömen zu regnen. Der Wind peitschte die Regentropfen durch die Bäume vor sich her. Innerhalb von wenigen Minuten war ich nass bis auf die Haut.

Plötzlich spürte ich einen Schmerz. Einen entsetzlichen Druck direkt hinter den Augen. Als ob jemand von innen dagegendrücken würde.

Halt ihn auf. Tu doch was. Du musst ihn aufhalten.

Blitzartig schossen Bilder durch meinen Kopf. Kurze Szenen, die ich nicht zuordnen konnte, die aber eindeutig nicht meiner Erinnerung entstammten. Nachtschwarze Dunkelheit, blonde Haare, die angstvoll aufgerissenen Augen eines Mädchens.

Hilf mir doch.

In meinem Kopf dröhnte es. Das Wasser lief mir in Strömen über das Gesicht, nasse Strähnen klebten auf meiner Stirn.

Ein Blitz zuckte über den Himmel, tauchte ihn für den Bruchteil einer Sekunde in ein kaltes Licht. Das darauffolgende Krachen ließ mich vor Schreck aufschreien.

Nimm deine dreckigen Finger von meiner Frau!

Zwischen den Bäumen konnte ich eine dunkle Silhouette ausmachen.

»Wer ist das, Jérôme?«, keuchte ich verzweifelt.

Erneut tauchte ein Blitz die Lichtung in ein beängstigendes, grelles Licht. Keine drei Sekunden später donnerte es gewaltig. Das Gewitter war jetzt direkt über mir.

Ich zitterte am ganzen Körper, kämpfte gegen den Schwindel an, der mich zu überwältigen drohte. Ich legte die Hände trichterförmig um den Mund und schrie aus Leibeskräften: »JÉRÔME! KOMM ZU MIR ZURÜCK! LASS MICH NICHT ALLEIN!«

24.

»Anna, da bist du ja!«, rief meine Mutter, kaum dass ich die Haustür geöffnet hatte. »Wo warst du denn? Du bist ja nass bis auf die Knochen!«

»Ich brauchte ein bisschen frische Luft«, murmelte ich und wollte mich an ihr vorbeischieben.

»Geh schnell duschen und zieh dir was Trockenes an, Schatz«, sagte Claudia. »Ach übrigens, Jérômes Mutter hat angerufen und bat darum, dass du sie zurückrufst. Sie ist im Krankenhaus. Du kannst sie auf dem Handy erreichen.«

Sofort war ich alarmiert. »Ist was mit Jérôme? Hat sie was gesagt?«

»Nein, nein«, beeilte meine Mutter sich, mich zu beruhigen. »Sein Zustand ist unverändert. Aber sie meinte, dass es wichtig sei.«

Sofort rannte ich in mein Zimmer und wählte Sabines Handynummer. Während es klingelte, sah ich, wie das Regenwasser von meinen Klamotten auf den Boden tropfte.

Endlich hob Jérômes Mutter ab. »Hallo, Anna, gut, dass du anrufst«, sagte sie atemlos. Und bevor ich auch nur etwas erwidern konnte, fuhr sie fort: »Ich weiß, das hört sich jetzt verrückt an, aber kann es sein, dass du vor einer knappen halben Stunde wieder mit Jérôme in Kontakt getreten bist?«

Ich hatte das Gefühl, als ob mir das Blut in den Adern gefrieren würde.

»Ich … ich weiß nicht so genau«, stotterte ich ins Handy. »Da waren Bilder …« Ich brachte den Satz nicht zu Ende, weil meine Mutter plötzlich im Zimmer stand. Vorwurfsvoll guckte sie mich an. »Anna, du solltest dir doch erst einmal die nassen Klamotten ausziehen. Du holst dir ja den Tod!«, zischte sie mir zu.

Ich stöhnte auf. »Kann ich dich gleich noch mal anrufen?«

»Ich bin gerade auf dem Sprung«, erklärte Sabine. »Was hältst du davon, wenn wir uns in Mahlhausen bei meiner Schwester treffen? Ich bin in anderthalb Stunden da.«

»Okay, ich komme vorbei. Tschüss!«, sagte ich kurz entschlossen und legte auf.

»Willst du etwa noch mal weg?«, regte meine Mutter sich auf. »Draußen regnet es in Strömen und außerdem ist es fast dunkel!«

Ich verdrehte die Augen. Das konnte ja heiter werden!

Anderthalb Stunden später saß ich auf dem Rad und strampelte die schmale Landstraße Richtung Tönisberg entlang. Um mich herum war es stockfinster. Straßenlaternen gab es keine, nur der Schein meines Vorderlichts spendete ein bisschen Helligkeit.

Zunächst hatte mich meine Mutter nicht allein fahren lassen wollen. Aber als ich ihr versprach, mein Handy mitzunehmen und pünktlich um halb zehn zurück zu sein, hatte sie schließlich nachgegeben.

Doch als ich jetzt keuchend durch die Dunkelheit radelte, war mir schon ein bisschen mulmig zumute, obwohl es noch nicht einmal acht Uhr war.

Plötzlich blinkten in der Ferne zwei Scheinwerfer auf. Ein Auto kam mit großer Geschwindigkeit auf mich zu. Vom grellen Licht geblendet, legte ich schützend die Hand vor die Augen. Als es mit mir auf gleicher Höhe war, wurde der Wagen langsamer und blieb schließlich stehen.

Die Fahrertür wurde aufgerissen und ich wurde unsanft am Ärmel gepackt.

»Wen haben wir denn da?« Konstantins spöttische Stimme ließ mich vor Schreck zusammenzucken.

Darf der denn schon Auto fahren? Der ist doch erst siebzehn, schoss es mir durch den Kopf. Doch dann fiel mir ein, dass ich noch jemanden neben ihm im Auto hatte sitzen sehen. Bestimmt hatte er den Führerschein auf Probe und sein Vater oder seine Mutter waren bei ihm. Ich war also zum Glück nicht allein mit diesem Irren.

»Was soll das?«, fuhr ich ihn an. »Lass sofort meinen Arm los!«

Konstantin grinste nur. »Tja, ich hab dich ja gewarnt, dass du dich nicht mit mir anlegen sollst. Jetzt siehst du, was du davon hast.«

Ich versuchte, mich aus der Umklammerung zu befreien.

»Hallo«, rief ich in Richtung Auto, »können Sie mir mal Ihren Sohn vom Hals schaffen?!«

»Lass den Schwachsinn«, schnauzte Konstantin. »Und hör gefälligst auf, solche Lügen über mich zu verbreiten. Ich hab deinem Typen nicht ein Haar gekrümmt. Ist das klar?« Sein Griff wurde fester und er kam mit seinem Gesicht bedrohlich nahe an mich heran.

Ich erschauderte. »Du gestörtes Arschloch, lass mich sofort los!«

Hektisch blickte ich zum Auto hinüber. Aber die Beifahrertür blieb verschlossen. »Wenn du glaubst, dass du mir den Mund verbieten kannst, dann hast du dich geschnitten! Ich werde dafür sorgen, dass die Wahrheit ans Licht kommt. Und dann wird das ganze Dorf erfahren, dass du Jérôme auf dem Gewissen hast!«

Konstantins Gesicht lief rot an und er schien vor Wut am ganzen Körper zu zittern. Ich bekam Angst, wollte mich losreißen, aber da legte er plötzlich seine Hände um meinen Hals und drückte zu.

Ich trat und schlug nach Leibeskräften um mich, versuchte, irgendwie Luft zu bekommen. Aber Konstantin war stärker.

Gerade als ich das Gefühl hatte, meine Beine würden mir wegsacken, lockerte Konstantin plötzlich seinen Griff und schubste mich achtlos beiseite. Ich fiel zu Boden und schnappte hustend und keuchend nach Luft. Ohne sich noch einmal nach mir umzusehen, verschwand er im Auto, startete den Motor und fuhr mit quietschenden Reifen davon.

Fassungslos starrte ich ihm nach. Ich wollte ihm etwas hinterherschreien, ihm nachlaufen und ihn aus seinem beschissenen Protzauto zerren.

Doch dazu fehlte mir die Kraft. Benommen schloss ich die Augen und legte meine Stirn auf den kühlen Asphalt.

Ein seltsames Gefühl durchdrang Jérôme und riss ihn an die Oberfläche seines Bewusstseins zurück. Sein Herz raste und das Blut pulsierte im schnellen Rhythmus durch seine Adern.

Dann fühlte es sich mit einem Mal so an, als ob er keine Luft mehr bekäme. Irgendetwas schnürte ihm die Kehle ab und er hörte dieses grässliche Röcheln in seinem Kopf. Sein ganzer Körper war davon erfüllt.

Schließlich wurde ihm klar, dass nicht er es war, der nach Luft rang, dass nicht seine Kehle wie zugeschnürt war. Es war Annas! Er konnte ihre Angst riechen. Sah verschwommene Bildfetzen vorbeifliegen.

Im nächsten Moment wich jegliche Anspannung aus seinem Körper. Er hörte eine Autotür zuschlagen, quietschende Reifen. Fühlte Anna am Boden liegen, die Stirn auf dem kühlen Asphalt.

In der Dunkelheit streckte er die Hände nach ihr aus, um sie zu beschützen, sie zu trösten.

»Anna, alles wird gut«, sagte er.

Dann herrschten wieder Stille und Finsternis …

25.

Schweigend saß ich am Frühstückstisch und kaute lustlos auf meinem Toast herum. Meine Mutter schaute gedankenverloren aus dem Fenster.

Ich war froh, dass sie nicht auf die Idee kam, mich über den gestrigen Abend auszuquetschen. Mir hatte schon gereicht, wie entsetzt Jérômes Mutter mich angestarrt hatte, als ich nach meinem Aufeinandertreffen mit Konstantin vor Reinekes Haustür stand. So als hätte sie einen Alien vor sich gehabt. Nur mit Müh und Not hatte ich sie davon abbringen können, die Polizei zu alarmieren.

»Hast du Halsschmerzen?«, fragte meine Mutter und musterte den dünnen Schal, den ich mir umgewickelt hatte.

»Ein bisschen,« sagte ich und hoffte, sie würde nicht die rötlich-blauen Würgemale bemerken, die sich darunter verbargen.

»Ich hab dir doch gesagt, dass du dich erkälten wirst«, meckerte sie. »Aber du wolltest ja mal wieder nicht hören.«

»Es ist nicht so schlimm, nur ein bisschen Halskratzen«, winkte ich ab und zu meiner Überraschung gab sie sich damit zufrieden. Offensichtlich hatte nicht nur ich schlechte Laune.

Den Schulvormittag brachte ich irgendwie hinter mich. Ich war nur körperlich anwesend. Meine Gedanken kreisten die ganze Zeit um Jérôme und um den Plan, den ich gestern Abend entwickelt hatte und der nun langsam in meinem Kopf Gestalt annahm.

Ich würde Konstantin nicht so einfach davonkommen lassen. Ich würde aufdecken, was für ein mieser Heuchler er war. Der würde sich noch wundern!

Endlich klingelte es zum Ende des Unterrichts. Ich ging zum Bahnhof und wartete auf den Zug Richtung Bremen. Mein Vater wollte heute früher Schluss machen und würde mich anschließend mit nach Hause nehmen. So musste meine Mutter mich nicht schon wieder ins Krankenhaus bringen und konnte in Ruhe an ihrem Buch arbeiten.

Als der Zug losfuhr, kribbelte es aufgeregt in meinem Bauch. Ich konnte es kaum erwarten, Jérôme von meinem Vorhaben zu erzählen.

Jérôme spürte etwas wunderbar Weiches auf seiner Haut.

»Jérôme, hörst du mich? Ich bin es, Anna.«

Ja, wollte Jérôme rufen. Ja, ich höre dich. Jetzt höre ich dich ganz deutlich.

Er wollte seine Arme nach ihr ausstrecken, sie berühren, sie ganz fest an sich drücken. Und er verfluchte diese Starre, die ihn gefangen hielt, seinen Körper, der ihm nicht mehr gehorchen wollte.

Wieder strich etwas über seine Wange und der Atemhauch eines Flüsterns umspielte sein Ohr.

»Du wirst gesund. Ganz bestimmt. Ich glaube daran und du musst kämpfen ... Nicht aufgeben ... hörst ... bin bei d...«

Er spürte ihre Hand auf seiner.

»Jérôme, ich ...«

So sehr Jérôme auch dagegen ankämpfte, sein Geist schweifte ab, drohte sich ins Nichts zu verflüchtigen.

Einen Moment herrschte Stille, und er dachte schon, er hätte sie verloren. Doch dann drang ihre Stimme wie aus weiter Ferne zu ihm durch.

Sie redete von einem Plan. Und sie schien ihm unbedingt etwas versprechen zu wollen. Es hatte mit Konstantin zu tun und einem Mädchen mit blonden Haaren.

Was redest du da, Anna? Was hast du vor?, dachte Jérôme alarmiert.

Dann hörte er sie plötzlich wieder ganz deutlich. Wort für Wort.

»Ich weiß, dass Konstantin dir das angetan hat. Und ich schwöre dir, ich werde dafür sorgen, dass er dafür verantwortlich gemacht wird. Ich finde heraus, was geschehen ist.« Sie atmete tief ein. »Ich bin mir sicher, dass es das Richtige ist. Solange du schläfst, Jérôme, so lange bleibt mir noch Zeit. Ich muss es schaffen, dass die Wahrheit ans Licht kommt, solange du bei mir bist. Dann wird alles gut, das spüre ich!«

Das klang falsch, so entsetzlich falsch. »Warte, Anna!«, rief Jérôme gegen den aufziehenden Nebel, der ihn zu verschlucken drohte. »Nein!«

»Ich liebe dich«, flüsterte sie, und sein Herz stolperte, weil er etwas wahrnahm, das tief in ihrer Stimme mitschwang wie ein lang gezogener verzweifelter Schrei.

»Nein, du darfst nicht …«

Er spürte die Gefahr. Sie war da, umspannte alles, drohte ihm die Luft abzuschnüren. Er musste Anna von ihrem Plan abbringen. Er musste ihr ein Zeichen geben, dass er sie gehört hatte. Sie daran hindern, einen großen Fehler zu begehen. Sie musste aufhören, um ihn zu kämpfen, musste ihn loslassen.

Und dann war nur noch Stille.

Dunkelheit.

Kein Stern mehr am Himmel.

Irgendwo weit weg hörte er Schritte und eine Tür, die ins Schloss fiel.

Ein letztes Aufbäumen, der verzweifelte Versuch, sie aufzuhalten. Eine Hand, die sich bewegte. Nur der Ansatz einer Bewegung, kaum mehr als ein Zucken.

Doch niemand war mehr da, der es sehen konnte, der sein Zeichen verstand …

26.

Acht Tage waren seit dem Überfall auf Jérôme vergangen. Acht Tage zwischen Hoffen und Bangen, Zweifel und Zuversicht.

Ich fröstelte leicht und vergrub meine Hände in Rashuns dichter Mähne. Der Regen hatte nachgelassen. Dafür war ein eisiger Wind aufgezogen.

Rashun schnaubte und trabte gemächlich weiter durch den Wald. Ich steuerte ihn vorsichtig über einen letzten kleinen Hügel hinweg, dann hatten wir mein Ziel erreicht.

Der Wind pfiff kräftig durch die Bäume, sodass sie sich bedrohlich hin und her bogen. Mir schien es eine Ewigkeit her zu sein, dass das Gras auf der Lichtung grün und weich gewesen war. Jetzt war alles verrottet und der Boden von matschigen Stellen übersät.

Wie sehr kann man einen Menschen lieben?, klangen plötzlich Sabines Worte in meinem Kopf wider, und ich dachte an das Gespräch zurück, das wir wenige Stunden zuvor im Krankenhaus geführt hatten.

Jérômes Zustand hatte sich verschlechtert. Die Ärzte gaben ihm nicht mehr viel Zeit.

»Wenn er stirbt, Anna, dann wird das vielleicht eine Erlösung für ihn sein«, hatte Sabine zu mir gesagt.

Ich wollte das nicht hören. Wollte nicht hören, dass es für Jérôme vielleicht eine Qual war, in seinem Körper gefangen zu sein.

»Was soll bitte schön Gutes an seinem Tod sein?«, hatte ich erwidert.

Daraufhin hatte sie diesen Satz gesagt. »Wie sehr kann man einen Menschen lieben?«

»Über alles! Mehr als sein eigenes Leben.«

»Aber lieben heißt auch, loslassen können, wenn es für den anderen am besten ist.«

Ich hatte es einfach nicht verstanden, wollte es auch gar nicht. Ich war mir sicher, dass ich Jérôme retten konnte. Warum sonst sollte diese besondere Verbindung zwischen uns bestehen, warum sollte ich sehen, was er gesehen hatte, fühlen, was er fühlte, kurz bevor er zusammengeschlagen worden war? Wenn ich nur endlich dieses blonde Mädchen ausfindig machen könnte!

Zu Hause war ich sofort in den Pferdestall gelaufen und hatte Rashun gesattelt. Ich musste zu der Lichtung, um mich von Jérômes Existenz zu überzeugen. Davon, dass er immer noch da war. Jérôme schlief nur – tief und fest, und wenn ich alles richtig machte, wenn ich alles in Ordnung brachte, dann würde er wieder aufwachen.

Aber es war ein Fehler gewesen hierherzukommen. Ich spürte, dass ich hier keinen Trost finden würde. Das war nicht mehr unser Ort.

Die Kälte kroch mir in die Knochen. Ich wendete Rashun, der nun wie ausgewechselt schien. War er auf dem Hinweg noch bockig und eigensinnig gewesen, so scharrte er jetzt vor

Ungeduld mit dem Huf. Ich versuchte, ihn unter Kontrolle zu bringen, hielt die Zügel kurz und presste die Knie gegen seinen Körper. Mit zurückgelegten Ohren kämpfte er gegen meine Parade an und wollte sich seitwärts herauswinden. Es erforderte meine ganze Kraft, ihn daran zu hindern, schon im engen Dickicht des Waldes loszustürmen.

Als wir schließlich den steilen Abhang hinter uns gebracht und den weichen, sandigen Waldweg erreicht hatten, lockerte ich die Zügel ein wenig.

Sofort galoppierte Rashun los.

Ich beugte mich nach vorn und vergrub mein Gesicht in seiner dichten Mähne. Das rhythmische Donnern seiner Hufe hallte in meinem Kopf wider. Wir preschten den Waldweg entlang, wurden schneller und schneller. Als wir auf eine Weggabelung zusteuerten, versuchte ich, das Tempo zu drosseln.

»Ruhig, Rashun. Ruhig!«, rief ich gegen den Wind an. Ich nahm die Zügel wieder auf und zog energisch daran. »Langsam, mein Junge!« Doch Rashun reagierte nicht. Er lief wie von Sinnen weiter.

Ich richtete mich auf, lehnte mich weit im Sattel zurück und zog mit aller Kraft an den Zügeln. Ich wusste, dass ich ihn am besten in kleiner werdende Kreise lenken sollte, um ihn zu beruhigen. Nur dafür musste erst einmal Platz sein auf dem schmalen Waldweg. Noch einmal stellte ich mich in die Steigbügel und legte mein ganzes Gewicht in die Zügel. Ohne Erfolg. Hilflos musste ich mit ansehen, wie wir uns der Weggabelung näherten.

Er kann bei diesem Tempo nicht wenden, dachte ich. Er wird das Gleichgewicht verlieren und stürzen.

Panik breitete sich in mir aus. Ich war wie gelähmt, konnte nur noch darauf warten, dass ich abgeworfen wurde.

Schließlich hatten wir die Gabelung erreicht. Ich glaubte schon, dass Rashun den Weg verlassen und einfach geradeaus weitergaloppieren würde, aber dann warf er sich mit einer solchen Heftigkeit nach links, dass ich beinah aus dem Sattel geflogen wäre. Wie ich befürchtet hatte, rutschte er seitlich weg und kämpfte darum, die Balance zu halten. Der weiche Sandboden prasselte unter seinen Hufen zur Seite, und einen furchtbaren Augenblick lang sah es so aus, als ob er das Gleichgewicht verlor und wir zu Boden stürzen würden. Ich verlagerte mein Gewicht, so gut es ging, auf die andere Seite. Rashun strauchelte noch einmal kurz, aber dann gelang es ihm, wieder Fuß zu fassen.

Das alles hatte nur einen Bruchteil von Sekunden gedauert, aber es hatte ausgereicht, damit Rashun zur Besinnung kam. Ganz verwirrt, heftig schnaufend, mit hängendem Kopf und schweißnasser Brust blieb er mitten auf dem Weg stehen.

Ich rutschte in den Sattel zurück, sortierte Zügel und Steigbügel, klopfte Rashun beruhigend den Hals und lenkte ihn im Schritt nach Hause.

»Schon gut, mein Junge. Alles ist gut …«, redete ich unermüdlich auf ihn ein.

Von einem Moment auf den anderen spürte ich, wie mir alle Farbe aus dem Gesicht wich. Mir wurde kotzübel. Erst jetzt wurde mir richtig klar, wie schlimm es für mich hätte enden können.

Ich atmete zitternd aus.

Wenn ich gestürzt wäre und wenn ich diesen Sturz nicht überlebt hätte, wäre das wirklich so schlimm gewesen?, dachte ich plötzlich. Hatte mein Leben ohne Jérôme überhaupt noch einen Sinn? Wie sollte ich jemals wieder glücklich sein, wenn er nicht mehr bei mir war?

Nur drei Monate hatten wir zusammen gehabt. Drei kurze Monate. Aber es war die schönste Zeit meines Lebens gewesen. Und ich konnte mir einfach nicht vorstellen, dass es ohne ihn für mich weiterging.

Warum war ich nicht einfach vom Pferd gestürzt!?

27.

Ich lag in Jérômes Armen. Wir tanzten miteinander und Jérôme lächelte mich glücklich an. Sein warmer Atem streifte meine Haut, und mit den Händen zog er mich so nah zu sich heran, dass unsere Körper miteinander verschmolzen. Wir bewegten uns im gleichen Takt, rhythmisch, leidenschaftlich – völlig berauscht voneinander.

»Anna ...« Jérôme brach ab, den Blick auf etwas gerichtet, das hinter mir lag. Er runzelte die Stirn. Dann holte er tief Luft und rief mit fast tonloser Stimme: »Hau ab! Los, verschwinde!«

Ich löste mich ein wenig aus der Umarmung und wandte den Kopf.

Da sah ich den Schatten. Eine dunkle Gestalt ohne Gesicht. Angst erfasste mich. Ich schluckte schwer, um den Kloß loszuwerden, den ich auf einmal im Hals hatte.

Jérôme machte einen Schritt zur Seite. Er presste die Fäuste an die Stirn und stöhnte vor Schmerz auf.

Ich hielt ihn fest umklammert, ließ ihn nicht aus den Augen.

Der Schatten kam langsam auf uns zu.

»Hau ab!« Jérômes Stimme klang ganz heiser. Aber der Schatten zögerte nicht einen Augenblick, sondern griff nach seinem Arm und zog ihn mit sich fort. Ich wollte Jérôme zurückhalten, doch schließlich entglitt er mir.

»Nein!«, schrie ich. »Bleib hier! Du darfst nicht mit ihm gehen!«

Plötzlich kam der Schatten zurück. Ohne Jérôme. Ich versuchte, nach ihm zu schlagen. Ich trat und boxte wild um mich, aber egal wie sehr ich mich auch anstrengte, meine Schläge und Tritte gingen ins Leere.

Und dann drang ein kaltes Lachen an mein Ohr, das zu einem grässlichen Schrillen anschwoll.

Es dauerte eine Weile, ehe ich begriff, dass es mein Wecker war. Benommen tastete ich nach ihm und schaltete ihn aus. Ich ließ den Kopf zurück aufs Kissen sinken.

Das war nur ein Traum, versuchte ich, mich zu beruhigen.

In den ersten beiden Schulstunden war ich nur körperlich anwesend. Meine Gedanken kreisten wieder einmal um das blonde Mädchen. Was hatte ich nicht schon alles versucht, um sie zu finden! Ich hatte das ganze Dorf nach ihr abgesucht, den widerlichen Aschemann ausgefragt und hatte sogar Konstantin hinterherspioniert. Aber alles ohne Erfolg. Es schien so, als ob dieses Mädchen nur in meiner Fantasie existierte. Dabei spürte ich ganz deutlich, dass mir die Zeit davonrannte – dass sie Jérôme davonrannte. Ich musste sie einfach finden! Nur wie?

In der Pause verzog ich mich sofort in die Bibliothek. Ich wollte allein sein, um ungestört nachdenken zu können. Zum Glück war sie diesmal geöffnet, aber von Ruhe konnte keine

Rede sein. Ein paar Jungs hockten vor einem der Schul-PCs und unterhielten sich lautstark. Frau Kauert schien sich jedoch nicht daran zu stören, saß einfach hinter ihrem Schreibtisch und blätterte in einem Magazin.

Als ich gerade wieder gehen wollte, kam Tanja herein. Sie unterhielt sich mit einem Mädchen aus unserer Parallelklasse.

Mist, die hatte mir gerade noch gefehlt. Ich war Tanja in den letzten Tagen, so gut es ging, aus dem Weg gegangen. Wenn sie mich jetzt hier stehen sah, würde sie mich bestimmt direkt zutexten.

Ich verschwand schnell in den hintersten Gang und hoffte, dass sie mich noch nicht entdeckt hatte. Mit angehaltenem Atem spähte ich durch die Bücherregale hindurch. Die beiden kamen direkt auf mich zu. Erst im letzten Moment bogen sie in den Gang vor mir ab.

Das war knapp, dachte ich erleichtert.

»Gestern habe ich Mathea im Schützenhaus bei den Proben getroffen«, hörte ich Tanja sagen. »Sie ist total fertig wegen der Trennung von Konstantin.«

Ich wurde hellhörig. Sprach sie etwa von *dem* Konstantin?

»Warum?«, erwiderte das andere Mädchen. »Die soll froh sein, dass sie den Idioten los ist. So mies, wie der zu ihr war.«

»Ist sie ja auch«, sagte Tanja. »Aber er lässt sie einfach nicht in Ruhe. Sie hat mir erzählt, dass er ihr sogar ein paarmal aufgelauert und sie übel bedroht hat!«

»Echt krank«, stieß das Mädchen hervor.

Was Tanja darauf erwiderte, konnte ich nicht mehr verstehen, weil die Jungs am PC in lautes Gelächter ausbrachen.

Nachdenklich lehnte ich mich an die hintere Regalwand. Konstantin hatte also eine Freundin – oder besser gesagt, eine Ex-Freundin. Und er hatte sie mies behandelt …

Die Erkenntnis traf mich wie ein Stromschlag. Und wenn diese Mathea das Mädchen war, nach dem ich suchte? Das Mädchen mit den langen hellblonden Haaren?

Als Tanja und ihre Freundin die Bibliothek kurz darauf verließen, schoss ich in die Höhe und eilte hinter ihnen her.

»Hi, Tanja«, tippte ich ihr von hinten auf die Schulter.

Sie fuhr herum. »Ach, Anna, hast du mich erschreckt«, sagte sie leicht vorwurfsvoll. »Wo kommst du denn her?«

Ich lächelte sie entschuldigend an. »Sorry, das wollte ich nicht. Ich war im Gang hinter euch.«

»Aha«, machte Tanja und ging weiter.

Oje, dachte ich, da hab ich sie wohl einmal zu oft abgewimmelt.

Aber so leicht gab ich nicht auf. Schnell ging ich ihr hinterher und hakte mich sogar bei ihr unter.

Tanja blieb stehen und schaute mich verwundert an. »Ist alles in Ordnung bei dir?« Dann schlug sie sich mit der flachen Hand auf den Mund. »Oh, wie dumm von mir, dir so eine Frage zu stellen, wo du gerade so etwas Furchtbares wegen deines Freundes durchmachst.« Sie sah richtig betroffen aus.

»Schon okay«, murmelte ich mit belegter Stimme. »Hast du einen Moment Zeit für mich?«

Tanjas eben noch so betrübte Augen strahlten mich mit einem Mal an.

»Natürlich«, sagte sie aufgeregt. »Kathi, geh doch schon mal vor, ja?«, wandte sie sich an ihre Freundin.

Das Mädchen zuckte kurz mit den Schultern und zog ab.

»Also, was ist los?«, wollte Tanja wissen.

»Das hört sich jetzt vielleicht etwas komisch an«, begann ich. »Aber, na ja, ich habe gerade zufällig mitbekommen, wie ihr euch über Konstantin Krause unterhalten habt.«

Tanja nickte schweigend.

»Es ist nämlich so, ich habe ihn neulich mal mit einem Mädchen gesehen. Die hatte so lange hellblonde Haare«, redete ich weiter.

Wieder nickte Tanja. »Das war bestimmt Mathea.«

Ich wusste es!, triumphierte ich innerlich.

»Ah, okay, du kennst sie also«, sagte ich und konnte nur mit Mühe meine Aufregung verbergen. »Diese Mathea hatte nämlich eine Jacke an, die ich super fand, und ich würde gern wissen, woher sie die hat. Kannst du sie vielleicht mal fragen? Oder hast du zufällig ihre Handynummer, dann kann ich sie selbst fragen.«

Tanja warf mir einen skeptischen Blick zu. Dann seufzte sie und kramte ihr Handy hervor. »Ich glaub dir zwar kein Wort, aber du wirst schon deine Gründe haben.«

Erleichtert speicherte ich die Nummer ein, die Tanja mir diktierte.

»Das ist wirklich supernett von dir.« Ich lächelte Tanja dankbar an.

Und als sie mir daraufhin kurz die Hand auf die Schulter legte und erwiderte: »Kein Thema. Vielleicht magst du mir später ja mal verraten, was du wirklich von Mathea wolltest?«, da fühlte ich mich fast ein wenig schlecht, dass ich die ganze Zeit über so abweisend zu ihr gewesen war.

Doch das konnte ich später in Ordnung bringen. Jetzt musste ich mir erst einmal einfallen lassen, wie ich Mathea zu einem Treffen überreden konnte.

Am Nachmittag schaute ich wie jeden Tag im Krankenhaus vorbei. Als ich vor der Intensivstation stand, lächelte Schwester Gabi mir zu.

»Du kommst gerade richtig«, sagte sie. »Ich habe Jérômes Kopfverband abgenommen und ihn ein bisschen frisch gemacht.«

»Geht es ihm besser?«, fragte ich hoffnungsvoll.

Für einen kurzen Moment ging ein Schatten über ihr Gesicht. »Das kann ich dir nicht sagen. Aber der Verband ist immerhin runter. Jetzt befindet sich nur noch ein Pflaster an seinem Hinterkopf. Du wirst staunen!«

»Aber es geht ihm auch nicht schlechter, richtig?«, bohrte ich hartnäckig.

Schwester Gabi seufzte. »Es tut mir leid, Anna, du weißt doch, dass ich dir nichts darüber sagen darf.«

Ich nickte langsam. Dann fiel mir wieder ein, worum mich Jérômes Mitschülerin Nadja nach der Schule gebeten hatte. »Ein paar aus Jérômes Klasse würden ihn gern besuchen. Ist das möglich?«

Schwester Gabi schüttelte den Kopf. »Da muss ich erst die Ärzte fragen.«

»Aber ich darf doch auch zu ihm. Und Jérôme tut es sicher gut, wenn er viel Besuch bekommt«, erwiderte ich.

»Bestimmt«, entgegnete Schwester Gabi. »Aber solange er noch auf der Intensivstation liegt, ist das leider nicht möglich. Dass du zu ihm darfst, ist der ausdrückliche Wunsch seiner Mutter.« Sie lächelte mich an. »Wart's ab. Wenn Jérôme erst mal auf die Normalstation verlegt wird, können ihn seine Mitschüler gern besuchen kommen.«

Ich trat in Jérômes Zimmer.

Der Verband war ab, darauf war ich vorbereitet gewesen. Trotzdem traf mich sein Anblick mit voller Wucht. Sein schönes Gesicht, ganz schmal und blass, das dunkle wellige Haar, das sich von dem schneeweißen Kissen abhob. Seine Gesichtszüge waren entspannt, ich glaubte sogar, ein sanftes Lächeln zu erkennen.

Alles an ihm wirkte friedlich. Jérôme sah so aus, als ob er schlafen und von etwas Wunderschönem träumen würde.

Ich nahm den weißen Plastikhocker aus der Zimmerecke, stellte ihn neben Jérômes Bett und setzte mich. Vorsichtig ließ ich meine Finger über sein Gesicht gleiten. Über die Stirn, den Nasenrücken hinunter, über die Wange hoch zu den Schläfen.

Wenn nicht noch ein Schlauch in seinen Hals geführt hätte, nichts hätte darauf hingewiesen, dass er schwer krank war – dass er im Koma lag.

Ein Dornröschenschlaf, musste ich plötzlich denken und schmunzelte.

Ich zog den Mundschutz runter und beugte mich zu ihm. »Diesmal küsst die Prinzessin den Prinzen wach«, flüsterte ich und legte meine Lippen sanft auf seinen Mund.

»Wach auf, mein Prinz …«

Ich öffnete die Augen wieder und betrachtete sein Gesicht, suchte darin nach einer Regung, nach einem Beweis, dass er mich verstanden hatte.

Aber da war nichts.

Eine Träne tropfte von meinem Gesicht und rann seine Wange hinab auf das Kopfkissen. Langsam richtete ich mich auf, zog den Mundschutz wieder hoch und legte meine Hand auf Jérômes Unterarm. So blieb ich eine Weile sitzen und schwieg.

Später erzählte ich Jérôme davon, was ich heute in der Schule über das blonde Mädchen herausgefunden hatte.

»Ich bin mir sicher, dass sie mir dabei helfen kann zu beweisen, was Konstantin dir angetan hat«, sagte ich. »Das ist es doch, was du mir mit diesen Bildern sagen wolltest, oder?«

Ich wartete, aber natürlich bekam ich keine Antwort. Dennoch hatte ich das Gefühl, dass er meinen Worten gespannt lauschte.

»Alles wird gut, Jérôme«, sagte ich schließlich. »Ich werde herausfinden, was in dieser Nacht geschehen ist, und dann wachst du wieder auf, ja?«

Ein letztes Mal strichen meine Finger zärtlich über sein Gesicht und berührten seine Lippen.

»Bis morgen ...«, flüsterte ich.

Als ich kurze Zeit später das Krankenhaus verließ und mich auf dem Parkplatz suchend nach Claudia umschaute, entdeckte ich Jérômes Onkel. Er stand etwas abseits und unterhielt sich mit jemandem. Ich konnte nicht erkennen, wer es war, weil er zum Teil von einem der großen Büsche verdeckt wurde, die den gesamten Parkplatz säumten. Es war auf jeden Fall ein Mann und er war ziemlich groß.

Drohend fuchtelte er mit den Händen in der Luft herum. Jérômes Onkel hatte den Kopf gesenkt, so als wagte er nicht, seinem Gegenüber ins Gesicht zu blicken.

Ich machte ein paar Schritte nach rechts, um erkennen zu können, wer der Typ war. Aber genau in diesem Moment wandte der Mann sich ab und ging mit energischen Schritten davon. Jérômes Onkel schaute ihm hinterher. Dann drehte er sich um und verschwand in die entgegengesetzte Richtung.

Ich ging schnell hinter einem parkenden Auto in die Hocke. Irgendwie hatte ich das Gefühl, es wäre besser, wenn Udo nicht wusste, dass ich ihn gesehen hatte. Mein Herz schlug mir bis zum Hals. Hatte er Jérôme besuchen wollen und war nur zufällig auf den Mann getroffen? Nein, das glaubte ich nicht. Jérôme und er hatten ein ziemlich distanziertes Verhältnis zueinander, und irgendwie konnte ich mir nur schwer vorstellen, dass sein Onkel ihm ganz allein einen Besuch abstattete. Aber vielleicht war ja Ella bei ihm gewesen und ich hatte sie nur nicht gesehen.

Mir blieb keine Zeit, weiter darüber nachzudenken, denn in diesem Augenblick fuhr meine Mutter über den Parkplatz an mir vorbei. Ich erhob mich rasch und winkte ihr zu.

»Hi, Schatz. Na, wie war es bei Jérôme?«, fragte sie, als sie mich entdeckte.

»Gut«, antwortete ich und ließ mich auf den Beifahrersitz plumpsen.

Claudia fuhr los. »Weißt du, wer mir gerade entgegengekommen ist?«

Ich schüttelte den Kopf. »Keine Ahnung.«

»Unser Bürgermeister höchstpersönlich. Der ist mir fast vors Auto gerannt.« Claudia verdrehte die Augen. »Der sah aus, als ob er gleich explodieren würde. Knallroter Kopf und ein Gesicht, dass einem angst und bange werden könnte. Irgendjemand muss den gerade richtig geärgert haben.«

Und ich weiß auch, wer das war, dachte ich und schluckte.

28.

Mathea war der Typ Mädchen, mit dem ich noch nie etwas anfangen konnte und das ich im Normalfall sicher ignoriert hätte. Lange blondierte Haare mit dunkel nachwachsendem Ansatz, greller Lidschatten, pinkfarbener Lippenstift und passender Nagellack auf langen, spitzen Nägeln. Dazu eine weiße Steppjacke mit einem Shirt darunter, auf dem in goldener Glitzerschrift *Superzicke* stand, eine knallenge schwarze Jeans und weiße hochhackige Stiefel. Kaugummikauend blickte sie mich an.

Mit einer Mischung aus Verblüffung und Freude stand ich ihr gegenüber. Ich konnte noch immer nicht glauben, dass ich sie endlich gefunden hatte.

»Du hast doch nichts dagegen, oder?«, fragte sie und steckte sich eine Zigarette an.

»Meinst du, das ist hier drinnen erlaubt?«, erwiderte ich und deutete mit der Hand auf die um uns herum aufgestapelten Strohballen.

Wir hatten gestern Abend miteinander telefoniert und uns für diesen Tag verabredet. Mathea hatte als Treffpunkt die Scheune vorgeschlagen. Sie lag ziemlich abseits, ein gutes Stück von der Hauptstraße entfernt, auf halber Strecke zwischen Mahlhausen und Düllinghausen, dem Dorf, in dem Mathea wohnte. Normalerweise hätte ich mich nie im Leben hierher verirrt – aber was war noch normal, seitdem wir nach Mahlhausen gezogen waren?

»Der Küpers wird hier schon nicht auftauchen. Das Stroh ist längst eingefahren«, erwiderte sie gleichgültig.

Ich nickte. Schließlich hatte ich mich nicht mit ihr verabredet, um ihr einen Vortrag über das Rauchen in mit Strohballen vollgepackten Scheunen zu halten.

»Also, warum wolltest du dich so dringend mit mir treffen?«, fragte sie, während sie den Zigarettenrauch gleichzeitig aus Mund- und Nasenlöchern pustete. Sie setzte sich auf einen der Strohballen. »Du hast angedeutet, dass es mit Konsti und Jérôme zu tun hat.«

Ich nickte. »Genau. Du hast sicher mitbekommen, was mit Jérôme passiert ist?«

Erneut inhalierte sie den Rauch und stieß ihn durch die Nase aus. »Ja, das hab ich. Und deshalb hab ich auch voll das schlechte Gewissen.«

Mir stockte der Atem. »Warum? Was weißt du über den Abend?«

Mathea schnippte die Asche auf den Boden. »Konsti hat sich so zum Affen gemacht … Mann, was für ein Theater«, sagte sie kopfschüttelnd.

»Wie zum Affen? Was meinst du damit?«

»Na, der hat voll am Rad gedreht … echt oberpeinlich.«

Ich wunderte mich, dass sie die Tatsache, dass Konstantin Jérôme brutal zusammengeschlagen hatte, wie eine Lappalie abtat. Doch bevor ich etwas dazu sagen konnte, fuhr sie fort:

»Konsti ist ’n Arsch, weißt du? Dabei kann er noch nicht mal was dafür. Schuld ist sein Alter. Der hat ihn so erzogen, ihm alles in den Hintern geblasen. Und der Alte ist voll der Egoist. Denkt, er sei Gott oder so. Dabei steht denen das Wasser bis zum Hals. Hab ich oft genug mitgekriegt. Zu Hause und auch im Werk.«

»Wie meinst du das?«, fragte ich.

Mathea schürzte verächtlich die Lippen. »Das Büromöbelwerk läuft schon seit Jahren beschissen. Trotzdem sind die Krauses stinkreich.«

Mathea zog ein letztes Mal an ihrer Zigarette, warf sie auf den Boden und trat sie mit der Stiefelspitze aus.

»Konsti sollte eigentlich irgendwann mal das Werk übernehmen. Aber dann hat sein Vater plötzlich gemeint, dass er besser erst einmal eine landwirtschaftliche Ausbildung machen soll. Jetzt muss er jeden Tag zu seinem Onkel in den Betrieb und seitdem ist er nur noch mies drauf.« Sie schüttelte den Kopf und seufzte.

Ich war mir nicht sicher, ob sie erwartete, dass ich jetzt Mitleid für den *armen* Konstantin aufbrachte, und schwieg sicherheitshalber.

»Ich war echt verknallt in den. Wenn der will, dann kann er nämlich wirklich nett sein, aber …« Sie brach ab.

»Was aber?«, fragte ich.

Mir fiel auf, dass ihre Finger mit einem Mal zu zittern begannen. »Ich weiß gar nicht, warum ich dir das alles erzähle«, sagte sie schroff. »Es tut mir zwar leid, was mit deinem Jérôme passiert ist. Aber ich hab null Bock auf noch mehr Stress mit Konsti oder seinem Alten.«

Ich runzelte die Stirn. Das Gespräch mit Mathea schien in eine ganz andere Richtung zu laufen, als ich es geplant hatte.

Wenn ich nicht bald etwas über den Abend des Erntedankfestes herausfinde, dann war das alles umsonst, dachte ich mit einem leichten Anflug von Panik.

»Bitte, Mathea, ich muss unbedingt wissen, was zwischen Konstantin und Jérôme passiert ist. Ich hab doch gesehen, dass du …«

»Was hast du gesehen?«, fragte Mathea misstrauisch.

Ich biss mir auf die Lippe und senkte den Blick. Beinah hätte ich mich verplappert.

»Hallo, Mädel, ich hab dich was gefragt!«, blaffte Mathea mich an.

Es war zum Verzweifeln. Ich hatte mir so viel von diesem Treffen versprochen. Und jetzt lief alles schief. Ich hatte mir das so einfach ausgemalt, dachte, dass ich Jérôme irgendwie eine Hilfe sein könnte, dass ich ihn retten könnte …

Plötzlich loderte eine unbändige Wut in mir auf. »Die ganze Zeit redest du nur von deinem Konstantin und dass er so ein *armer Kerl* ist. Aber das interessiert mich einen Dreck. Jérôme liegt im Koma, und ich muss wissen, was passiert ist. Ich muss alles tun, um ihm zu helfen. Also sag mir endlich, was du gesehen hast!«, fuhr ich sie an.

Mathea guckte erstaunt. Dann verengten sich ihre Augen zu schmalen Schlitzen. »Ich muss überhaupt nichts«, zischte sie. Sie schaute zu Boden und für eine Weile sagte keine von uns ein Wort. Als sie den Blick wieder hob, wirkte sie verändert, nicht mehr so cool und gleichgültig. Auch ihre Stimme klang jetzt weicher. »Ich glaube, ich bin daran schuld, dass Konstantin Jérôme so hasst.«

»Du?«, rief ich überrascht.

Mathea nickte. »Als ich Jérôme das erste Mal gesehen habe, da war ich auf der Stelle hin und weg. Er sah so verdammt gut aus. Und als ich mich mit ihm unterhalten habe, hab ich gemerkt, dass er auch noch supernett ist und was in der Birne hat.«

Sie stockte und ich spürte einen kleinen feinen Stich im Herzen. Im nächsten Moment kam ich mir deswegen ziemlich dumm vor. Für lächerliche Eifersüchteleien war jetzt wirklich keine Zeit.

»Na ja«, fuhr sie zögerlich fort, »ich war nicht die Einzige, die total auf ihn abgefahren ist. Konstis Schwester ist dem regelrecht hinterhergelaufen. Aber als er ihr klargemacht hat, dass er kein Interesse hat, ist sie sofort zu Konsti und hat sich bei dem ausgeheult und auch noch behauptet, dass Jérôme meinetwegen nichts von ihr will.«

»Der hat eine Schwester?« Das war zwar im Augenblick völlig unwichtig, aber irgendwie konnte ich mir nicht vorstellen, dass Konstantin so etwas Normales wie eine Schwester haben könnte.

»Und was für eine«, stöhnte Mathea. »Und ich war so dämlich und hab ihr gesagt, dass ich Jérôme megasüß finde.«

»Aha«, sagte ich.

»Na ja, Konsti ist dann total ausgerastet. Ich hätte am liebsten sofort mit ihm Schluss gemacht. Aber so einfach war das nicht. Ich hatte doch gerade erst meine Ausbildung im Möbelwerk angefangen.«

»Wie? Du bist nur mit ihm zusammengeblieben, weil du Angst hattest, deinen Ausbildungsplatz zu verlieren?«, rief ich entgeistert.

Auf einmal wurde Mathea wütend. »Du hast kein Recht, mich zu verurteilen«, fuhr sie mich an und ihre Augen funkelten zornig. »Du weißt doch überhaupt nichts von mir. Wenn ich könnte, würde ich sofort von hier abhauen. Aber dazu brauch ich erst mal 'ne vernünftige Ausbildung. Ich war saufroh, dass ich den Job bei Krause überhaupt bekommen habe.«

»Entschuldigung. Ich wollte dich natürlich nicht …« Ich brach ab.

Schließlich seufzte Mathea. »Ach was, *mir* tut es leid. Es ist ja wirklich ätzend, was Konstantin sich da geleistet hat. Der wollte ja sogar aus Rache was mit dir anfangen. Hat bei seinen Kumpels damit angegeben, dass er dich bald rumkriegen würde. Ich hab das natürlich alles nicht so ernst genommen. Ich kenne ja Konsti.« Sie seufzte. »Aber, Mann, hat der ein Drama gemacht, als du ihn beim Erntedankfest abserviert hast.« Sie schüttelte den Kopf.

»Warte mal«, sagte ich. »Willst du mir damit sagen, dass Konstantin das ganze Theater nur veranstaltet hat, weil du gesagt hast, dass du auf Jérôme stehst? Das soll der Grund für die ganzen miesen Aktionen gewesen sein? Eifersucht?« Ich blickte sie fassungslos an.

Mathea nickte.

Ich fuhr mir durchs Haar. Deshalb lag Jérôme im Koma und rang mit dem Tod? Weil ein Typ schlecht drauf war und seine Freundin ein lockeres Mundwerk hatte?

»Das ist total krank«, entfuhr es mir.

»Ja, das ist es wohl«, sagte Mathea nachdenklich. Dann warf sie einen raschen Blick auf ihre Uhr und erklärte: »Ich muss jetzt los.«

Sie stand auf und wollte an mir vorbeigehen. Ich versuchte, sie zurückzuhalten, aber sie schüttelte meinen Arm ab. »Ich hab doch schon gesagt, dass es mir leidtut. Was willst du denn noch von mir?«

»Du hast mir nicht erzählt, was genau an dem Abend passiert ist«, sagte ich leise.

Mathea atmete tief durch und sah mich einen Moment schweigend an. »Okay«, sagte sie schließlich, »aber dann lässt du mich in Ruhe. Ist das klar?!«

Ich nickte schnell.

»Nachdem du Konsti vor allen bloßgestellt hattest, ist seine Laune komplett in den Keller gegangen. Der hat sich ein Bier nach dem anderen reingezogen. Und dann hab ich blöde Kuh später auch noch zum Spaß gesagt, dass ich gern mit dir tauschen würde.« Sie starrte gedankenverloren zu Boden. Es sah aus, als ob sie die Szene im Festzelt gerade noch einmal vor ihrem inneren Auge durchlebte. »Der hat mich vielleicht angebrüllt und beschimpft. Daraufhin ist mir der Kragen geplatzt und ich hab Schluss gemacht. Ich bin dann raus und er mir hinterher. Er wollte mich packen, aber ich konnte mich losreißen und bin weggerannt. Kurz vor Bartels Hof tauchte dann plötzlich Jérôme auf. Ich hab ihn angefleht, dass er mir helfen soll, und dann war auch schon Konstantin bei uns und hat immer gebrüllt, dass Jérôme seine Finger von mir lassen soll. *Lass deine dreckigen Finger von meiner Frau!*, hat er gerufen.«

Ihre Worte durchzuckten mich wie ein Stromschlag. Obwohl ich die ganze Zeit über geahnt hatte, dass Konstantin der Schatten war. Das Blut begann, in meinen Ohren zu rauschen, und ich schnappte keuchend nach Luft.

Ich hatte sie gesehen, beide gesehen. Sie waren keine Einbildung, keine Fantasiegestalten. Das alles war tatsächlich passiert.

Mathea schaute mich besorgt an. »Was ist los? Geht's dir nicht gut? Kipp mir jetzt bloß nicht um.«

Ich holte tief Luft. »Alles okay. Einen Moment nur …«, flüsterte ich.

Mathea fischte sich eine weitere Zigarette aus der Packung und steckte sie sich zwischen die pinkfarbenen Lippen. Dann kramte sie ein kleines herzförmiges Feuerzeug aus ihrer Hosentasche hervor und zündete sie an.

»Geht's wieder?«, fragte sie, nachdem sie den Rauch tief inhaliert hatte.

Ich nickte. »Warum hast du das nicht schon längst der Polizei erzählt?«

»Was soll ich denen denn sagen?«, fragte Mathea mich verständnislos. »Dass mein Ex sich zum Vollspako gemacht hat? Oder meinst du, weil der handgreiflich geworden ist, werden die ihn gleich verhaften?!«

Ich schüttelte irritiert den Kopf. »Deswegen vielleicht nicht, aber du musst ihnen doch sagen, dass er es war, der Jérôme zusammengeschlagen hat.«

Mathea starrte mich mit großen Augen an. »Wovon redest du eigentlich?«

»Na, von dem Überfall auf Jérôme und der Sache mit den Drogen, die Konstantin ihm untergeschoben hat«, redete ich auf sie ein.

»Da hast du aber was total falsch verstanden, Mädel«, entgegnete Mathea. »Konstantin hat sich zwar mit Jérôme geprügelt, allerdings hat er tierisch was aufs Maul gekriegt. Am Ende ist Konsti wie ein Häufchen Elend abgezogen.«

Ich nickte ungeduldig. »Okay, das mag sein. Aber dann ist er noch mal zurückgekommen. Vielleicht mit ein paar seiner Kumpel. Und dann haben die Jérôme zusammengeschlagen.«

Mathea schüttelte heftig den Kopf. »Nein, so war es nicht. Ich bin Konsti hinterher. Der hat voll geheult. Und da hat er mir echt leidgetan. Also hab ich ihn nach Hause gebracht, mich um ihn gekümmert und bin bis halb zwei bei ihm geblieben.«

»Okay«, sagte ich und rieb mir die Stirn. »Dann ist er eben noch mal los, als du nach Hause bist.«

Mathea ging zur Scheunentür und wandte sich zu mir um. »Sorry, aber du bist auf dem völlig falschen Dampfer. Konsti hat tief und fest geschlafen, als ich nach Hause bin. Der ist bestimmt nirgendwo mehr hingegangen. Und außerdem, meinst du, Jérôme hat stundenlang in der Feldmark auf den gewartet? Vergiss es, Konsti ist zwar ein Arsch, aber er hat deinem Jérôme das ganz bestimmt nicht angetan.«

Als das Scheunentor sich kurz darauf knarrend hinter Mathea schloss, ließ ich mich kopfschüttelnd auf einen Strohballen sinken. Ich hatte keine Ahnung, was ich von dem Gespräch mit Mathea halten sollte. Aber je länger ich darüber nachdachte, desto sicherer war ich mir, dass Mathea gelogen hatte. Auch wenn ich den Grund nicht kannte, eins stand fest: Sie hatte ihm ein falsches Alibi gegeben. Und ich musste herausfinden, warum.

29.

Verärgert stieß sich Jansen mit dem Schreibtischstuhl vom Tisch ab. »Tut mir leid, aber was du da erzählst, ist völlig unmöglich.«

Ich hielt seinem Blick stand. »Nein, das ist es nicht. Und wenn Sie sich die Mühe gemacht hätten, meinen Hinweisen nachzugehen, dann wüssten Sie das auch.«

»Ist dir eigentlich klar, was für eine ungeheuerliche Anschuldigung das ist?«, brauste Jansen auf. »Wenn du nicht damit aufhörst, dann wird das Konsequenzen haben. Davon kannst du ausgehen.«

Ich zuckte gleichgültig mit den Schultern, obwohl ich innerlich alles andere als gelassen war. »Na und? Besser wäre, Mathea hätte eine Ahnung, was für Konsequenzen ihre Falschaussage haben wird. Ich bin nicht diejenige, die lügt und jemandem ein falsches Alibi gibt.«

»Jetzt ist es aber genug!«, sagte Jansen genervt. »Es besteht keinerlei Grund, Mathea überhaupt zu befragen. Konstantin ist zur Tatzeit zu Hause gewesen. Das haben seine Mutter und auch seine Oma unabhängig voneinander ausgesagt.«

Ich holte tief Luft. »Aber Mathea ist dabei gewesen. Sie hat gesehen, wie Konstantin Jérôme angegriffen hat und …«

»Stopp!«, fiel Jansen mir ins Wort. »Das hast du mir alles schon ausführlich geschildert. Aber es bleibt dabei: Konstantin Krause kommt als Täter nicht infrage.« Jansen starrte mich verärgert an. Ich war mir schon sicher, dass er aufspringen, mich packen und vor die Tür befördern würde, als er sich weit in seinem Stuhl zurücklehnte. »Ich kann ja verstehen, dass du dir Sorgen um deinen Freund machst. Aber du bist gerade dabei, den Bogen heftig zu überspannen. Und ich habe weder die Zeit noch das Interesse, mir diesen Unsinn länger anzuhören. Also tu mir jetzt bitte den Gefallen und geh.« Er beugte sich wieder vor und begann, einige Unterlagen auf seinem Tisch durchzublättern.

Ich biss mir auf die Lippe. Mein Herz pochte vor Aufregung, aber ich bewegte mich nicht vom Fleck.

Langsam blickte Jansen wieder zu mir auf. »Hast du mich nicht verstanden?«

Ich rührte mich nicht.

»Verschwinde!«, sagte er mit mühsam beherrschter Stimme. Rote Flecken wanderten sein Gesicht hoch. »Auf der Stelle, sonst verständige ich deine …«

Ich fiel ihm ins Wort. »Was soll das denn, Herr Jansen? Warum unterhalten Sie sich denn nicht wenigstens mal mit Mathea? Warum gehen Sie meinem Hinweis nicht nach?« Ich hatte versucht, meiner Stimme einen sicheren Klang zu geben, aber als ich mir mit der Hand eine Strähne hinter das linke Ohr strich, merkte ich, wie meine Finger zitterten.

Jansen sog die Luft zwischen den zusammengebissenen Zähnen ein. Sein Gesicht hatte sich dunkelrot verfärbt. Ich hatte das Gefühl, unter seinem Blick zu schrumpfen.

»Raus!«, brüllte er plötzlich so laut los, dass die Adern an seinem Hals deutlich hervortraten. »Sofort!«

Erschrocken sprang ich vom Stuhl auf und war mit drei Schritten bei der Tür. Mit meiner Fassung war es nun endgültig vorbei. Tränen stiegen mir in die Augen, heiß und brennend. Mit zittrigen Knien verließ ich den Raum.

So hatte ich mir das Ganze nicht vorgestellt. Auf dem Hinweg hatte ich mir ausgemalt, wie dankbar Jansen meine Aussage aufnehmen und wie er Mathea sofort ins Präsidium bestellen würde. Ich schüttelte den Kopf. Nun kam mir die Situation umso auswegloser vor.

Passend zu meiner Stimmung fing es auch noch an zu regnen. Ich zog den Kopf ein, schwang mich auf mein Rad und trat kräftig in die Pedale.

Bald hatte ich die Landstraße nach Mahlhausen erreicht. Hinter der nächsten Kurve wurde der Supermarkt vom Aschemann sichtbar. Ein dunkles Auto parkte davor. Ansonsten war die Straße menschenleer. Keine Wunder bei diesem Mistwetter, dachte ich.

Im Vorbeifahren warf ich einen flüchtigen Blick ins Wageninnere und erkannte zu meinem Schreck Konstantin hinterm Lenkrad. Neben ihm saß ein Mädchen mit langen blonden Haaren.

War das etwa Mathea?, schoss es mir durch den Kopf. Hatte sie sich wieder von Konstantin einlullen lassen und erzählte ihm nun prompt, dass ich sie über ihn ausgequetscht hatte?

Da hörte ich hinter mir einen Motor aufheulen. Sekunden später war der Wagen auch schon neben mir. Hektisch schaute ich zur Seite. Konstantin hatte das Beifahrerfenster heruntergelassen und beugte sich zu mir herüber. Von dem Mädchen, das ich gerade noch im Auto gesehen hatte, fehlte jede Spur.

»Bleib mal stehen! Ich will mit dir reden!«, rief Konstantin mir zu.

Ich starrte stur geradeaus und tat so, als ob ich ihn nicht gehört hätte. Innerlich machte sich Panik in mir breit. Unser letztes Aufeinandertreffen war mir nur zu gut in Erinnerung und ich hatte keine Lust auf eine Wiederholung.

Konstantin machte einen kleinen Schlenker und fuhr beängstigend nahe an mich heran. Es war nur ein kleines bisschen, aber es reichte aus, dass ich den Lenker herumriss und das Gleichgewicht verlor. Im nächsten Moment schlug ich auf dem Weg auf.

Zunächst fühlte ich gar nichts. Nur mein Herz, das mir wie verrückt bis zum Hals schlug. Dann spürte ich ein schmerzhaftes Stechen im Kopf, direkt über dem linken Ohr, und mir wurde kurz schwarz vor Augen.

»Steh auf!«

Konstantins Stimme drang aus der Dämmerung zu mir durch, leise und bedrohlich. Ich zuckte zusammen. Als ich aufblickte, sah ich nur seine gewaltige Silhouette auf mich zukommen.

»Du sollst aufstehen!«

Er wartete einige Schritte entfernt von mir und trat ungeduldig von einem Bein auf das andere.

»Was soll das? Jetzt schieb schon deinen Hintern hoch«, sagte er schroff.

Ich war wie gelähmt. Traute mich noch nicht einmal zu atmen.

Er begann, auf dem Weg auf und ab zu laufen. »Ist das jetzt wieder eine von deinen fiesen Maschen, hm?«, fragt er, ohne anzuhalten.

»Ich kann mich nicht bewegen«, sagte ich schwach.

Er schnaubte verächtlich. »Klar doch.«

»Ich kann wirklich nicht«, stöhnte ich. »Mir ist ganz komisch.«

Er blieb unvermittelt stehen. »Du tust nur so, oder?« Plötzlich klang seine Stimme besorgt. Er kam auf mich zu und beugte sich über mich. »Du willst mich doch verarschen?!« Er sah mich an, die Augen schmal, die Lippen aufeinandergepresst. »Was soll das Theater?«

Ich rollte mich ein Stück von ihm weg.

»Verdammt, jetzt gib mir doch nicht immer das Gefühl, als ob ich ein mieses Arschloch sei.«

»Bist du aber«, stieß ich kraftlos hervor.

Er stöhnte, drückte die Finger an die Schläfen und kniff die Augen zusammen. »Weißt du eigentlich, was du da sagst?«

»Die Wahrheit«, flüsterte ich.

»Mann, egal was ich auch versuche, du ...« Er brach ab. Sein ganzer Körper bebte.

Es war besser, wenn ich ihn nicht schon wieder reizte. Ich wollte nur, dass er mich endlich in Ruhe ließ. »Okay, du hast gewonnen«, murmelte ich. »Lass mich einfach gehen, ja?«

Blitzschnell umfasste er meinen Jackenkragen und zog mich zu sich heran. Sein Gesicht war meinem so nahe, dass ich seinen Atem auf der Haut spürte, und ich musste mich zusammenreißen, um nicht angewidert das Gesicht zu verziehen. »Ich bin nicht dafür verantwortlich, dass dein Jérôme mit eingeschlagener Birne im Krankenhaus liegt! Kapier das endlich!«

Er ließ meine Jacke so jäh wieder los, dass ich mit Wucht auf den Asphalt aufschlug und vor Schmerz laut aufschrie. Im nächsten Augenblick verschwamm alles um mich herum und dann herrschte nur noch Dunkelheit.

Als ich wieder zu mir kam, blickte ich in das besorgte Gesicht meiner Mutter. »Gott sei Dank«, stöhnte sie.

»Was … ist los?«, fragte ich benommen.

Claudia strich mir über die Wange. »Konstantin hat dich mit seinem Auto gebracht. Er sagte …«

Plötzlich war alles wieder da. »Was?«, fuhr ich hoch, ließ mich aber direkt wieder zurücksinken, als es schmerzhaft in meinem Kopf zu pochen begann.

»Schatz, alles okay?«, fragte Claudia. »Bleib besser noch liegen. Du warst ein paar Minuten wie weggetreten. Am liebsten würde ich den Arzt anrufen. Konstantin meinte, du wärst auf den Kopf gefallen …«

»Hat er auch gesagt, wie es dazu gekommen ist?«, fragte ich.

Claudia seufzte tief. »Ja. Er sagte, er hätte dich versehentlich mit dem Auto gestreift, und hat mich angefleht, nicht seine Eltern zu verständigen. Aber so weit kommt es noch, es hätte ja sonst was passieren können.«

Sie wollte aufstehen, doch ich hielt sie am Arm fest. »Mir ist so kalt«, krächzte ich. Ich zitterte am ganzen Körper.

Claudia schüttelte den Kopf. »Oh Gott, ja, du musst aus den nassen Klamotten raus. Sofort!« Sie sprang auf und half mir hoch. »Komm, ich lasse dir jetzt erst einmal ein warmes Bad ein. Und dann rufe ich beim Arzt an.«

Gemeinsam gingen wir die Treppe hoch. Ich musste mich schwer auf meiner Mutter abstützen. Als mich ein erneuter Schwindelanfall überkam, hörte ich mit einem Mal eine Stimme.

Hau ab! Hau endlich ab!

Kaum hatte ich die Worte vernommen, ging ein stechender Schmerz durch meinen Kopf. Er traf mich völlig unvorbereitet. Ich verzog das Gesicht und presste die Fingerspitzen gegen die Schläfen. Es fühlte sich an wie Nadeln, die sich in mein Gehirn bohrten.

Hau ab! Hau endlich ab!

Ich stöhnte auf. Vor meinen Augen begann es zu flimmern. Ich konnte nur noch grelle Lichtpunkte und schemenhafte Umrisse erkennen.

»Anna, was ist mit dir?« Claudias Worte drangen wie durch Watte zu mir durch. Ich hörte, dass sie etwas rief, vernahm die Panik in ihrer Stimme. Aber all das prallte an mir ab, schien weit, weit entfernt aus einer anderen Welt zu kommen.

Wieder fuhr ein Stich in meinen Kopf. Der Schmerz war unerträglich. Dann kamen die Bilder. Das blonde Mädchen, das in der Dunkelheit vor dem Schatten floh. *Nimm deine dreckigen Finger von meiner Frau!*

Mehr konnte ich nicht erkennen. Die Bilder waren zu schnell. Zogen an mir vorbei, bevor ich sie zu fassen bekam. So als ob jemand in Windeseile durch sämtliche Fernsehkanäle zappen würde. Ich hörte Jérôme lachen. Sein lautes kehliges Lachen direkt in meinem Ohr.

Wieder und wieder durchfuhr mich der stechende Schmerz, und da wurde mir plötzlich klar, dass das alles nicht meine Eindrücke waren. Es waren Jérômes Bilder und Jérômes Schmerzen, die ich durchlebte!

»Anna! Anna! Hör auf damit!« Claudia hatte meine Schultern umfasst.

»W-was …«, murmelte ich.

»Beruhig dich, ganz ruhig.« Meine Mutter redete auf mich ein, als ob sie eine Nervenkranke vor sich hätte. Sie zog mich in die Arme und ließ ihre Hände über meinen Rücken gleiten. »Das ist alles zu viel für dich. Du brauchst Ruhe. Gleich schläfst du dich erst mal richtig aus.«

Ich ließ alles willenlos über mich ergehen. Meine Angst war verflogen. Genauso wie der Schmerz. Weg ... als wäre er niemals da gewesen ... Jetzt fühlte ich mich nur noch leer, innerlich wie abgestorben. Da waren keine Gefühle mehr. Kein Schmerz, keine Trauer, keine Freude – nichts.

Ein greller Blitz durchzuckte die Dunkelheit und erhellte alles um ihn herum. Es war nur der Bruchteil einer Sekunde, aber es reichte aus, um Jérôme brennen zu lassen.

Sein Herzschlag beschleunigte sich. Irgendetwas stimmte nicht mit ihm. Er hörte es piepen. Laut und alarmierend.

Und ihm wurde heiß. Glühend heiß.

Ich verbrenne, dachte er.

Immer schneller und schneller piepte es. Und dann war da plötzlich nur noch ein einziger, anhaltender Ton. Piiiiieeeep ...

Eine kühle Hand auf seiner kochend heißen Stirn.

»Jérôme, hallo, Jérôme. Kannst du mich hören?«

Hektische Schritte. Stimmen, die sich etwas zuriefen.

»Beeilung! Beeilung! Wir verlieren ihn!«

Etwas Eiskaltes auf seiner Brust.

»Geladen!«

»Weg vom Bett!«

Ein schrecklicher Schlag. Jérôme sah sich selbst abheben. Ruckartig. Zuckend.

»Noch mal!«

»Geladen!«

»Weg vom Bett!«

Wieder flog er hoch.

Piep, piep, piep, piep ...

»Anna, bist du wach?« Claudia steckte den Kopf zur Tür herein. »Jérômes Mutter ist am Telefon. Ich habe ihr gesagt, dass du schläfst, aber sie meint, dass sie dringend mit dir sprechen muss.«

Ich richtete mich vorsichtig im Bett auf. »Schon gut. Gibst du mir das Telefon?«

Claudia schlich durchs Zimmer, als befürchtete sie, mich durch ihre Schritte zu stören.

»Kannst du kurz rausgehen?«

Ich sah ihr den Widerwillen deutlich an, aber ich musste allein sein, damit ich Sabine die Frage stellen konnte, die mir so schmerzhaft auf der Seele brannte.

»Was ist mit Jérôme? Ist er tot? Ich spüre ihn nicht mehr«, flüsterte ich in den Hörer, nachdem Claudia die Tür hinter sich zugezogen hatte.

Kein Antwort.

»Sabine? Bist du noch dran?«, krächzte ich.

»Ja.« Sie räusperte sich. »Wie kommst du nur darauf?«

»Ich hatte vorhin das Gefühl, als ob mein Herz stehen geblieben sei. Aber es war gar nicht meins … ich … es war Jérômes Herz. Ich habe …« Plötzlich kam mir alles so *unwirklich* vor. Ich wusste überhaupt nicht mehr, was Realität war und was Fantasie. Was mir selbst passierte und was Jérôme. In meinem Kopf schwirrte es. Und gleichzeitig fühlte ich mich so schrecklich hohl und leer.

»Anna?«, rief Sabine besorgt. »Bist du noch dran?«

»Ja.«

»Ich bin im Krankenhaus. Jérôme geht es wieder gut. Du musst dir keine Sorgen machen.«

»Wieder?«, flüsterte ich.

»Es hat Komplikationen gegeben. Aber die Ärzte haben sie in den Griff bekommen«, erklärte sie ausweichend.

Ich hielt die Luft an. »Was für Komplikationen?«

»Jérômes Herz hat tatsächlich für einen Moment aufgehört zu schlagen«, sagte sie schließlich leise.

Plötzlich schien die Zeit stehen geblieben zu sein. Ich hielt den Hörer fest umklammert und konnte nicht sprechen. Tränen rannen mir übers Gesicht.

»Aber jetzt ist alles wieder gut, Anna. Die Ärzte konnten ihn zurückholen. Er ist über den Berg. Ganz sicher.«

»Ich hab solche Angst, Sabine. Ganz schreckliche Angst«, schluchzte ich.

»Jérôme geht es gut. Ich fahre jetzt los und komme zu dir.«

Ich hörte sie durch eine graue Wand aus Tränen und Verzweiflung, doch mein Herz erreichte sie nicht. Weil es irgendwie aufgehört hatte zu schlagen. Ich hatte Jérôme versprochen, ich würde mich um alles kümmern. Aber genau das hatte ich nicht getan. Weil ich nämlich gar nicht dazu in der Lage war. Weil ich kein bisschen stark und mutig war. Ich war ein jämmerliches Häufchen Elend. Schwach und zu nichts zu gebrauchen. Auf mich konnte Jérôme sich nicht verlassen.

Ich schmiss das Telefon in die Ecke und schlug mir die Hände vors Gesicht.

30.

Ich öffnete die Augen und blickte mich verwirrt um. Statt der weiß getünchten Decke meines Zimmers schaute mich Jan Delay im dunklen Nadelstreifenanzug und mit schwarzem Trilby-Hut auf dem Kopf an. Das war das Poster, das ich Jérôme vor Kurzem aus Spaß an die Wand gepinnt hatte.

Erst da fiel mir wieder ein, wo ich war. Ich hatte Sabine gestern Abend darum gebeten, mich in Jérômes Zimmer übernachten zu lassen. Sie hatte sofort zugestimmt und es sogar geschafft, Claudia davon zu überzeugen.

Regungslos blieb ich liegen und lauschte den Geräuschen, die durch das halb geöffnete Fenster drangen. Flöckchen bell-te, das Hofgatter wurde knarrend geöffnet und ich hörte Jérômes Tante laut nach dem Hund rufen. Unterdrücktes Stimmengemurmel aus dem Erdgeschoss, eine Tür, die schwer ins Schloss fiel, dann wieder Stille.

Ich schaute zur Seite und entdeckte Jérômes dunkelgraues Lieblingssweatshirt über der Stuhllehne. Mein Herz bekam einen kleinen Stich. Ob Jérôme es jemals wieder würde tragen können? Würde ich noch einmal sein Grübchenlächeln sehen?

Konnte ich eines Tages wieder in seinen dunkelbraunen Augen versinken und dabei dieses warme Kribbeln in meinem Bauch spüren?

Ich seufzte tief und drehte mich zur anderen Seite um. Für einen Moment gab ich mich der Illusion hin, es wäre nichts passiert. Die Tür öffnete sich und Jérôme kam herein. Lächelnd setzte er sich neben mich, beugte sich zu mir hinunter, strich mir sanft eine widerspenstige Haarsträhne aus dem Gesicht und küsste mich zärtlich auf die Wange.

Aber ich konnte die schmerzliche Gegenwart nicht lange ausblenden. Ich warf die Bettdecke zur Seite und sprang auf.

In meinem Kopf pochte es noch ein bisschen, als ich mich nach meinen Klamotten bückte, die ich gestern Abend einfach auf den Fußboden geworfen hatte. Langsam zog ich mich an, nahm meinen Kulturbeutel vom Regal und ging ins Badezimmer hinüber, das direkt neben Jérômes Zimmer lag.

Ich atmete tief durch und spritzte mir etwas kaltes Wasser ins Gesicht. Die dunklen Ringe unter meinen Augen wollten dennoch nicht verschwinden.

Seufzend wühlte ich nach der Zahnbürste, doch anscheinend hatte ich vergessen, sie einzustecken.

Ausgerechnet die Zahnbürste, schoss es mir durch den Kopf. Ich konnte doch nicht mit Mundgeruch zu Jérôme ins Krankenhaus gehen.

Im nächsten Augenblick kam mir der Gedanke völlig idiotisch vor.

»Wenn du sonst keine Probleme hast, Anna«, murmelte ich meinem Spiegelbild zu. Dann drückte ich mir ein bisschen Zahnpasta auf den Zeigefinger und putzte mir damit notdürftig die Zähne. Als ich den Wasserhahn wieder zudrehte, betrachtete ich mich für eine Weile im Spiegel.

Ich war dünn geworden. Viel zu dünn. Wenn Jérôme mich so sehen würde ..., dachte ich.

Als ich zurück in Jérômes Zimmer kam, nahm ich sein graues Sweatshirt von der Lehne und presste mein Gesicht in den weichen Stoff. Es roch noch ein wenig nach ihm und ich sog seinen Duft ganz tief ein. Dann zog ich es kurzerhand über. Ich setzte mich aufs Bett und schaute mich im Zimmer um. Viele persönliche Dinge von Jérôme befanden sich hier nicht. Ein paar Klamotten, sein PC, die Schultasche, ein Poster. Nur seine Bücher hatte er überall im Raum verteilt, stellte ich fest und schmunzelte.

Ich seufzte, nahm den iPod von der Kommode neben dem Bett und steckte mir die Kopfhörer in die Ohren. Als die ersten Töne von Jan Delays Lied *Hoffnung* erklangen, konnte ich die Tränen nicht mehr länger zurückhalten.

Ich wischte sie mit dem Ärmel ab und stand langsam vom Bett auf. Jérômes iPod fest in der Hand, ging ich zur Tür. Bevor ich sie hinter mir zuzog, drehte ich mich noch einmal um und flüsterte: »Ich gebe nicht auf, Jérôme. Niemals. Und du auch nicht, hörst du?«

Die alten Holzstufen knarrten bei jedem Schritt.

Unten im Flur lief ich Jérômes Tante direkt in die Arme.

»Ach, Anna.« Ein Lächeln huschte über ihr blasses Gesicht. Ihre Wangen waren eingefallen, tiefe Schatten lagen unter ihren Augen. Das mahagonifarbene Haar war am Ansatz gut drei Zentimeter grau nachgewachsen und fiel ihr strähnig ins Gesicht. Ich wunderte mich, dass die Sorge um Jérôme ihr anscheinend so zusetzte, denn eigentlich hatten sie kein sonderlich inniges Verhältnis zueinander.

»Meine Schwester ist kurz etwas besorgen«, erklärte sie leise.

»Was?«, fragte ich verwundert. »Wir wollten doch zusammen ins Krankenhaus!«

Ella zuckte mit den schmalen Schultern. »Ich sollte dir das nur ausrichten«, murmelte sie. »Hast du Hunger?«

»Nein danke«, sagte ich. »Hat sie denn nicht gesagt, wo sie hin ist? Oder hat etwa das Krankenhaus für sie angerufen?«

Ella schüttelte wortlos den Kopf und schlurfte dann Richtung Küche.

Ich blickte ihr einen Moment nachdenklich hinterher, als ich plötzlich Stimmen aus dem Wohnzimmer vernahm. Eine davon gehörte Jérômes Onkel, bei der anderen war ich mir nicht ganz sicher.

Ich bekam nur Bruchstücke des Gesprächs mit. Jérômes Onkel schien sich für irgendetwas zu rechtfertigen.

»Sieh zu, dass du das in Ordnung bringst, sonst ...«, drohte ihm der andere. Was Jérômes Onkel darauf erwiderte, war nicht zu verstehen.

Auf Zehenspitzen schlich ich zur Wohnzimmertür. Sie war nur angelehnt, ich linste durch den Schlitz, konnte aber nichts erkennen. Vorsichtig schob ich sie ein kleines Stückchen weiter auf. Im gleichen Augenblick hörte ich Schritte hinter mir und fuhr erschrocken herum. Ella war aus der Küche gekommen und schaute mich erstaunt an.

»Was machst du da?«, fragte sie misstrauisch.

»Ich, ähm ... ich wollte mich nur von Ihrem Mann verabschieden«, stammelte ich und stieß die Wohnzimmertür auf. Sekunden später wurde ich unsanft zur Seite geschubst.

Michael Krause stürzte an mir vorbei. Hinter ihm Udo. Er warf mir einen kurzen hektischen Blick zu, bevor er weiter auf Krause einredete.

Was lief da zwischen den beiden?

Einen Schritt vor der Haustür blieb der Bürgermeister abrupt stehen und warf mir über den Rand seiner schwarzen Brille einen stechenden Blick zu. Er wirkte wie ein Fremdkörper in dieser ärmlichen Umgebung mit seinem teuren dunklen Mantel und den auf Hochglanz polierten schwarzen Schuhen. Das schüttere blonde Haar trug er streng nach hinten gekämmt. Trotz seiner mittlerweile schwammigen Gesichtszüge strahlte er das gelassene Selbstbewusstsein des erfolgreichen Geschäftsmanns aus.

Im nächsten Moment explodierte etwas in meinem Kopf. Diesmal waren die Bildfetzen deutlicher. Ich sah Konstantins wutverzerrtes Gesicht.

Dann Konstantin, der keuchend am Boden hockte. Weit aufgerissene Augen. Geballte Fäuste. Dazwischen Stimmen, Lachen und Musik, die der Wind vom Fest herüberwehte.

Ich mach dich fertig!, keuchte Konstantin.

Hör auf. Das bringt doch nichts, versuchte Jérôme, ihn zu beruhigen.

Jemand flüchtete. Lief durch die Dunkelheit. War das Mathea? Ich konnte die Bilder nicht anhalten. Viel zu schnell zogen sie an meinem inneren Auge vorbei.

Dann tauchte plötzlich ein Schatten aus der Dunkelheit auf. Groß und bedrohlich.

Verdammt! Was willst du hier?

Er hielt etwas in den Händen. Ich spürte die Angst, Jérômes Angst.

Ein Krachen ertönte. Es klang, als ob etwas zersplitterte. Und dann hörte ich den Schrei. Ein schrecklicher, verzweifelter Laut, der mir in den Ohren schmerzte.

Ich blickte in Ellas große Augen, die mich fassungslos anstarrten. Hektisch drehte ich mich um und entdeckte Jérômes

Onkel und Michael Krause, die stocksteif dastanden und ebenfalls bestürzt wirkten. Und dann begriff ich, dass ich es war, die da schrie.

Es blitzte und funkelte vor meinen Augen. Kleine Sterne tanzten um mich herum. Und dann herrschte von einer Sekunde auf die andere Ruhe …

Als ich wieder zu mir kam, saß ich in einem Sessel.

Jérômes Tante und Onkel waren fort, ebenso Bürgermeister Krause. Dafür saß Sabine neben mir und hielt meine Hand.

»Geht es wieder?«, fragte sie besorgt.

Ich nickte.

»Tut mir leid, dass du das Drama eben mitbekommen hast.« Sabine schüttelte den Kopf. »Weißt du, eigentlich müsste ich Tag und Nacht bei meinem Sohn im Krankenhaus sein. Stattdessen pendele ich zwischen Mahlhausen und Bremen hin und her, nur weil mein Schwager …« Sie brach ab und schaute mich nachdenklich an. »Ach, was soll's. Lass uns zu Jérôme fahren, ja?«

Ich nickte.

Vorsichtig beugte ich mich zu Jérôme hinunter und küsste ihn auf die Stirn. Seine Lider flackerten ein wenig. Meine Lippen wanderten über sein Gesicht und fanden schließlich seinen Mund.

»Ich hab dir etwas mitgebracht«, flüsterte ich.

Behutsam schob ich ihm die Kopfhörer seines iPods in die Ohren und drückte auf Play. Dann setzte ich mich auf den Stuhl neben seinem Bett, betrachtete ihn und streichelte seine Hand.

»Jérôme«, flüsterte ich. »Mach die Augen auf und sieh mich an.«

Natürlich reagierte er nicht. Wie auch? Er hörte ja Musik. Nur deshalb konnte er mich nicht verstehen.

Der Gedanke gefiel mir gut. Er war irgendwie tröstlich.

Jérôme vernahm Musik und spürte Annas Nähe. Er wusste nicht, was sich verändert hatte, aber plötzlich war alles viel klarer.

Es war so, als ob er nur die Hände nach ihr ausstrecken müsste. Nur das letzte kleine Stückchen fehlte noch ... Millimeter, dann könnte er sie berühren.

»Anna, kannst du mich hören?«, sagte er in die Dunkelheit.

Er spürte, wie sie über seine Hand strich, und versuchte, die Berührung zu erwidern. Konzentrierte sich mit aller Kraft darauf.

»Mach die Augen auf und sieh mich an«, hörte er Anna flüstern.

Irgendetwas ist anders, dachte er, und dann verirrten sich seine Gedanken wieder ins Unendliche. Fortgetragen von einer Melodie.

31.

Mit gesenktem Kopf eilte ich durch den Nieselregen vom Bahnhof in Richtung Krankenhaus. Claudias Angebot, mich nach der Schule zu Jérôme zu fahren und später wieder abzuholen, hatte ich abgelehnt. Sie hatte mich in den letzten zwei Wochen oft genug hin und her gefahren.

Meine Gedanken wanderten zum Vortag und zu dem Gespräch mit Sabine zurück. Gleich nachdem sie mit Jérômes Ärzten gesprochen hatte, war sie in sein Krankenzimmer gekommen. Ihre Wangen waren gerötet, ihre Augen funkelten geradezu vor Freude.

»Anna, ich habe gute Nachrichten«, sprudelte es aus ihr heraus.

Dann beugte sie sich zu Jérôme hinunter und strich ihm übers Gesicht. »Hallo, mein Großer. Du wirst heute oder spätestens morgen verlegt. Deine Ärztin ist sehr zufrieden mit dir«, sagte sie liebevoll.

»Was?«, entfuhr es mir.

Sabine drehte sich zu mir um und strahlte mich an. »Ist das nicht fantastisch? Die Ärztin meint, dass es nach den gestrigen Komplikationen mit Jérômes Zustand rapide bergauf gegangen sei.«

»Das heißt, er wird bald wieder aufwachen? Vielleicht sogar jeden Moment?«, fragte ich mit zittriger Stimme.

Das Strahlen auf Sabines Gesicht verlor ein wenig an Intensität.

»Ich würde das nur zu gern bejahen, Anna, aber das kann ich leider nicht.«

Sie zog mich in die Arme und drückte mich fest an sich.

»Es ist fast so, als ob gestern etwas passiert wäre. Als ob eine Art Knoten geplatzt wäre ...«, sagte sie.

Ein Auto hupte und riss mich aus meinen Gedanken. Beinah wäre ich bei Rot über die Ampel gelaufen.

»Hey, Anna, warte auf mich!«, hörte ich jemanden rufen. Ich drehte mich um. Mathea kam auf mich zugelaufen. Eine total veränderte Mathea.

»Du?«, staunte ich.

Sie hatte mich eingeholt und blieb keuchend vor mir stehen. Ihre Wangen waren gerötet. Keine Spur von Make-up in dem Gesicht. Schmale blassrote Lippen, blaue Augen, das lange Haar zu einem festen Zopf zusammengebunden. Auch ihr Kleidungsstil hatte sich verändert, war viel klassischer und sportlicher.

Ich starrte sie verblüfft an.

»Tja, da staunst du. Ich kann auch *seriös* sein.« Sie grinste mich an.

»Aha«, murmelte ich noch immer völlig baff.

»Nun glotz nicht so, als ob du einen Alien vor dir hättest. Oder ist mein Look echt so ätzend?«

»Nein«, beeilte ich mich, ihr zu versichern. »Du siehst gut aus.«

Mathea kramte in ihrer Jackentasche herum. »Das Rauchen versuche ich mir auch gerade abzugewöhnen«, erklärte sie und steckte sich einen Streifen Kaugummi in den Mund. »Möchtest du auch?«, fragte sie und hielt mir die Packung hin.

»Nein danke«, murmelte ich. »Was machst du denn hier in Bremen?«

Mathea verdrehte die Augen. »Mann, ich bin noch immer tierisch aufgeregt. Hatte gerade ein Vorstellungsgespräch.«

»Ein Vorstellungsgespräch?«

Mathea nickte und grinste breit. »Und das Coole an der Sache ist, ich könnte sogar hier in Bremen wohnen. Der Chefin gehört ein Mehrfamilienhaus ganz in der Nähe der Firma, und sie meinte, ich könnte in die kleine Dachgeschosswohnung einziehen, damit ich es nicht so weit zur Arbeit habe. Das wäre so was von genial. Drück mir die Daumen, dass es klappt, ja?!«

»Aber du hast mir doch gesagt, dass du bei Krause eine Ausbildung machst.«

Mathea verzog das Gesicht und winkte ab. »Da will ich kündigen. Seitdem mit Konsti Schluss ist, war ja nur noch Terror, und meine Eltern sagten auch, ich sollte mich nach was anderem umgucken, weil das Werk bestimmt bald endgültig den Bach runtergeht. Ich hab mich schon die ganze Zeit über beworben, und jetzt sieht es endlich so aus, als ob es geklappt hätte.«

»Aha.« Ich dachte daran zurück, wie ich Mathea gestern in Konstantins Auto entdeckt hatte, kurz bevor er mich vom Fahrrad gedrängt hatte, und ich spürte, wie Wut in mir aufstieg. Was spielte sie mir hier eigentlich vor?

»Vielen Dank übrigens noch«, sagte ich bitter.

Mathea machte große Augen. »Wofür?«

Ich holte tief Luft. »Dafür, dass du gleich nach unserem Treffen zu Konstantin gelaufen bist, um ihm davon zu erzählen«, blaffte ich sie an.

»Hä? Spinnst du?! Wie kommst du denn darauf?« Mathea schüttelte den Kopf, dass ihr langer Zopf nur so durch die Luft flog. »Ich hab ihm kein Wort davon gesagt. Ich rede gar nicht mehr mit dem.«

»Ach, und warum hast du dann vorgestern, keine zwei Stunden nach unserem Treffen, in Konstantins Auto gesessen? Glaubst du, ich hab dich nicht gesehen?!«

Mathea tippte sich mit dem Zeigefinger gegen die Stirn. »Was laberst du da? Ich habe echt keinen Plan, was das soll! Ich habe nicht mit Konstantin gesprochen. Ich bin froh, wenn der mich in Ruhe lässt!«

Ich stemmte die Hände in die Hüften und schob energisch das Kinn vor. »Ich glaub dir kein Wort!«

Sie schaute mich aus zusammengekniffenen Augen an. »Dann kann ich dir auch nicht helfen«, erklärte sie schließlich und spuckte ihr Kaugummi auf die Straße. »Es tut mir leid, was mit Jérôme passiert ist, aber Konstantin hat nichts damit zu tun. Schnall es endlich!« Ohne ein weiteres Wort machte sie auf dem Absatz kehrt und ging davon.

Ich starrte ihr hinterher. »Ich weiß«, sagte ich leise, mit einer plötzlich in mir aufkeimenden Gewissheit. »Ich weiß.«

»Hallo«, begrüßte ich Jérôme, als ich kurze Zeit später das Krankenzimmer betrat. Ich versuchte, mich ganz schmal zu machen, während ich mich seitlich neben ihn aufs Bett schob und behutsam meinen Arm um ihn legte.

»Ich hab dir neue Musik mitgebracht«, flüsterte ich ihm ins Ohr. Ich kam mit meinem Gesicht ganz nah an ihn heran und gab ihm einen Kuss auf die Wange. Dann blickte ich mich in dem neuen Zimmer um, in das Jérôme verlegt worden war. Es war heller und freundlicher als das auf der Intensivstation. Und hier waren wir auch ungestörter. Alles sah mit einem Mal viel positiver aus. Jérôme war auf dem Weg der Besserung und unter Umständen würde er sogar bald wieder aufwachen. Im Grunde war es jeden Moment möglich, dass er die Augen aufschlug und mich anblickte.

»Was meinst du, soll ich es noch mal mit meinem Dornröschenkuss versuchen?«, sagte ich und betrachtete Jérômes Gesicht.

»Okay, du kannst ja mal darüber nachdenken. Ich bin noch ein bisschen hier.« Ich lächelte und wickelte eine seiner Haarlocken um meinen Finger.

»Auf dem Weg zum Krankenhaus habe ich Mathea getroffen. Erinnerst du dich an sie?« Seufzend erhob ich mich vom Bett und begann, im Zimmer auf und ab zu gehen. »Mir ist jetzt klar, dass ich die ganze Zeit auf dem Holzweg war. Ich war mir so sicher, dass Konstantin dich so zugerichtet hat. Aber irgendwie habe ich in den letzten Tagen begriffen, dass das nicht stimmt. Auch wenn ich es anfangs nicht wahrhaben wollte. Da ist noch eine andere Stimme und ein Schatten, den ich nicht zuordnen kann. Mathea hat nicht gelogen. Konstantin ist tatsächlich weggerannt und nicht mehr zurückgekehrt. Aber wer war es dann? Wer ist der Schatten?« Ich blieb stehen und musterte Jérômes Gesicht.

»Es kann nur einer seiner Freunde gewesen sein«, sagte ich schließlich. »Und ich finde so schnell wie möglich heraus, wer es war. Wenn's sein muss, klappere ich jeden einzelnen von denen ab.« Ich ging zu Jérôme hinüber und legte meine Hand auf seine Wange.

»Wenn du mir doch helfen könntest«, flüsterte ich. Dann beugte ich mich über ihn und küsste seine Stirn. Versuchte, all meine Kraft, all meine Energie in diesen Kuss zu legen.

»Wach auf, Jérôme«, flüsterte ich eindringlich. »Bitte.«

Aber da war nichts. Kein Zeichen. Keine Reaktion. Nur ein ausdrucksloses Gesicht mit geschlossenen Augen.

Auf einmal spürte ich eine heiße, schmerzhafte Hoffnungslosigkeit in mir aufsteigen, die mir fast die Luft zum Atmen raubte. Von einem Moment auf den anderen war meine Zuversicht wie weggewischt. Ich umfasste Jérômes Hand und presste sie an mein Herz.

»Spürst du das? Es schlägt nur für dich. Ich würde alles ...« Ich konnte nicht weiterreden. Es tat zu weh.

Ich strich Jérôme ein letztes Mal über die Wange und verließ das Zimmer.

In meinen Ohren klangen Sabines Worte vom Vortag nach, während meine Absätze über den hellen Linoleumboden klackerten. »Sein Zustand hat sich verbessert. Dennoch kann keiner sagen, wann er wieder aufwacht. Ob er jemals wieder aufwacht ...«

Blind vor Tränen durchquerte ich die Eingangshalle, riss die Tür auf und stolperte hinaus. Ein paar Schritte vor der Tür stand eine ältere Frau und blickte mich besorgt an.

»Geht es dir nicht gut?«, fragte sie.

»Nein, alles in Ordnung«, murmelte ich.

»Du bist ganz blass«, erwiderte die Frau und musterte mich skeptisch.

»Alles okay, wirklich«, versicherte ich ihr und wollte schnell weitergehen, als ich Jérômes Onkel über den Parkplatz auf den Krankenhauseingang zueilen sah. Er hielt den Kopf tief gesenkt und lief an mir vorbei, ohne mich zu bemerken.

Verwundert schaute ich ihm nach, dann wandte ich mich zum Gehen. Eine plötzliche Unruhe machte sich in mir breit. Ich atmete zitternd ein und aus. Hatte das Gefühl, dass der Boden unter meinen Füßen ganz weich und durchlässig wurde.

Im nächsten Moment blitzte es.

Nicht schon wieder!, dachte ich und schloss gequält die Augen.

Es war schlimmer als sonst, ein gewaltiges Gewitter brach in meinem Kopf los.

Mathea rannte durch die Dunkelheit. Hinter ihr das wutverzerrte Gesicht von Konstantin.

Jérômes Stimme, die beruhigend auf Konstantin einredete.

Dann Konstantin, der am Boden lag. *Scheiße!*, fluchte er immer wieder – er heulte. Musik und Stimmen aus der Ferne. Konstantin rannte weg. Mathea stürzte ihm hinterher.

Mein Kopf drohte zu zerspringen. Meine Augen fühlten sich an, als ob jemand sie von innen herausdrücken wollte. Ich presste mir die Hände vors Gesicht.

Zwei Männer standen sich gegenüber. Nur dunkle Schatten vor einem alten Schuppen. Der eine groß und schlank, wild gestikulierend, bedrohlich. Der andere ergeben, fast ehrfürchtig.

Obwohl es nicht meine Erinnerung war, die ich sah, war ich mir sicher, die Männer schon einmal gesehen zu haben.

Plötzlich wandte sich der kleinere zu mir um.

Jérôme, verdammt. Was machst du hier? Hau ab!

Was bist du doch für ein Idiot!, hörte ich Jérôme sagen.

Bring das in Ordnung!, knurrte der andere Mann und verschwand in der Dunkelheit.

Du darfst nichts sagen. Du musst die Klappe halten. Kein Wort, sonst …

Hau ab! Das war wieder Jérôme.

Doch ich konnte nicht sehen, mit wem er redete. Da waren nur die Dunkelheit und der matschige Boden unter seinen Füßen. Er ging auf jemanden zu, murmelte etwas vor sich hin, das ich nicht verstand.

Ein dumpfer Schlag durchfuhr mich, und mein Kopf fühlte sich an, als würde er explodieren. Dann sah ich das Gesicht, konnte erkennen, wer mit Jérôme auf dem Feld war. Das Blut gefror mir in den Adern.

»Um Himmels willen, Kind. Was ist denn mit dir los?« Die ältere Frau hatte mich am Unterarm gefasst.

Ich schaute sie verwirrt an. Meine Augen flackerten unruhig hin und her.

»Es ist wohl besser, ich bringe dich zu einem Arzt«, sagte die Frau bestimmt. Sie krallte ihre dürre Hand noch fester um meinen Arm und wollte mich mitziehen.

»Lassen Sie mich!« Mein Magen krampfte sich unter dem Anflug einer beginnenden Panikattacke zusammen.

»Kind, ich kann dich nicht gehen lassen …«

Wie von Sinnen riss ich mich los und rannte davon.

Nur weg von hier, dachte ich.

Etwas donnerte gegen die Wand aus Dunkelheit. Rasend, aufgebracht, bedrohlich.

Anna, bist du zurückgekommen?, dachte Jérôme.

Nein, das war ein anderes Gefühl.

Jérôme zuckte innerlich zusammen. Mit aller Kraft bäumte er sich gegen die Schwärze um ihn herum auf, aber er hatte keine Chance.

Die Stimme wurde lauter. Hektisch, aggressiv redete sie auf ihn ein, doch er konnte nur Bruchstücke aufschnappen. »Es tut mir ... verdammt ... warum musstest du auch ... keine Ahnung ... darfst nicht mehr ... nichts verraten ...«

Ein furchtbarer Ruck ging durch Jérômes Körper und dann war auf einmal dieser Schmerz da. Ein stechender, brennender Schmerz. Alles war davon erfüllt – und da begriff er.

Er spürte Wut in sich aufsteigen, wollte die Hände ballen, aber sie gehorchten ihm nicht.

Ich muss hier raus! Dieser verdammte Heuchler!, dachte er verzweifelt.

»Tut mir leid ... habe keine Wahl ...«

Stille. Bis auf Jérômes unregelmäßigen Atem.

Die Dunkelheit lichtete sich ein wenig und ein kleines bisschen Helligkeit schien zu ihm vorzudringen.

Im nächsten Moment hörte er Udos Stimme direkt über sich. »Warum konntest du nicht einfach nur das tun, was ich von dir verlangt habe? Warum musstest du uns nachspionieren? Du machst alles kaputt!« Ein wütendes Aufheulen. »Ich kann nicht riskieren, dass du wieder aufwachst. Dann verlier ich alles. Den Hof, Ella, vielleicht sogar mein Leben ... Das geht nicht. Das musst du verstehen.«

Jérôme spürte die Gefahr, jede Faser seines Körpers wurde davon erfasst. Sein Herz schlug wild in seiner Brust.

Aber er war gefangen. In dem unbeweglichen Panzer, der sein Körper für ihn war, unfähig, sich zu wehren, zu fliehen.

»Anna, kannst du mich hören?«, rief er in die Finsternis. »Anna, du musst mir helfen!«

Stille. Nur sein Atem, irgendwo da draußen. Ein und aus und ein und aus ...

»Anna!«

Seine Worte schwebten davon. Mit jedem Atemzug entfernten sie sich weiter von ihm. Doch eine Antwort bekam er nicht.

Die Dunkelheit zog sich immer fester um ihn zusammen, Kälte kroch in seine Brust. Die leblose, stille Schwärze hatte ihn zurückgeholt und breitete sich überall aus. Eine einzelne salzige Träne rann ihm über die Wange.

Und plötzlich, wie von Zauberhand, kam das Licht zu ihm zurück. Und ein warmer Sommerregen prasselte auf ihn nieder …

Ich zitterte am ganzen Körper, als die Panik endlich nachließ und ich wieder zu mir kam. Dann spürte ich, wie die Kälte langsam über meine Zehen in die Füße und nach oben kroch. Meine Schuhe waren pitschnass. Ich musste in eine Pfütze getreten sein. Ich konnte mich nicht daran erinnern, die Hauptstraße überquert zu haben, aber als ich mich umschaute, lag das Krankenhaus ein gutes Stück von mir entfernt.

Fröstelnd schlang ich die Arme um meinen Oberkörper.

Und dann war plötzlich wieder Jérômes Stimme in meinem Kopf.

Anna, kannst du mich hören? Anna, du musst mir helfen!

Stille. Nur sein Atem. Panisch. Überall in mir. Ein und aus und ein und aus …

Anna!

Jérôme war in Gefahr. Er hatte Angst. Todesangst! Sie griff auf mich über, ließ erneut das Adrenalin durch meinen Körper fließen, sodass mein Herz gegen meine Brust hämmerte und mir der Schweiß aus den Poren trat.

Und da traf mich die Erkenntnis wie ein Schlag. Endlich ergaben die Puzzleteilchen, aus denen Jérômes Erinnerung bestand, ein vollständiges Bild. Jérôme war niedergeschlagen worden, damit er nichts von dem erzählen konnte, was er gesehen hatte.

Aber er war nicht tot, er lebte. Und mir fiel ein, dass Sabine erst gestern freudestrahlend herumerzählt hatte, dass es Jérôme besser ging, er vielleicht sogar wieder aus dem Koma erwachen würde.

»Er ist zu ihm gegangen, um ihn zu töten«, keuchte ich.

Ein mechanischer Ton ließ mich zusammenzucken. Dann wurde mir klar, dass es nur mein Handy war. Mit zittrigen Fingern zerrte ich es aus der Tasche.

»Hallo, Anna?«, hörte ich Sabines Stimme.

»Sabine, schnell!«, schrie ich ins Handy. »Udo, er ist auf dem Weg zu Jérôme. Er will ihn töten. Hörst du? Er will ihn töten! Ich habe ihn gesehen. Er ist im Krankenhaus, er ist bei ihm!«

»Anna, was redest du denn da?«, fragte Sabine irritiert. Aber ich hatte keine Zeit für lange Erklärungen. Ich rannte los.

»Ruf die Polizei an!«, rief ich. »Sie müssen zu Jérôme ins Krankenhaus! Er ist in Gefahr!«

»Anna, nun beruhige dich doch. Wo bist du? Ich komme zu dir. Ich bin schon auf dem Weg nach Bremen.«

»Nein, wir treffen uns im Krankenhaus. Ich muss sofort zu Jérôme!« Damit beendete ich das Gespräch. Ohne mich um den Verkehr zu kümmern, rannte ich über die Hauptstraße. Hinter mir hörte ich Reifen quietschen und Autos hupen, aber ich verlangsamte mein Tempo nicht.

Noch um eine Straßenecke, dann hatte ich den Krankenhausparkplatz erreicht. Eine Frau kreuzte meinen Weg. Ich konnte ihr nicht mehr ausweichen und rempelte sie im Vorbeilaufen an. Ich hörte sie aufschreien und hoffte, dass sie nicht gestürzt war.

Keuchend überquerte ich den Vorplatz, riss die Tür auf und stürzte in die Eingangshalle hinein. Ich hetzte an den Menschen vorbei, die mich verwundert anstarrten. Meine Lungen brannten, und ich hatte das Gefühl, dass mir das Herz jeden Augenblick aus der Brust springen würde.

Hektisch schaute ich mich um. Ich wollte keine Zeit an den Fahrstühlen verlieren und steuerte direkt auf das Treppenhaus zu. Und obwohl meine Beine unter mir nachzugeben drohten, nahm ich die drei Etagen zu Jérômes Station im Sprint. Mit letzter Kraft bog ich in den Gang ein, auf dem sich Jérômes Zimmer befand. Schnaufend und mit schmerzhaftem Seitenstechen lief ich weiter.

Bitte, bitte, lass mich nicht zu spät kommen!, dachte ich immer wieder.

Dann endlich hatte ich seine Zimmertür erreicht und riss sie auf.

Udo stand da, den Oberkörper weit über Jérôme gebeugt, und presste ein Kissen auf sein Gesicht.

Mit wenigen Schritten war ich bei ihm und versuchte, seinen Griff zu lösen. Sein Kopf fuhr herum. Das Gesicht war vor Anspannung verzerrt. Nur langsam begriff er, dass er nicht mehr allein im Raum war.

Im nächsten Moment ließ er von Jérôme ab und warf sich auf mich.

Ich komme zu spät. Jérôme ist tot! Er ist tot!, war das Einzige, was ich denken konnte.

32.

Die Klinge an meinem Hals fühlte sich schwer und kühl an.

»Ein Mucks und ich steche zu«, knurrte Udo.

Ich spürte, wie mir der Mund trocken wurde.

»Bitte nicht«, flehte ich ihn an.

»Sei still!«, zischte er.

Mit der freien Hand zerrte er mich vom Bett weg, schob mich quer durch den Raum und schloss rasch die Tür. Ich wollte schreien, aber ich bekam keinen Laut über die Lippen. Meine Kehle war wie zugeschnürt.

Jérômes Onkel drückte mich auf den Stuhl nieder. Die Klinge ritzte ganz leicht in meinen Hals.

»Du bist so eine selten blöde Kuh«, stieß er hervor. »Genauso dämlich wie Jérôme. Konntet ihr euch nicht einfach raushalten? Glaubst du, mir macht das Ganze hier Spaß? Denkst du, ich bin ein kaltblütiger Mörder? Ich will das doch alles überhaupt nicht!«

Meine Gedanken rasten. Sabine, wo war Sabine? Hatte sie etwa nicht die Polizei verständigt? Hat sie mir nicht geglaubt? Immer wieder glitt mein Blick zur Zimmertür, in der Hoffnung, dass zufällig eine Krankenschwester hereinkommen würde, um nach Jérôme zu sehen.

»Ich muss es tun«, murmelte Udo vor sich hin. »Es gibt keinen anderen Ausweg.«

Ich wollte etwas erwidern, doch da drückte er das Messer tiefer in meine Haut. Warmes Blut lief mir den Hals herab.

Ich machte Atemzug für Atemzug, als wollte ich mich davon überzeugen, dass es noch ging, dass ich noch atmen konnte. Tränen rannen über meine Wangen.

»Warum?«, schluchzte ich leise. »Warum haben Sie das nur getan?«

Udo lachte bitter auf. »Ich bin da reingeraten«, sagte er mit fast tonloser Stimme. »Wollte den Hof retten und der Krause hat mir immer wieder Geld geliehen. Und ehe ich mich versah, war ich schon mittendrin. Ich dachte, ich mach das jetzt mal ein bisschen und steige dann wieder aus. Nur so lange, bis ich meine Schulden abbezahlt habe. Damit ich den Hof nicht verliere. Aber da kommt man nicht mehr raus …«

Ich wagte nicht, mich zu rühren.

»Wo sind Sie reingeraten? Was will der Krause von Ihnen?«, keuchte ich und hoffte, damit Zeit zu gewinnen. Vielleicht war Sabine ja doch auf dem Weg …

»Schluss mit dem Gelaber«, zischte Udo mit eisiger Stimme. Er ließ die Klinge sinken und fasste mit der Hand in meinen Nacken. Stechender Schweißgeruch schlug mir entgegen.

»Steh auf!«

Aber ich konnte nicht. Meine Beine waren wie betäubt. Jérôme war tot, ich hatte ihn nicht retten können. Und ich spürte, dass ich keine Kraft mehr hatte, um mich gegen Udo zu wehren.

»Du sollst aufstehen!«

»Bitte lassen Sie mich gehen«, flehte ich ihn an.

Er zog mich an den Haaren hoch. Ich schrie vor Schmerz auf. Verzweifelt fing ich an, Jérômes Namen zu wimmern.

Wenn er mich doch nur hören könnte. Wenn er irgendein Lebenszeichen von sich geben würde.

Aber da war nichts. Nur das gleichmäßige Piepen des EKGs, an das Jérôme noch immer angeschlossen war.

Plötzlich fing es in meinen Ohren an zu rauschen. Das EKG piepte noch … das hieß, dass Jérôme lebte. Er war gar nicht tot! Warum hatte ich das nicht schon eher bemerkt?

Mit einer abrupten Bewegung schmiss ich mich zur Seite und stürzte zur Tür. Doch bevor ich den Türgriff zu fassen bekam, spürte ich einen Schlag auf den Hinterkopf und sackte benommen zu Boden.

Das Nächste, das ich wahrnahm, war eine kühle Hand auf meiner Stirn.

Ich schlug blinzelnd die Augen auf und blickte in Sabines besorgtes Gesicht.

»Anna«, flüsterte sie erleichtert. »Da bist du ja wieder.«

Ich wollte mich aufsetzen, doch Sabine hielt mich zurück.

»Wo ist er?«, keuchte ich. Meine Kehle fühlte sich ganz rau und trocken an. Ich berührte meinen Hals und fühlte ein breites Pflaster.

»Nur ein kleiner Ratscher«, sagte Sabine. »Die Ärztin hat die Wunde schon versorgt. Kannst du dich nicht erinnern?«

»Ich weiß nicht.« Ich schüttelte den Kopf.

Sabine atmete tief durch. »Du hast einen ziemlich heftigen Schlag gegen den Kopf bekommen. Deshalb möchten sie dich zur Sicherheit über Nacht hierbehalten. Deine Eltern habe ich schon informiert. Sie sind auf dem Weg.«

Ich schaute mich im Raum um und versuchte, meine Gedanken zu ordnen, zu verstehen, was geschehen war.

»Was ist mit Jérôme?«, flüsterte ich.

Sabine lächelte. »Es geht ihm gut.«

»Und Udo?« Es kostete mich große Überwindung, seinen Namen auszusprechen.

Das Lächeln auf Sabines Gesicht verschwand. »Die Polizei ist gerade noch rechtzeitig gekommen. Er hatte dich auf die Fensterbank gehoben und wollte dich anscheinend rausschubsen. Ich weiß auch nicht …«

Sie brach ab. Ihre Augen füllten sich mit Tränen. »Mein Schwager war schon immer etwas *sonderbar*«, fuhr sie mit rauer Stimme fort, »aber so etwas hätte ich ihm nie zugetraut. Ich habe einfach keine Erklärung dafür.«

»Hat die Polizei ihn mitgenommen?«

»Ja.« Sabine nickte. »Von ihm hast du nichts mehr zu befürchten. Er wird seine Strafe erhalten. Da bin ich ganz sicher.«

Ich schaute Sabine schweigend an. Dann räusperte ich mich leise.

»Ich hatte keine Angst vor Udo. Ich hatte einfach nur Angst um Jérôme.«

Und das war die Wahrheit. Die ganze Zeit über hatte ich mich vor allem um ihn gesorgt. Hatte allen Mut verloren, weil ich dachte, er wäre tot. Doch als ich begriff, dass er noch am Leben war, da war ich bereit gewesen zu kämpfen. Für Jérôme und für mich.

»Anna.« Sabines Stimme war ein heiseres Flüstern. »Woher hast du es gewusst?«

»Was meinst du?«

»Dass es Udo war. Und dass er es noch einmal versuchen würde …«

Wieder schwieg ich einen Moment. »Jérôme hat es mir gezeigt«, sagte ich dann.

Sabine nickte langsam und nahm meine Hand. »Wie gut, dass er dich hat.«

»Kann ich jetzt zu ihm?«, fragte ich. »Bitte, ich muss ihn sehen.«

»In Ordnung, aber nur kurz. Du solltest dich nicht zu sehr anstrengen. Komm mit.«

Vorsichtig setzte ich mich neben Jérôme aufs Bett und legte meine Hand auf seine.

»Du hast alles mitbekommen, da bin ich mir sicher. Dann weißt du ja auch, dass es jetzt Zeit für dich ist aufzuwachen, oder?« Ich hatte mich bemüht, sorglos zu klingen, aber ich merkte selbst, dass mir das nicht gelungen war.

Ich drückte seine Hand noch ein wenig fester und hatte auf einmal das Gefühl, als ob die Luft zu vibrieren anfing, im rhythmischen Takt seines Herzschlags.

»Jérôme? Hörst du mich?«

Eine Woge tröstender Wärme breitete sich in mir aus. Hüllte mich ein und gab mir das Gefühl von Geborgenheit. Ich glaubte, Jérômes Stimme zu hören. Und sein Lachen. Sein raues Lachen, das ich so sehr liebte.

Ich blickte zum Fenster hinaus. Noch immer war der Himmel wolkenverhangen. Doch ich sah, dass hier und da die Sonne hervorlugte. Zögerlich, fast ein wenig schüchtern. Sie war nicht stark genug, um die dunklen Wolken beiseitezuschieben. Aber das konnte sich bald ändern.

Ich schloss die Augen und spürte die Wärme, die von Jérômes Hand auf mich überging und durch meinen Körper zu strömen schien, beglückend und hoffnungsvoll. Sie erzählte mir eine Geschichte. Von einem Jungen und einem Mädchen, die sich sehr liebten, egal ob sie zusammen oder getrennt voneinander waren. Denn sie wussten, dass sie für alle Zeiten eng miteinander verbunden sein würden.

Doch jede Geschichte hatte ein Ende. Und ich fragte mich, ob meine und Jérômes Geschichte hier endete. Sollte das wirklich alles sein? Jetzt wo ich mit Jérômes Hilfe herausgefunden hatte, was ihm in jener Nacht zugestoßen war? Würde ich für immer an seinem Krankenbett sitzen und darauf warten, dass er erwachte?

Ich streichelte sein Gesicht, meine Finger tasteten über seine Augen, seine Nase, seinen Mund. Schließlich beugte ich mich zu ihm hinunter. Es dauerte ein wenig, bis meine Lippen seine trafen. Und dann spürte ich, dass keine Angst mehr in meinem Herzen war. Und kein Gedanke mehr in meinem Kopf, an das, was hinter uns lag. Das hier war jetzt. Das hier war unsere Zukunft.

»Ich habe noch so viele Fragen an dich«, sagte ich. »So vieles ist mir noch immer nicht klar. Und ich möchte die Antworten darauf von dir hören, aus deinem Mund.« Sanft berührten meine Lippen die seinen.

Die Dunkelheit hatte sich verzogen. Das warme Licht war zurückgekommen und hatte die Finsternis und all ihre Schrecken vertrieben.

Er streckte sich dem hellen Schein entgegen und spürte die Wärme.

Sein Körper fühlte sich schwerer an. Er spürte sich wieder, war keine leblose Hülle mehr.

Nur noch das helle Licht und ihr Lächeln.

So sollte es sein. Für alle Zeiten.

Er rief ihren Namen und hielt sich daran fest, so wie an dem rhythmischen Klang seines unbeirrbaren Herzschlags.

33.

»Hier steht es!« Ich breitete die Zeitung auf Jérômes Bett aus und räusperte mich.

»*Drogenbürgermeister verhaftet!*«, las ich die rote Schlagzeile vor. Daneben war ein leicht verschwommenes Foto von Michael Krause abgebildet. Links unten in der Ecke befand sich ein weiteres Bild. Hier waren die Augen des Mannes von einem schwarzen Balken verdeckt. Dennoch erkannte ich Jérômes Onkel sofort.

»*Rauschgift für mindestens 900 000 Euro verkauft!*«, las ich weiter. »*Nach Blitz-Informationen liegt der Fall schon ein paar Wochen zurück, wurde der Presse aber erst jetzt zugespielt. Der Fabrikant und Bürgermeister eines kleinen Dorfes zwischen Hannover und Bremen soll einer der Hauptdrahtzieher eines Rauschgiftrings gewesen sein, der in großem Stil synthetische Drogen herstellte und bundesweit verkaufte.*

Seit Jahresbeginn ermittelten die Beamten, doch erst Monate später schnappte die Falle zu: In dem kleinen Dorf nahe Bremen hoben Polizisten eine illegale Chemieküche aus und stellten im luxuriösen Anwesen des 54-Jährigen 1 kg reines Amphetamin

(Aufputschmittel) sicher. Weitere Ermittlungen führten zu einem 44-jährigen Landwirt. Er steht im Verdacht, den Stoff weiterverkauft zu haben.«

Ich überflog einen Teil und las dann an der Stelle weiter, wo es um Jérômes Onkel ging.

»Gegen den 44-jährigen Landwirt ermittelt die Polizei inzwischen auch wegen versuchten Totschlags. Er soll seinen 17-jährigen Neffen im Streit niedergeschlagen haben. Dieser liegt seitdem im Koma. Der couragierte Junge war seinem Onkel und dem 54-jährigen Fabrikanten anscheinend auf die Schliche gekommen und wollte den Drogenring auf eigene Faust auffliegen lassen. Doch sein Mut wurde dem jungen Mann zum Verhängnis. Sein Onkel verletzte ihn lebensgefährlich und schob ihm außerdem Drogen unter, um den Verdacht von sich abzulenken.

Die Dorfbewohner zeigten sich von der Nachricht entsetzt. Laut Polizeiangaben hatte noch nicht einmal die Familie etwas vom Doppelleben des Michael K. gewusst.«

Ich atmete tief durch, faltete die Zeitung in der Mitte zusammen und legte sie zur Seite.

»Weißt du, was meine Mutter mal zu mir gesagt hat?«, flüsterte ich. »Das Leben geht so schnell vorbei. Da ist jeder verschwendete Augenblick ein Verbrechen. Und jedes Verbrechen ist ein verschwendeter Augenblick.«

Aufmerksam betrachtete ich Jérômes Gesicht. Hatte gerade sein linkes Augenlid gezuckt? Wie oft hatte ich in den letzten Wochen schon geglaubt, dass Jérôme auf meine Stimme reagierte? Aber da war nichts. Keine Regung. Und auch diesmal hatte ich es mir sicherlich nur eingebildet.

Ich beugte mich zu Jérôme hinunter, schloss die Augen und küsste ihn. Meine Hände glitten über seinen Hals. Die Haut war warm und fest, und mein Herz wollte vor Liebe fast zerspringen, weil es sich plötzlich so anfühlte, als würde er meinen Kuss erwidern. Ich löste meine Lippen von seinen und schlug die Augen auf.

Und als mich in diesem Moment ein verwundertes dunkelbraunes Augenpaar anschaute, da gab es nichts mehr auf der Welt, nichts, was mich noch glücklicher hätte machen können. Und ich wusste: Die Geschichte von Jérôme und mir, sie würde weitergehen ...

Ich danke:

Meiner Agentin und Freundin Tamara Steg für ihre Zuversicht, ihre Stärke und weil sie die Hoffnung nie aufgibt und selbst in der tiefsten Dunkelheit das Licht am Ende des Tunnels sehen kann. Für ihre Unterstützung, den Glauben an mich, die verordneten Entspannungsstunden, das stets offene Ohr und fürs Immer-sofort-da-Sein, wenn ich verzweifelt nach 007 rufe.

Meiner Lektorin Jutta Knollmann für die wunderbare Zusammenarbeit und die guten Gespräche. Aber eigentlich auch noch für viel, viel mehr und ganz besonders für das Vertrauen.

Meiner Tochter Darleen fürs Freuen auf die »Hauptrolle« und ihren festen Glauben daran, dass alles gut wird.

Meiner Kollegin Heidemarie Brosche, die mich die ganze Zeit über begleitet hat und dabei »den Rest« ganz super geschaukelt hat.

Meinem Freund und Kollegen Stefan Gemmel fürs Freundsein und die vielen aufbauenden Telefonate, auf die ich mich selbst im schlimmsten Chaos immer verlassen kann.

Sophie Lampé fürs Probelesen und die sehr, sehr lieben Worte.

Der unbekannten Ärztin des Klinikums Hildesheim für die Beantwortung meiner unzähligen Fragen.

Dem Dorf und seinen Bewohnern, das es eigentlich gibt, aber dennoch ein ganz anderes ist.

Meinem Mann Frank für seine Geduld, die Unterstützung, fürs Mutmachen, fürs An-mich-Glauben, fürs Zuhören – immer wieder Zuhören –, dafür, dass er meine Launen erträgt und noch für so vieles mehr.

Meinen Kindern Jamie, Darleen, Merle und Marlon fürs Mich-trotzdem-noch-Liebhaben, obwohl ich manchmal nur körperlich anwesend bin, und fürs Nicht-böse-Sein, wenn ich nicht richtig zuhöre – ich liebe euch! Ihr seid das Wichtigste in meinem Leben. Immer!

Und ganz zum Schluss bedanke ich mich bei Anna und Jérôme, dafür, dass sie eines Tages plötzlich da waren und mir ihre Geschichte »erzählt« haben.